한국 중공업의 AVANT-GARDE

현대양행과 함께 걸어온 길

한국 중공업의 AVANT-GARDE

현대양행과

함께 걸어온 길

한상량 지음

좋은땅

목차

광화문에서

현대입사

Modern Service Co.

본사로 복귀

사장님과 미국 여행

SF에서 귀국 - 안양공장

군포공장 건설

국내 발전사업

GE 복합화력

한국원전 #5, #6

신군부 국보위의 투자조정

한국중공업으로

겸직 사장의 문제

만도에서 1년 만에 쫓겨나고

또다시 현대로

적극적인 신제품 개발

한라그룹으로

한라펄프제지 사장

영암 중공업 초기 일감

보워터와 업무제휴

IMF와 한라 부도

최초의 외자도입

보워터 인수 완결

보워터 한라펄프제지(BHPC)

기존 경영진 자율 경영

노동조합의 출현

마무리하면서

광화문에서

사진 #1 고종황제 등극 40주년 칭경비

우리나라 역사는 옛날이나 지금이나 광화문에서 연출되었다. 역사의 현장인 셈이다. 광화문은 70년대까지만 해도 지금 광화문 광장 충무공 동상 뒤로 중앙 분리대가 조성되어 은행나무가 줄지어 서 있고, 그리고 일제 잔해 중앙청이 우리나라 정궁 경복궁을 떡하니 막고 버티고 서있었다. 중앙청은 철거를 둘러싸고 찬반의 여론이 분분했지만, 1995년 문민정부에서 시원하게 철거되었다.

　우리 집 주소가 세종로 121번지였으니까 광화문 한복판 지금 교보 빌딩 자리에 있었다. 서너 집 건너(세월이 가면)의 시인 박인환 씨 댁 옆에 나란히 우리 큰댁이 있었다. 교보 빌딩 한 귀퉁이에는 전각 하나가 서 있는데 고종황제 등극 40주년 칭경기념비다. 이 전각이 어린 시절 우리 동네 아이들 놀이터의 중심이었다. 비각 뒤로는 잔디밭까지 조성되어 있어 놀이터로는 그 이상 없었다. "잔디밭에 들어가지 마시오" 하는 표시판이 있었지만, 여름날 저녁에는 동네 어른들도 가족들과 함께 나오셔서 잔디밭에 앉아서 한담을 나누시는 휴식처가 되어 있었다. 비각 주위에는 화교가 경영하는 중국 요리 집 호떡집도 여럿 있어 중국집 애들하고도 같이 잘 지냈다. 사내 애들은 구슬치기, 딱지

치기, 자치기하고 여자애들은 고무줄을 하고 놀고 있으면 저녁 먹으라고 집에서 누가 나와서 애들을 하나씩 불러들여 갔다. 광화문 뒷골목은 우리들 차지였다.

우리 큰댁에서는 지금 광화문 우체국 옆에서 커다란 약국을 경영하셨다. 어머니 말씀은 조부께서는 일산의 천석 부농이셨는데 장남이신 큰 아버님만 고등교육을 받게 하시고 재산도 큰댁에 물려주셨고 차남이신 아버지께서는 큰아버님 밑에서 약국 일을 거들게 하셨단다. 그러나 아버님은 보통학교를 졸업하시고, 바로 18세에 판임관 시험에 합격하시어 공무원이 되시었다. 스스로 일찍 자수성가하신 분이시다.

나는 광화문에서 초등학교, 중학교 고등학교 대학을 졸업했다. 광화문에서 성장한 것이다. 사회에 나와 현대에 입사해서도 현대그룹 본사가 동아일보 뒤 청계천 건너 무교동에 자리하고 있었으니까 광화문 지하도를 거쳐 집에서 걸어서 15분 거리에 있었다. 70년 초에는 현대그룹 본사가 무교동에서 광화문 충무공 동상 옆 지금의 현대해상 건물로 이전해 왔는데 내 사무실이 있던 7층 창밖으로 우리 집이 보였고 군사정부에 반대하는 학생 데모를 매일같이 보아야 했다. 그리고 보니까 나는 우리나라 현대 역사를 현장에서 보면서 살아온 셈이 된다.

길에서 만난 6.25

내가 초등학교 4학년 때 동생하고 같이 돈암동 외삼촌 댁에 놀러 가 있다가 6.25를 맞았는데 미아리에서 밀려들어 오는 북한 인민군을 따라 외삼촌과 함께 광화문 집으로 돌아왔다. 그때 광화문을 꽉 메우다시피 하고 행진하던 인민군의 시큼한 땀 냄새를 지금도 기억한다. 유엔군의 공습이 심해지면서 머리를 빡빡 깎은 인민군 병사들이 낮에는 광화문 우리 동네 골목 기와집 처마 밑에서 숨어 쉬고 있다가 밤이면 어디로인가 살아졌다. 어느 날은 우리가 꽈배기를 들고나와 먹고 있으니까 어린 인민군 병사들이 건빵하고 바꾸어 먹자고 해서 꽈배기를 주고 건빵 한 줌을 받아먹던 기억도 있다. 부모님 몰래 밖에 나가서 UN군 전투기 "쌕쌔기"가 여기저기 폭격하는 것을 구경하였다. 광화문 광장 건너편 옛 체신부 건물(세종 문화회관)을 공습하는 것, 9.28 서울 수복 때는 껌을 씹으면서 총을 들고 줄지어 들어오던 미군들, 광화문 비각 옆에 설치해 놓은 고사포 위에 널브러진 인민군 시신, 중앙청에 다시 휘날리던 태극기를 보았다.

나는 초등학교를 여러 번 옮겨 다녔기 때문에 동창을 몇 명밖에 기억하지 못한다. 그때는 모두 그런 형편이었지만 초등학교를 거의 매학년 네다섯 번 옮기는 바람에 공부도 힘들었다. 우리 집은 1.4 후퇴 때는 아버님의 친구분 댁이 있던 대구로 피난 가서 대구 외곽 수성동에 머물렀다. 2살 터울 동생 손을 잡고 학교 가는 길에는 근처 동네 애들이 기다리고 있다가 괴롭혀서 다니는 길이 늘 불안했다. 겨울에는 땔감이 부족하니까 동네 아이들을 따라 근처 산에 올라가서 마른 나뭇가지 삭정이를 주어서 한 짐씩 지고 내려왔다. 여름에는 논에 들어가 메뚜기를 잡아다 볶아 먹고 과수원에 사과를 몰래 따다 먹기도 했다.

9.28 수복 후 서울에 돌아와서 수송초등학교(초등학교) 5학년으로 전학해서 졸업했다. 오늘날까지도 같은 중학교에 진학하고도 초등학교 동창인 것을 우연히 알게 되는 일이 많았다. 집에서는 9남매 형제들이 자기 일은 자기가 알아서 해결해야만 했다. 초등학교 시절 나는 학교에서 돌아오면 책은 들여다보지도 않고 밖에 나가 놀기만 했는데 주위에 또래들이 중학교에 진학하고 하나둘 떨어져 나가면서 진학에 관심을 갖게 되었다.

경복중학교 입학

그 당시는 중고등학교가 분리되기 전이라 중학교가 6년제였는데 중학교 입학시험이 큰일이었다. 길거리에는 항상 내 또래 애들이 얼굴에 검은 칠을 하고 구두 약통을 둘러메고 구두 닦으라고 외치면서 몰려다녔다. 중학교에 들어가지 못한 애들이라고 했다. 지금은 무슨 과목을 어떻게 공부했는지 기억이 없지만, 중학교 시험 준비하느라 전등불도 없는 방에서(제한 송전이라 가정집에는 저녁 9시까지만 전기가 들어왔던 것 같다.) 촛불을 켜 놓고 밤늦게까지 공부했다. 어머니는 낮에 중국집에서 호떡을 사다가 두었다가 밤에 방 밖에 놓아 주셨다.

그 당시에는 지금의 수능같이 연합고사가 있었는데 연합고사 성적에 따라 학교를 선택하고 학교별로 또 입학시험을 치렀다. 연합고사 보는 날은 엄청 추운 겨울날이었다. 시험 보러 가는 날 아침 어머니는 입고 계시던 "배자(털조끼)"를 벗어 주시면서 입고 가라고 하셔서 창피하다고 안 입겠다고 고집을 부리다 결국 입고 가서 시험을 치렀다. 연합고사 성적을 보고 선생님이 정해 주시는 학교에 입학시험을 보았는데 경복중학교를 지원했다.

중학교 입학시험 보는 날은 시험 치르고 와서 동네 애들이랑 한참 놀고 있는데 아버님이 찾으셔서 집에 불려 들어갔다. 아버님은 입학 시험문제를 깨알같이 수첩에 적어 갖고 오셔서 일일이 물어보시고 채점을 해 보시더니 성적이 좋지 않다고 걱정하셨다. 그래도 나는 시험에 떨어지리라고는 생각하지 않았다. 아버님 말씀에도 조금도 걱정이 되지 않았다.

합격자 발표가 있는 날에는 시험성적이 좋지 않다는 아버님 말씀이 있어서 그런지 아무도 발표를 보러 갈 생각을 하지 않고 있어서 효자동 경복중학교까지 혼자서 걸어갔다. 학교에 도착해 보니 학교 건물에 붙여 놓은 합격자 명단 밑에 사람들이 여럿 모여 있었다. 나도 사람들 틈에 들어가 서서 내 번호를 찾았다. 내 수험 번호 1036번이 눈에 띄었다. 그대로 몇 번 확인하고 신나서 뛰듯이 얼른 집으로 돌아와서 합격했다고 부모님께 말씀드렸다. 아버님께서는 깜짝 놀라시면서 어쩔 줄 몰라하셨다.

그 후 어머니는 시장에 가실 때면 나에게 중학교 모자를 꼭 쓰게 하시고 데리고 다니시면서 이것저것 맛있는 것을 사 주셨다. 더없이 행복했던 시절이었다.

중고교 시절

　나의 중학교 생활은 그저 평범했다. 또래보다 키도 별로 크지 않고 몸이 그다지 실하지 못했는데 3학년이 되면서 갑자기 키가 크면서 반에서도 큰 축에 들게 되었다. 쉬는 시간이면 운동장에 뛰어나가서 평행봉을 열심히 했는데 몸에 근육이 붙기 시작하면서 체육 시간이 기다려졌다. 중3부터는 반에서 팔씨름으로 나를 이기는 친구가 없었다. 방과 후 집에 와서도 동네 골목에 콘크리트로 만든 역기를 내놓고 동네 형들하고 같이 열심히 운동했다. 그때 같이 놀던 동네 형을 현대건설에 입사해서 베트남에서 만났다.

　그런데 중3이 되면서 또 걱정거리가 생겼다. 학제가 개편되어 중고등학교가 분리되고 고등학교 입학시험을 따로 치러야 한다는 것이다. 동일계도 특전이 없고 타교 출신 지망생과 똑같이 경쟁해야 한단다. 걱정이 되었지만 그렇다고 시험공부를 따로 하기도 그렇고 집에 부모님은 관심도 없으시고 어물어물하는 동안 고교에 진학했다. 고교 진학에 떨어진 동급생도 있었고 타교에서 전학 온 친구들도 많이 있었는데 지방 학교에서 온 친구들은 공부를 열심히 잘하는 편이었다. 그러나 학교에서는 고교 입학시험에 떨어진 동급생들도 보습반이라는 특별학급을 만들어 별도로 공부하고 같이 졸업하도록 했다.

고교에 진학하면서 같은 반 바로 내 앞에 앉은 무덕관 다니던 친구를 따라 태권도 하러 무덕관에 등록하겠다고 어머님께 말씀드리니까 운동은 그만하고 학원에서 영어 공부를 더 하라고 하셨다. 어머니 말씀대로 태권도는 포기하고 영어 회화 학원에 등록했다. 회화 클래스는 한 반에 10명 이하로 반을 짜서 《Dixon》이라는 교재를 갖고 미군 장교들이 와서 가르쳤다. 사람 수가 적고 분위기가 좋았던 것으로 기억한다.

고2 때 며칠 등교하지 않는 반 친구를 누가 찾아가 보라고 담임 선생님이 말씀하셔서 내 옆자리에 앉아 있던 그 친구를 내가 찾아갔다. 그 친구가 있다는 시내에서 멀리 떨어진 답십리를 어렵사리 찾아가 보니 공터에 텐트를 치고 생활하고 있었다. 당시 답십리에서 효자동으로 통학하는 것은 거의 불가능했고 텐트 속에서 생활하는 것도 너무 힘들어 보였다. 그 친구를 집으로 데리고 왔다. 어머니 허락을 얻어 당분간 우리 집에 머물면서 학교에 다니도록 했다. 그렇게 해서 그 친구는 대학에 진학할 때까지 우리 집에서 나와 함께 침식을 같이했다. 어머니께서는 친구가 불편하지 않게 늘 따뜻하게 배려해 주셨다.

중고교 시절 동급생과

고대 진학

고3 때 담임 선생님은 영어 선생님이셨다. 대학입시가 가까워지자 담임 선생님은 나에게 문리대 영문과를 추천 하셨다. 그러나 나는 영어는 해외로 나가서 일하기 위한 수단으로 배우는 것으로 알고 있었기 때문에 영어를 목적으로 연구하는 것에는 별로 흥미가 없었다. 담임 선생님이 집에도 몇 번 찾아오셨지만, 담임 선생님 권유를 뿌리치고 고대 정외과로 가기로 마음을 정했다. 어떠한 일이 있어도 재수할 생각은 없었다.

나는 중학교 때부터 "유엔"을 막연하게 동경했다. 그때는 11월 24일인가 "유엔"의 날이라는 것까지 있어 정부에서 기념식을 하기도 했는데 6.25 전쟁에서 우리나라를 지켜 준 것도 "유엔군"이고 휴전 후에도 UN은 우리에게 식량을 비롯하여 각종 구호품을 보내 주었다. 고등학교에 들어가서는 UN이 있는 미국에 가서 공부하고 UN에서 일하고 싶은 꿈이 있었다.

그래서 다른 과목보다 외국어를 열심히 했다. 당시 미국 유학을 하려면 우선 국가가 실시하는 유학 시험을 치러야 하고 미국에 가서는 학비를 벌어서 공부해야 했다. 그렇더라도 다들 그렇게 고생하면서 공부한다고 하니까 미국에 가기만 하면 다 해결될 것 같은 생각이었다. 집에 여유가 있더라도 외화 관리가 엄격하여 외화를 갖고 나가는 것 자체가 불법이었다.

　고대 입학시험에 합격한 날 아버님은 나를 데리고 양복점에 가서 입학 기념으로 양복을 한 벌 맞추어 주셨다. 1960년 4. 18 신입생 환영회가 부정선거 규탄 반정부 "데모"로 바뀌면서 선배들을 따라 엉겁결에 광화문까지 시위 행진했다. 학교 근처에서 하숙하던 학생들은 학교로 돌아가는 길에 동대문 근처에서 폭력배의 습격을 받고 여러 명이 쓰러졌다. 이 사건이 사진과 함께 아침 신문에 크게 보도되자 전국의 모든 학교가 들고 일어났다. 학생 데모는 그다음 날 4. 19 또 그다음 날도 계속되었다. 데모로 시작해서 데모로 저무는 한 해가 가고 1961년이 되었다.

5.16 아버님의 실직

5. 16이 일어난 해 1961년 대식구를 거느리시는 아버님께서 퇴직하시어 당장 생활이 어렵게 되었다. 갑자기 어려워진 집안 형편을 빤히 알면서 동생들 학비도 어려운데 미국 유학은 고사하고 대학 등록금을 집에서 받아 낼 염치도 없었다. 당시 가정교사가 대학생들의 아르바이트였으나 대부분 입주 가정교사라 나는 남의 집에 들어가서 생활하는 것에는 자신이 없어 가정교사 자리는 구하지도 않았다.

학교에서는 고등학교별로 서로 패가 갈려 있는 학과 분위기가 기대했던 것과 달랐고 강의에도 흥미를 갖지 못했다. 집안 형편도 그렇고 학교 다니는 것이 하나도 즐겁지 않았다. 학교에서는 신입생 출석 일수를 점검하였다. 나는 출석 카드를 넣어 줄 친구를 하나 정해 놓고 학교에는 나가지 않았다.

그해 미국에 같이 가기로 했던 고교 동창 3명이 미국으로 유학을 떠났다. 그때는 외국에 가는 일이 흔치 않았기 때문에 누가 외국에 나가면 무슨 결혼식이나 회갑연처럼 친지에게 모두 통지했고 버스를 전세해서 손님들을 모두 공항까지 모시고 갔다가 돌아오는 길에는 음식점에서 음식을 대접하는 것이 관례같이 되어 있었다. 미국으로 떠나는 친구들을 송별하러 세 번이나 김포 공항에 다녀왔다.

특별한 계획도 없이 학교를 그만두고 일자리를 찾아보려고 하였지만, 병역 문제가 있었다. 어머니는 등록금 때문에 내가 학교를 그만두려는 것으로 아시고 어디서 등록금을 변통해 오셔서 앞에 내놓으시고 등록금 걱정은 하지 말고 학교에 꼭 다녀야 한다고 다짐하셨다. 어머니께서 그렇게 걱정을 하시니 집에 있을 수도 없었다. 내 형편이 이런 데 서울문리대에 입학한 친구가 제2 외국어 대리 시험을 봐 달라고 부탁을 해서 문리대에 가서 교복을 바꿔 입고 들어가 독일어 대리 시험을 보았다. 시험문제가 너무 쉽기도 하고 대리 시험이 발각될까 두려워서 제일 먼저 답안지를 제출하고 나왔더니 친구가 크게 걱정하는 것을 안심시켰다. 학점이 잘 나온 것은 물론이다.

부모님 모습

ROTC 포병장교 임관

마침 그해에 학교에 ROTC(학도군사훈련단) 제도가 도입되었다. ROTC에 입단하면 재학 중 군사교육을 받고 졸업하면 장교로 2년 복무하게 되어 있었다. 장교로 복무하면 유익한 경험도 얻을 것 같고 사병으로 복무하는 것보다는 고생도 덜 할 것 같았다. 아버지께서 권하시는 대로 ROTC에 입단했다. 그러나 ROTC는 근태가 엄격하고 군사학 과목을 이수하지 못하면 사병으로 복무해야 한다. 학교 강의도 강의지만 이제는 군사학과 군사훈련을 소홀히 할 수 없게 되었다.

1학년 때 같이 불성실하게 학교에 나가는 것은 용납되지 않았다. 나는 생각을 바꾸어 고시 공부를 하기로 하였다. 아침에 도시락을 2개를 갖고 학교에 나가 온종일 도서관에서 저녁 늦게까지 행정고시 관련 책을 읽고 집에 돌아와서는 잠만 잤다. 학교에서 살다시피 했다.

여름 방학에는 예비사단에서 군사훈련을 받았는데 처음 집을 떠나서 한 달을 꼬박 군부대에서 훈련받는 것이 엄청 힘들었다. 2년간의 ROTC 훈련을 마치고 졸업과 동시에 포병 소위로 임관되었다. 임관식이 있던 날 육군 장교 제복을 입고 집에 돌아오는 내 모습을 보시고 아버님께서 아주 기뻐하셨다. 임관과 동시 광주 상무대 포병학교에 입교해서 3개월간 장교 훈련을 받고 난 다음에야 실제 장교가 되는 것이다.

64년 4월부터 광주 포병학교에서 3개월의 훈련을 마치고 집에서 10일간의 휴가를 보내고 강원도 철원 화지리 1사단 59대대 차리(C) 포대에 배속되었다. 광주 포병학교에서 같은 5구대에서 훈련받은 부산대학 출신 노 소위하고 같이 근무하게 되어 마음이 놓였다. 지금은 고인이 된 노 소위는 부산 출신으로 성격이 느긋하고 배짱이 두둑했다. 우리 둘이 서로 의지하며 함께 생활하여 고생해도 힘든지 몰랐다.

고대 졸업 사진
(오른쪽부터 아버님, 나, 어머니, 큰어머니, 앉아있는 동생들)

전방에서 만난 외국 신부

철원에 배치받은 지 얼마 되지 않아서 사단사령부에서 시행하는 교육을 받으러 갔다. 교육을 끝내고 부대로 돌아오는 버스 뒷자리에 앉고 보니 옆에 젊은 서양인이 앉아 있었다. 최전방에 군인이 아닌 민간인 외국인을 만난다는 것이 의외였다. 어디로 가느냐고 물었더니 화지리 천주교 성당을 찾아가는 길이라고 한다. 우리 부대도 화지리에 있다고 했다. 자기는 호주에서 엊그제 한국에 도착했는데 화지리 천주교 성당에 봉직하러 가는 신부라고 한다. 이런저런 얘기를 하면서 화지리에 도착해서 성당까지 안내해 주었다. 천주교 성당은 우리 포대에서 화지리 시내로 나가는 길목에 있어서 우리가 외출할 때면 늘 지나가는 곳에 있었다.

그 외국 신부는 이름이 "켈리"라고 했고 나이도 우리하고 비슷해 외출할 때마다 만나서 술을 좋아하는 노 소위와 셋이 함께 막걸리도 마시고 즐겁게 지냈다. 몇 번 만나고부터 켈리 신부는 우리가 퇴근하는 시간을 기다리는 것 같았다. 그 당시 화지리는 최전방 FEBA(전투지역전단) 지역으로 북에서 보내는 대남 방송이 항상 들리고 분위기는 음산했다. 그러나 노 소위하고 켈리 신부가 있어서 외롭지 않았다. 다

같이 집을 떠나 객지에서 생활하는 젊은 사람들이라 서로 만나 쓸쓸함을 달랬다.

당시 부대에서 우리 초급장교가 하는 일은 사병교육 훈련과 전방 관측소(OP)에 올라가는 것이 주 업무였다. 전방부대의 포병 초급장교는 소속 포대에 배정된 최전방 OP(관측소)에 올라가서 1개월씩 교대 근무하게 돼 있었다. 전방 고지에 설치되어 있는 OP는 적전이나 마찬가지기 때문에 OP에 근무하는 동안에는 정기적으로 실시하는 사단 CPX(기동훈련)에도 참가하지 않는다. 한번 올라가면 한 달간 외출도 못 하지만 부대의 간섭도 받지 않고 자유로운 독립된 생활이 있어 나는 OP 근무가 좋았다. 그래서 본부 근무보다는 많은 시간을 전방 OP에서 보냈는데 보통 GOP(일반초소) 내 중요한 산 정상에 있는 OP에는 관측병, 유선병, 무선병의 사병을 셋을 데리고 올라가서 생활한다.

젊은 장교들에게 최전방 고지 정상에서 한 달씩 근무하는 것은 인기가 없어서 다른 장교의 OP 근무 차례가 되더라도 내가 원하면 장기간 근무할 수 있었다. 처음에는 산꼭대기에서 캄캄한 밤에 사병 셋 데리고 자고 먹고 하는 것이 갑갑하기도 했지만, 낮 근무시간에만 복장을 갖추고 전방의 지형지물을 숙지하고 방문하는 높은 사람들을 위한 브리핑 준비가 돼 있으면 온종일 아무런 간섭 없이 근무할 수 있고 마음대로 책도 읽을 수 있었다. 나는 지금도 근무하던 당시 휴전선 넘어 적진의 고암산, 봉래호, 보양호, 백마고지 등의 지형지물을 기억하고 있다. 휴가 나오면 OP에서 읽을 책을 준비해서 갖고 올라갔다.

당시 우리 포대 포대장 고 대위, 작전 참모 심 대위, 대대장 김 소령 등이 기억난다. 몇 년 전 아내와 함께 근무하던 철원 화지리를 찾아가 본 적이 있다. 우리 부대가 있던 위치에 그때와 똑같이 105m/m 곡사 포가 배치돼 있었고 성당도 개축되어 그 자리에 그대로 있었다.

1사단 수색중대 파견 뒷줄 오른쪽에서 세 번째

대학원 입학

그렇게 유용한 24개월의 전방 복무를 끝내고 66년 5월 만기 전역했다. 내가 전역할 때쯤에는 아버지께서 세무사 일을 시작하시었고 집안 형편도 안정되어 있었다. 켈리 신부는 내가 전역한 후에는 돈암동 성 콜롬방회(St. Colomban)에 머물면서 연세대학에서 한국어를 공부하였고 나는 고대 대학원에 등록해 놓고 있었다. 켈리 신부는 틈날 때마다 우리 집에 와서 온종일 나와 같이 집에서 뭉개기도 하고 가끔 등산도 가고 시내를 돌아다니기도 했다. 연세대학에서 한국어 공부를 마치고 나서는 강원도 원주, 문막, 정선, 황지 등 여러 성당을 다니면서 본당 신부로 봉직하였다. 나는 켈리 신부가 봉직하는 거의 모든 성당을 한 번씩 찾아가서 하루를 함께했다. 켈리 신부는 원주교구에서 주교님 보좌신부도 하였고 직업학교를 운영하기도 했는데 내가 현대에 입사한 지 얼마 안 돼서 하루는 켈리 신부가 찾아와서 직업학교에 교육용으로 필요하다고 자동차 엔진을 하나 구해 달라고 부탁했다. 그 당시에는 회사에서 그런 값비싼 엔진을 선뜻 교육용으로 내놓을 형편도 아니었고 신입사원인 내 위치가 그런 일을 말할 형편도 아니어서 켈리 신부 부탁을 들어주지 못했다. 그때 그 엔진을 하나 구해 주지 못한 것이 지금도 마음에 걸린다. 켈리 신부는 원주교구에서 봉직을 끝내고 1980년 호주로 귀국하셨다.

그 후 1996년 출장 갔다 돌아오는 길에 홍콩에서 켈리 신부를 만나본 것이 마지막이었다. 몇 년 전까지만 해도 시드니 한인 공동체 성당 일을 보고 계신다고 소식을 들었다.

당시 ROTC 장교 대부분의 군 복무는 병역의무를 때운다는 의무감에서 비롯된 것임으로 대부분 전역할 날짜를 기다렸지만, 군이 적성에 맞는 일부 ROTC 동기 장교들은 장기 복무를 선택해서 대장까지 승진한 동기생도 있고 선배도 있었다.

어찌 되었든 나는 2년간의 최전방에서의 초급장교로 복무하면서 사회생활을 해 나가는 데 값진 경험을 얻었으며 대한민국 육군 장교로 복무한 것을 늘 자랑스럽게 생각한다. 같이 고생했던 몇몇 ROTC 1기 선배와 동기생들이 연말에 부부 동반으로 몇 번 우리 집에서 모임을 가진 적도 있지만, 동기생 노 소위가 이미 고인이 된 지 오래고 선배들도 몇이 세상을 떠났다.

켈리 신부와 함께

현대입사

해외파견 사원

　나는 전역하기 전 행정3부 외무고시 준비를 계속하기 위해 고려대학교 대학원에 진학했다. 학부 시절 국제관계를 가르치시던 민병기 교수님이 지도교수였는데 나를 알아보시고 잘 준비해서 꼭 합격하라고 격려해 주셨다. 후일 민 교수님은 내 결혼식 주례를 서 주시기도 하셨는데, 애석하게 한창 활동하실 연세에 폐암으로 별세하셨다. 지금이나 그때나 행정 3부 외무고시는 외국어(영어와 제2 외국어)의 비중이 컸다. 제2 외국어로 선택한 불어도 학부 시절부터 시험을 목표로 친구와 같이 Alliance Francaise에 나가 열심히 공부했다. 그때 같이 불어를 공부한 그 친구는 졸업 후 프랑스에 유학해서 박사 학위를 취득하고 대학교수가 되었다.

　그런데 내가 전역한 그해 매년 실시해 오던 행정3부 외무고시가 수시 채용시험으로 변경되었다. 그렇게 어렵다는 외무고시(64년 합격률 0.54% 10명/1,848명, 96년 합격률 22% 307명/1,350명)에 합격을 기대하기도 어려운 데 그마저 언제 시험이 있을지 몰라 막연하게 되었다. 행정고시는 치러 보지도 못하고 포기하였다.

그 당시 대부분 일반 회사나 은행은 신입사원을 전공별로 모집하였는데 응시 자격은 주로 상과, 법과, 경제과 출신으로 한정하였고 정외과는 언론기관밖에는 응시 기회마저 없었다. 어느 날 일간 신문에 어느 건설회사가 해외에 파견할 경력사원을 채용한다는 커다란 광고가 나왔다. 경력사원을 뽑는다는 것이니까 응시 자격도 제한이 없고 시험 과목도 영어, 상식, 논문으로 비교적 간단했다.

다음 날 학교에서 친구들 사이에서는 그 채용 광고가 화제였다. 해외 파견 사원을 채용하는 것이니까 다들 영어가 중요할 것이라고 했다. 꿩 대신 닭이라고 그 회사에라도 취직해서 해외에 나가면 좋을 것 같았다. 나는 망설임 끝에 응시해 보기로 했다. 밑에 동생을 시켜 집에서 아주 가까운 현대건설 본사에 가서 응시원서를 하나 받아 왔다.

회사 취직 시험에도 합격하지 못하면 창피해서 어떻게 하나 하는 걱정이 앞섰고 시험 보는 날에는 시험장에서 누구를 만나지나 않을까 걱정이 되었다. 경력사원을 뽑는다는데 경력이 없는 것이 결격사유가 될지 몰라 마음에 걸렸다.

그러나 당시 개인적으로는 여권을 내기도 어려운 때라 회사 비용으로 외국에 나가는 것은 큰 혜택이었고 무엇보다 해외에 나가면 급여가 국내보다 많아서 2, 3년 근무하고 귀국하면 유학 자금을 마련할 수 있을 것 같아 시험에 꼭 합격하고 싶었다. 경력을 물으면 ROTC 장교

복무기간 2년을 경력이라고 말할 작정이었다. 다행히 시험 치르는 날은 많은 사람(1,700여 명) 가운데 아는 사람은 아무도 만나지 않았고 아무도 모르게 시험 치르고 집에 돌아왔다.

며칠 후 영어 회화 시험을 보러 오라는 통지서가 왔다. 미국 사람하고 대면하는 회화 시험을 보았다. 또 며칠 있으니까 최종 면접을 보러 나오라는 통지서가 왔다. 그때가 7월이었는데 무교동 현대건설 사옥 7층에 정주영 사장실에 딸린 응접실에서 면접을 보았다. 합격통지서를 받은 사람은 나를 포함해서 10명이었다. 응시자 1,700명 가운데서 10명을 선발한 것이다. 모두 나이나 경력이 나보다 위였고 고등학교 대학교 선배도 있었다. 정주영 사장님이 나오셔서 한 사람 한 사람씩 어느 회사에서 무슨 일을 했느냐고 부드러운 말투로 차근차근 경력을 물으셨다. 모두 무슨 회사에서 무슨 일을 했다고 자랑스럽게 말하는데 내 차례가 되었다. 나는 회사 경력은 없지만, ROTC 2기 출신 장교로 2년간 전방 근무를 마치고 지난달에 전역했다고 말씀드렸다. 정주영 사장님 말씀은 뜻밖이었다. "우리는 아무리 똑똑해도 월급 더 준다고 이 회사 저 회사를 옮겨 다니는 사람보다는 성실한 사람을 원합니다."라고 말씀하시고 별말씀 없이 사장실로 들어가셨다. 다들 실망하였지만 나는 그래도 회사 경력 없이 2개월 전에 군에서 전역했으니까, 사장님이 원하는 사람에 속할 것이라고 하고 오히려 안심했다. 며칠 후 8월 1일부터 출근하라는 통지서를 받았다.

국내 현장

　총무부 말은 실제 해외 파견 사원을 요청한 당사자는 정인영 부사장님인데 해외여행 중이시라 만나 뵙지도 못했다. 그러나 현대건설 첫 출근은 무척이나 실망스러운 것이었다.

　출근은 했는데 사무실도 책상도 없이 건설 현장에서 복귀하는 현장 인원들과 같이 8층 식당에서 온종일 보내는 날이 많았다. 그래도 해외 나갈 날만을 기다리고 있는데 한 달쯤 되니까 총무부에서 사장님 지시로 해외 파견 예정자는 해외에 나가기 전에 국내에서 건설 현장경험을 쌓아야 하니까 모두 국내 현장에 가서 일정 기간 근무해야 한다고 발표했다. 며칠 후 우리는 뿔뿔이 흩어져 전국에 퍼져 있는 현대건설 현장에 파견되었다.

　나는 경기도 도농에 건설 중이던 홍한 비스코스(몇 년 후 공해 산업으로 철거되었음) 발전소 공사 현장에 발령을 받았다. 다른 현장에 비해서 서울에서 지리적으로 가깝기는 하지만 당시 대중교통을 이용해서 광화문에서 아침 7시까지 도농 현장에 출근하는 것은 무리였다. 통금이 끝나는 새벽에 집에서 나와 광화문에서 버스를 타고 동대문까지

가서 버스를 갈아타고 청량리까지 가서 또 시외버스를 타고 도농 현장까지 가는 길이다. 새벽 4시에 어머니가 차려 주시는 아침을 먹고 집을 나서면 7시가 넘어서야 겨우 현장에 들어갈 수 있었다. 특별히 맡은 일도 없는데 깜깜한 새벽에 나와 깜깜한 밤에 집에 돌아가는 출퇴근은 너무 힘들었다. 현장 분위기도 쌀쌀하고 간부들은 현장 근처에서 침식을 해결하고 있었지만, 나는 특별한 직책도 없고 언제까지 그곳에 근무할지도 모르는데 집에서 나와 떨어져 생활할 수도 없었다. 그저 현장경험을 쌓기 위한 일이라지만 너무 힘들어 본사 공무부를 찾아가 사정 얘기를 했다.

공무부 과장님은 내 사정 얘기를 듣더니 다른 현장으로 발령 내 줄 터이니 며칠만 기다리라고 친절하게 말씀해 주셨다. 그러면서 하는 말이 집에서 출퇴근하는 것이 좀 나을 것 같아서 특별히 도농 현장으로 보낸 것인데 얘기를 듣고 보니 잘못된 것 같다고 했다. 며칠 후 본사 복귀 발령이 나왔다. 이번에는 강화교 건설 현장으로 가라고 한다. 나는 그때까지 강화도를 가 본 적도 없었다. 당시 강화도는 서울역에서 합승을 타고 한 2시간을 가야 하는 먼 거리였다. 사실 나는 입사하면서 해외 나갈 일만 생각했지, 국내 건설 현장에서 근무한다는 것은 상상도 하지 못하였다. 그러나 정주영 사장님 특별 지시이기 때문에 현장 근무 경험이 없으면 해외에 나가는 것은 불가능하고 현장 실습이 싫으면 회사를 그만두어야 할 형편이었다. 발령을 받고 어떻게 해야 할지 몰라 다시 공무부를 찾아갔다.

공무부 과장님 말씀은 강화교 현장은 도농하고는 분위기가 다른 곳이고 현장에 오래 있을 것도 아니니까 일단 가 보고 정 못 하겠으면 그때 다시 얘기해 보자고 했다. 알고 보니 과장님은 대학 동문 선배였다. 나를 생각해 주는 그 과장님 마음 씀씀이가 고맙기도 하고 그 강화교 현장이 어떤 곳인지 궁금하기도 해서 일단 가기로 했다.

중구 무교동 92번지 옛 현대건설 본관,
8층 식당에서 무료로 제공되던 양질의 점심식사가 인기였다.

강화교 현장

　서울역에서 털렁거리는 합승을 타고 2시간을 넘겨 찾아간 현대건설 강화교 현장사무소는 김포 쪽에 있었다. 허름한 임시 건물이 꼭 청계천에 있는 판잣집 같았다. 간판을 확인하고 들어가서 소장에게 찾아온 목적을 말하니 본사에서 통보를 받아 다 알고 있다고 했다. 현장 실습하러 온 것이라 그런지 소장님은 별말씀 없이 빈 책상 하나를 가리키며 내 자리라고 한다. 그때가 오후 네다섯 시쯤 된 것 같은데 좀 있으니 모두 일어나 나가면서 따라 나오라고 한다. 강화도로 건너가서 환영 회식을 해 준단다. 김포와 강화를 연결하는 LST 배를 타고 가서 걸어서 어떤 한옥으로 들어가니 종업원들이 반긴다. 방안에는 상위에 음식이 잔뜩 차려져 있다. 안내해 주는 자리에 앉으니까 여종업원들이 자리마다 옆에 앉아 시중을 든다. 소장 이하 사무실 직원들이 모두 다 종업원들하고 잘 아는 사이인 것 같았다. 나는 이런 "방석집"은 처음이다.

　현장에 며칠 있어 보니 분위기는 도농 현장하고는 딴 판이었다. 공무부 과장님 말씀대로 시행 예산이 넉넉해서 그런지 모든 것이 여유로웠고 회식도 자주 했다. 현장사무소에 붙어 있는 임시숙소에서 서울 공대 토목과 출신 Y 부소장하고 방을 같이 썼다. 소장님은 본사에 무슨 일이 있으면 가능하면 나를 시켜 서울에 가서 업무를 보고 집에서 자고 오도록 배려해 주셨다. 아마 본사 공무부에서 내 근무지와 관련해서 무슨 말이 있었지 않나 싶었다. 한편 같이 입사한 동료들도 모두 영월, 울산, 군산 등 지방 현장에 파견 근무하고 있었다.

강화교 현장에서 추석을 맞았다. 현장에서는 떡값이라고 회사 보너스와 비슷한 금액을 별도로 주었는데 월급까지 받으니까, 주머니가 두둑해졌다. 사정이 이렇게 되니 현장에 있는 하루하루가 즐거웠다. 그렇게 한 달을 보냈다. 하루는 신입사원 30여 명이 현장 견학을 온다고 해서 나가 보았다. 뜻밖에 그중에 고등학교 동창이 2명이나 있었다. 그 두 동창은 나를 보더니 "아니 너 어떻게 된 거냐?" 하고 깜짝 놀라 묻는다. 내가 흙 묻은 작업화를 신고 그 당시 건설회사에서 입기 시작한 짙은 감색 점퍼를 입고 현장에 서 있으니까 모르기는 몰라도 내가 막노동하고 있는 것으로 보았던 것 같았다. 나는 별말 할 기분이 아니었지만 "인마 여기는 건설회사라 입사하면 무조건 이렇게 현장에서 몇 달 근무하고 본사에 근무하는 거야", "나는 해외로 나기 위해서 현장에 실습하러 나왔어"라고 말했다. 그래도 기분은 찜찜했다. 그 동창 중 하나는 끝까지 현대에 남아서 같이 근무했고 또 한 명은 회사에 몇 년 다니다 미국에 이민을 갔다는 소식을 들었다.

지금은 고인이 되신 강화교 현장 J 소장님하고는 업무영역이 달라서 한동안 연락이 끊어졌었는데 한 20년도 지나서 한라펄프제지에 근무할 당시 울산에 계신 J 소장님으로부터 전화를 받은 적이 있었다. 나를 기억하고 계신 듯 현대건설 골프회를 조직하는데 찬조를 해 달라고 하셔서 반가운 마음에 기꺼이 말씀하신 대로 응해 드린 기억이 난다.

방콕 지사 발령

그다음 해 그러니까 1967년 4월 나는 본사 복귀 명령을 받고 3층 부사장실에 불려갔다. 입사한 지 몇 달 만에 정인영 부사장과 처음 대면하게 된 것이다. 총무과에서 부사장님은 아주 까다롭고 7층 사장님보다 더 무서운 분이시니 조심하라고 말해주었다. 부사장실에 들어가면서 나는 잔뜩 겁을 먹고 있었는데 부사장님은 책을 보시면서 검은 뿔테 안경 너머로 흘깃 보시고 간략하게 말씀하시는 것이 예상 밖으로 조금도 위압적이지 않고 부드럽게 대해 주셨다. 현장에서 언제 올라왔냐고 물으시고 나에 관해서는 모든 것을 다 알고 계신 것 같았다. 곧 방콕지점 발령을 낼 테니 출국 준비를 하라고 말씀하셨다. 부사장님에 대한 첫인상을 사업가라기보다는 어느 대학 교수 같다는 느낌을 받았다. 그렇게 해서 그분하고 나의 반세기에 걸친 끈질긴 인연이 시작된 것이다. 여권을 내는 데 한 달 정도 걸려 출국 준비를 마치고 3층 부사장실에 다시 가서 출국 인사를 드렸더니 편지를 한 통 써 주시면서 방콕에 도착하면 지점장에게 주라고 하신다.

다음 날 나는 김포 공항에서 KNA 프로펠러 비행기를 타고 오사카로 출국했다. 이륙하기 전 공항에서 비행기에 탑승해 창밖을 내다보니 가족들 틈에 손수건으로 눈을 닦으시며 서 계신 어머니 모습이 보였다. 오사카에서 "타이인터(Thai International) 항공"으로 바꿔 타고 방콕으로 가게 되어 있었다. 그 당시에는 김포까지 들어오는 외국 항공기가 없었다. 생전 처음 비행기를 타고 해외로 나가는 길이라 조금 흥분되고 앞으로 할 일이 기대되면서도 한편으로 막연하게 불안하기도 하였다. 그래도 아무 경험도 없고 아무것도 모르는 햇병아리 사원이지만 무슨 일이라도 맡기기만 하면 윗분들이 실망하지 않도록 열심히 하겠다고 다짐했다.

그 당시 정인영 부사장님은 현대양행의 무역업과 안양에 양식기 공장을 운영하고 계셨다. 나는 방콕으로 출국하면서 3층 부사장님에게 인사하고 가기만 하면 다 되는 것이지 누가 시키지 않는데 7층에 올라가서 정주영 사장님께 출국 인사를 한다는 것은 생각지도 못했다.

방콕에 도착해서 지점장에게 본사에서 가져온 편지를 전달하고 다음 날부터 근무를 시작했다. "프라니"라는 삐쩍 마른 태국 여직원 하나를 데리고 자재 업무를 담당하는 것이다. 본래 자재 담당하던 책임자가 현장으로 내려갔단다. 구매 실무는 현대건설에 오래 근무하신 연세가 많은 기능직 출신 사원 K 씨가 맡아 하고 계셨다. 매일 아침 현장에서 무전으로 자재구매 요청이 들어오면 이를 받아 차를 몰고 나가 방콕 시내를 돌아다니면서 자재를 구매하고 당일 저녁 기차 편으로 현장에 발송하는 고달픈 일이 자재의 주 업무였다. 저녁에 방콕에서 자재를 기차로 보내면 다음 날 아침 남태 도로공사 현장에 도착했다. 나도 매일 저녁 방콕역으로 나가는 K 씨를 따라다녔다. 참 성실한 사람이란 느낌을 받았다. 강화교 건설 현장에서 일본말로 된 자재 이름을 이것저것 듣기는 했지만 뭐가 뭔지도 모르면서 쫓아다녔는데 가장 비용이 큰 것이 중기부품인 것 같았다.

고가의 중기 부속품을 살 때마다 중기 제작회사는 중기를 팔아 놓고 나면 가만히 앉아서 부속품을 팔아서 돈을 많이 벌겠다고 생각했다. 아무리 부품값이 비싸도 그 부품이 없으면 중기를 세워야 하고 그렇게 되면 공사는 지연되고 공기에 차질이 발생하여 회사는 큰 손해를 본다. 우리는 값은 불문하고 필요한 중기부품의 재고가 있다고만 하면 다행이라고 가슴을 쓸어내렸다. 회사가 적자 공사의 기성을 받아서 중기회사에 갖다 바치는 것 같았다.

회사에서는 처음에는 국내에서 쓰던 중기를 가져다 쓸 생각으로 버티고 버티다 도저히 할 수 없어 현장 감독의 제안에 따라 미국의 IH(International Harvester), Allis Chalmers 같은 고가의 중기를 구입해서 운영할 수밖에 없었다. 시간이 갈수록 장비가 노후되면서 부품값은 점점 더 불어났다.

후일 정인영 회장님이 현대양행 군포공장, 창원공장, 음성공장을 운영하시면서 건설 중장비 국산화에 착수한 것도 이러한 태국 도로공사에서의 쓴 경험에서 비롯된 것인가 싶다.

당시 방콕 지점에는 지점장, 경리 담당 차장, 경리과장, 태국인 여직원 셋, 자재의 우리 둘 등 적지 않은 직원들이 있었다. 지점장은 지점의 핵심 업무인 태국 도로국에 출입하는 일이나 공사 기술감독 회사(드루카서) 관련된 일을 전담했다. 지점장은 무역부에서 나와 있었는데 무역부는 현대양행 소속이다. 나보다 20세나 위의 지점장은 산전수전 다 겪으신 분이시다. 태국 도로국 등 대외 업무에는 지점장 외는 아무도 관여하지 않았다. 아마 내가 있는 동안 부사장님께서 방콕에 오셨다면 나의 업무가 자재구매보다는 대외 업무로 바뀌었을지도 모른다.

그러나 부사장님은 내가 방콕에 주재하고 있는 동안 한 번도 오시지 않았다. 정주영 사장님이 자주 오셨는데 어느 때나 두 분이 함께 여행하는 일은 없었다.

태국의 도로공사는 한 $540만 불 정도로서 60년대 우리나라가 해외에서 수주한 가장 큰 공사라고 떠들썩했지만, 내용을 보면 큰 적자를 보고 있었다.

방콕 지점에서 자재 김찬규 선배님과 함께

태국 도로 공사

　당시 현대건설은 국제 규격의 고속도로 공사를 시공한 실적이 없었지만, 국내에 수원, 오산, 군산 비행장 활주로 공사 실적을 인정받아 태국의 남단 말레시아 국경 근처의 파타니-나라티왓(Pattani-Narathiwat) 간 100Km 고속 도로공사를 저가로 수주받아 시공하고 있었다. 회사는 초기의 시행착오로 비싼 대가를 치르면서 적자를 만회하기 위한 후속 공사를 수주하려고 무척 노력하였다. 사장님은 현대가 처음 수주한 해외 공사가 적자 공사라서 초조해하시고 자주 태국에 오셔서 현장을 챙기셨다. 본사 토목부에서 K 이사가 방콕 지점에 주재하면서 후속 공사입찰에 계속 참여했다.

　한번은 사장님이 미국으로 휴가를 가는 현장 감독에게 보석 반지를 선물하려고 하셨지만, 감독관이 받기를 거절하자 돌아와 가만히 계시더니 "그래도 우리 성의는 보여 주었지" 하시면서 스스로 위로하시는 것을 보았다.

　사장님은 저녁 비행기로 방콕에 오셔서 다음 날 아침 비행기로 현장에 내려가시는데 밤사이 엽서를 여러 장 써 놓고 가셨다.

한번은 사장님이 방콕에 오셔서 회의를 하시고 사무실을 나오시면서 회의실 밖에 서 인사드리려고 서 있던 자재 K 씨를 힐끗 보시고 "대학도 못 나온 게 병신같이 월급이나 올려 달라고" 하고 사무실을 나가셨다. 대기하고 있던 K 씨는 예상 밖의 말씀에 너무 섭섭해서 "저는 대학 나왔나" 하고 울먹이는 것을 보았다. 지점장이 K 씨 월급을 좀 올려 줘야겠다고 사장님께 보고를 드렸더니 회의에서는 아무 말씀이 없으시더니 나오시면서 K 씨가 눈에 띄자, 월급이나 올려 달란다고 K 씨를 보고 한 말씀이었다. 사장님은 귀국하시기 전 K 씨 월급은 조정해 주셨다. K 씨는 사장님과 오랜 인연을 맺고 있는 사람으로 아주 성실한 분이었다. 영어를 못하면서도 태국말로 손짓, 발짓 해 가며 성실하고 정직하게 그 많은 자재를 구매하느라 참 고생을 많이 하고 계셨다. 나는 일도 배울 겸해서 네 일, 내 일 가리지 않고 자재를 구매해서 저녁에 철도로 탁송하는 데까지 K 씨를 따라다녔다.

당시 현대건설의 해외사업은 정인영 부사장님이 관장하셨다. 부사장님은 동아일보 외신부 기자로 활동하시다 현대가 어려울 때 형님의 권유로 현대건설에 입사하여 인천 제2 독크 공사를 비롯하여 수원, 오산, 군산 비행장 등 미군 공사를 수주하는 데 주도적인 역할을 하셨고 현대그룹의 성장 기반을 다지는 데 크게 이바지하셨다. 그러나 두 분이 각자 개성이 강하신 분이라 의견이 맞지 않아 다투는 일이 종종 있었고 그럴 때는 많은 혼란이 뒤따랐다.

    태국에 오시면 정주영 사장님은 거의 현장에서 시간을 다 보내시고 사무실 근처 팟퐁 거리에 있는 몽티엔 호텔에서 주무시고 곧장 서울로 가셨다. 공사 현장은 정주영 사장님의 직접 지시에 따라 운영되었다. 이명박 전 대통령은 당시 현장 경리로 근무하고 있었다. 나는 방콕으로 출국하면서 정주영 사장님께 인사도 드리지 못하고 왔지만, 식사 때나 사무실에서 만나 뵈어도 사장님은 병아리 사원인 나에게는 별말씀이 없으셨다. 김영주 회장님과 함께 현장에 주재하시는 고모님(정주영 사장 여동생)은 편찮으시면 방콕으로 올라오셨는데 병원에 모시고 가면 어디가 어떻게 아프냐? 월경은 하냐? 소변은 잘 나오느냐? 등등 부인과에 관한 질문을 통역하는데 쑥스러웠다. 고모님은 방콕에 올라오시면 부엌에 먼저 들어가 부엌일을 도맡아 하셨다. 가끔 내가 모시고 방콕 시내에 나가 여러 가지 사소한 개인 일들을 도와드렸다. 고모님은 만나 뵐 때마다 중매를 서시겠다고 말씀하셨다. 한 20년이 지나 현대중전기에 근무하면서 울산에서 고모님을 다시 뵐 수 있었다.

방콕에서 사이공으로

그러던 어느 날 베트남 사이공 지점으로 부임해 가는 L 차장이 방콕에 들렀다. 당시 베트남에 가는 직항 항공편이 없었기 때문에 방콕은 경유지가 되어 있었다. 나는 공항에 나가 처음 보는 L 차장을 호텔에 모셔 드리고, 다음 날 다시 공항으로 모시고 가서 사이공으로 보내 드렸다. L 차장이 사이공으로 들어가신 지 한 보름쯤 되어 본사로부터 나를 사이공 지점으로 보내라는 전출 명령이 떨어졌다. 이제 태국 말도 조금하고 방콕 시내 길도 알 만한데 정인영 부사장은 방콕에서는 한 번도 뵙지 못하고 방콕을 떠나게 된 것이다.

사이공 지점에 발령을 받고 들어간 L 차장이 방콕에서 체재한 그 짧은 시간에 나를 기억하고 방콕 지점에서 별 특별한 직책이 없는 초급사원인 나를 찍어서 사이공 지점으로 전출 요청을 한 것이다. 방콕 지점장은 나를 잡을 의사도 잡을 필요도 없었으므로 그대로 보내 주었다.

집에서는 내가 전쟁터 베트남으로 간다는 얘기를 들으시고 태국으로 간다고 하고 위험한 전쟁터로 보낸다고 아버지께서 회사에 들어가 항의하셨다고 한다. 그러나 나는 나를 꼭 필요로 하는 곳이라면 어디라도 가서 일 같은 일을 하고 싶었다. 사실 나는 일을 시작하는 신입사원을 조금도 배려하지 않고 견제하는 듯한 방콕 지점의 C 지점장의 태도나 사무실의 분위기 속에서 매일 하는 자재 업무에는 전혀 흥미가 없었다.

나는 미련 없이 방콕을 떠나 즐거운 마음으로 사이공으로 들어갔다. 생각해 보니 결국 몇 달 동안 나는 방콕 지점에 있어도 그만 없어도 그만인 사람이었다. 하지만 사이공은 태국과 달리 전쟁 중이었기 때문에 일거리가 쏟아져 나오는 곳이었다.

태국은 안전하고 평화로운 곳이지만 적자 공사를 시행하느라 모두 고생하고 있었고 앞으로 이렇다 할 전망도 밝지 않았다. 그러나 베트남에서는 준설사업 주택사업 등 여러 가지 공사를 수행하고 있었다. 현대는 남태 도로공사가 끝난 후에 태국 도로국의 인정을 받아 70년대 말까지 수년간 북태에서도 도로공사를 수행하였다.

사이공 지사

    내가 사이공에 도착한 67년도 하반기에는 이미 현대건설은 베트남에서 준설선 현대 1호, 2호의 준설사업을 포함해서 캄란 주택사업 등 활발하게 공사를 수행하고 있었고 본사에서 우수하다는 직원은 거의 모두 베트남에 투입해서 승부를 거는 듯한 분위기였다. 당시 베트남에 근무했던 직원은 훗날 대부분 현대그룹의 최고 경영자로 성장하여 현대그룹의 기둥이 되었다. 베트남의 남쪽 "붕타우"에서는 준설선 현대 1호가 RMK-BRJ 하청으로 24시간 돌아가고 있었고, 메콩 델타의 미토에는 준설선 현대 2호가 작업을 시작했고, 중부 "캄란"만에서는 대규모 주택 공사를, 그리고 "퀴논"과 "나트랑"에는 대규모 군사용 세탁 공장을 건설하고 있었다. 지점에는 경리, 업무, 총무 등 여러 명이 근무하고 있었고 나와 입사 동기인 J 군이 총무 일을 하고 있었다. 사이공 지점의 선임 J 과장은 어려서 광화문 한동네에서 같이 놀던 동네 형이었다. 나는 그 형을 이곳 해외에서 만나게 되어 무척 반가웠는데 J 과장은 나를 그렇게 반기지 않는 느낌이었다. 도착하는 날 저녁 환영회를 해 준다고 몇이 나가서 저녁을 하고 "나이트 클럽"까지 갔다. 회식 자리에서 먼저 사이공에 와서 근무하고 있던 K 대리는 은밀하게 나에게 나트랑이 좋은 곳이니 나트랑 근무를 지원하라고 몇 차례 말해 주었다. 나는 어제 도착해서 어디가 어디인지 뭐가 뭔지도 모르는데 회사에서 시키는 대로 어디가 되었든 가겠다고 했다. K 대리는 다소 실망하는 눈치였으나 몇 번 더 "나트랑"이 좋은 곳이라고 말했다. 나중에 알고 보니 K 대리는 사이공에서 나트랑으로 전출 예정이었다.

Modern Service Co.

Modern Service Co.

베트남의 퀴논과 나트랑 지역의 세탁 사업은 태평양지역 미군 PX 책임자와 특수 관계인으로 미군에게 세탁 서비스를 제공하여 성공한 K.B. Kim이라는 사람(김국배, 여자)이 현대에게 합작으로 베트남에 진출해서 세탁 사업을 하자고 제의해서 시작된 사업이다. 베트남에서의 세탁 사업은 규모가 크고 대규모 자본이 필요한 만큼 K.B. Kim은 현대의 자금력이 필요했다.

이 베트남 세탁 사업을 위하여 정주영 사장은 일본에 대형 세탁 기계를 미리 발주하고 현대건설의 우수한 직원을 선별하여 사이공에 파견하였다. 그러나 2 - 3개월이 지나도 미군과의 계약에 진전이 없자 정주영 사장은 K.B. Kim과 합작을 파기하고 세탁 사업을 담당하던 직원들은 모두 캄란 주택 공사 현장으로 내려보냈다. 이 세탁 사업의 뒤처리를 위하여 L 차장이 책임자로 사이공에 새로 부임한 것이다. 사이공 지점에는 모두 현대 본사에서 근무한 경험이 있는 직원들이나 L 차장은 신문기자 출신으로 특채되어 파견되었다. L 차장은 사이공 지점에 도착해서 지점의 분위기가 만만치 않다는 것을 직감하고 초급사원인 나를 방콕에서 불러 자기 직속으로 하고자 한 것이다.

그 당시 사이공 부두에는 일본에 발주해서 도입되는 대형 세탁 기계가 산더미처럼 쌓여 있었고 퀴논과 나트랑에서는 공장 건설을 끝내고 기계가 도착하기만을 기다리고 있었다. 본사에서는 기계를 빨리 통관시켜 공장에 설치하라고 독촉이 빗발쳤지만, 미군과 아무런 계약 관계가 없었기 때문에 베트남 정부에 관세를 내지 않고서는 통관할 수 없었다.

정주영 사장님은 사이공에 오시기만 하면 세탁 기계 통관을 못 한다고 짜증을 내시고 직원들을 다그쳤지만 그렇게 현대 내부적으로 해결될 문제가 아니었다. 한번은 사이공에 오신 정주영 사장님이 답답하시니까 돈을 써서라도 빨리 통관을 시키라고 지시하시고 귀국하셨다. 그러나 세탁 기계는 사장님이 다음에 사이공에 오셨을 때까지도 통관하지 못하고 그대로 있었다. 사장님은 담당 차장의 보고를 듣고 "그래 돈은 갖다주었어?" 하고 물으시니까 차장은 "예, 주었습니다"라고 대답했다. 그러니까 사장님은 "돈 받고도 통관을 안 해 줘?, 그것을 가만둬" 했다. C 차장은 "네 제가 가서 혼쭐을 내고 오겠습니다." 했다. 사장님은 "병신같이 그게 혼낸다고 될 일야" 하셨다.

내가 사이공에 도착하고 며칠 후 이제까지 MSC 일을 담당하던 K 대리는 나트랑으로 내려가고 모두가 외면하는 그 골칫덩어리 세탁 기계 통관 업무가 송두리째 내 몫이 되었다. 나는 업무 파악을 위해 며칠 현장으로 돌아다녔다.

현대건설 사이공 지점에는 업무를 총괄하는 부장급 지점장(지금의 법인장)이 계셨고 L 차장은 조직상 그 밑에 있었으나 문제의 MSC에 관련된 일은 사이공 지점에서 별개의 업무같이 L 차장과 나와 둘이 해결해야 했다. 사이공에서 2년 이상 근무한 J 과장을 비롯하여 선임 직원들이 여럿 있었으나 MSC 일은 모두 기피했다.

사이공의 K 지점장은 미국에서 대학을 나온 사람으로 방콕 지점의 C 지점장보다 인간적이고 따듯했다. 그러나 L 차장은 무엇보다 영어가 서툴러서 외부 활동이 어려웠다. 사실 L 차장은 내가 보기에도 미군을 상대로 해야 하는 MSC 일에는 전혀 맞지 않는 사람이었다. 하지만 신문기자 출신으로 본사에 보고하는 데는 누구도 따라갈 사람이 없었다. 하는 일은 없는데 본 것 들은 것을 요약해서 별도로 본사에 수시로 보고서를 보냈다. 본사에서 L 차장을 사이공으로 보낸 목적이 공식 조직 라인과 별도로 보고를 받기를 원하는 부사장님의 뜻이 아니었나 싶었다. 당시 통신 수단은 TELEX조차 나오기 전이라 대부분 보고서를 써서 귀국하는 인편에 보냈고 급한 것은 전보로 보냈다. L 차장은 만년필을 들기만 하면 고치지도 않고 단시간에 술술 보고서를 쓰는데 누구도 따라가지 못하는 능력을 갖추고 있었다. 이렇게 본사에 따로 보고서를 보내는 L 차장을 K 지점장을 비롯한 주위의 간부 직원들은 모두 경계했고 자연 따돌림을 받았다. 이런 상황에서 L 차장은 내 직속 상사였지만 내가 MSC 일을 추진하는 데 조금도 힘을 보태 줄 수 없었고 오히려 주위의 도움을 받는 것을 어렵게 하고 있었다. 내가 외부에서 돌아와 보고를 하면 그대로 본사에 보고서를 보내는 것이 L 차장이 하는 일이었다.

하루는 K 지점장이 늦은 저녁에 내 방을 찾아왔다. 지점장은 L 차장을 귀국시키고 자기와 같이 일하는 것이 어떻겠냐고 하셨다. 나는 인간적으로 그렇게 할 수 없다고 거절했다.

미군과 계약(미정부 초청 도급자)

　MSC 일을 해결하는 유일한 길은 미군과 계약을 따는 것밖에는 다른 방법이 없었다. 나는 사이공에 있는 미군 사령부 구매처 VPA(Vietnam Procurement Agency)를 매일 찾아갔다. 당시 베트남전이 한창 확전되고 있던 시기라 미군은 각종 서비스와 물품이 필요했고 이러한 수요는 VPA를 통하여 구매 입찰이 쏟아져 나왔다. 실제 베트남전 특수를 몸으로 느낄 수 있는 곳이 VPA였다. 이곳에는 일감을 찾는 각국 사람들이 항상 우글거렸다. 한진 조중훈 사장도 보였다. 한진은 VPA와 계약하여 우리 공장이 있는 퀴논과 나트랑 지역에서 탄약 등 군수 물자를 부두에서 하역하여 육로로 최전방 보급기지까지 운송하는 위험한 일을 하고 있었다.

　드디어 우리가 기다리던 세탁 서비스에 관한 입찰이 공고되었다. 우리는 퀴논(Quinon)과 나트랑(Natrang)에 건설한 거대한 현대식 세탁 공장을 보유하고 있는 유일한 회사로 VPA와 무난히 단가 계약을 체결할 수 있었다. VPA와 계약함으로써 그렇게 말썽 많던 MSC는 미 정부 초청 계약자(U.S. Government Invited Contractor)의 신분이 되었다. 미 정부 초청 계약자의 직원에게는 미국방부(DOD) 발행 신분증이 나오고 PX를 드나들 수 있는 레이숀 카드도 발급이 되었다. 미국방부 (DOD) 신분증을 소지하면 미군 비행기를 이용하여 베트남 국내를 어디든지 여행할 수 있었다. MSC는 미국 정부 초청 업체로서 부두에 쌓여 있던 세탁 기계도 쉽게 무관세로 통관하였다. 그러나 그 크고 무거운 중장물을 어떻게 베트콩이 출몰하는 내륙지역을 통과하여 나트랑과 퀴논 공장까지 운반하느냐 하는 것이 문제였다.

사이공 지점에서 캄란 주택건설 자재를 담당하는 K 과장은 베트남 현지 운송업체를 활용해서 모든 자재를 전량 육로로 캄란 현장까지 운반하고 있었다. 하지만 누구보다 MSC 사정을 잘 아는 K 과장은 MSC 일은 모르는 체하고 있었다. 나는 한 개 몇 톤씩 하는 기계를 현지 베트남 업자의 트럭으로 내륙 운반하는 일은 위험하고 안전 확보가 어렵다고 판단했다. 해상 운송만이 유일한 방법이었다. 해상 운송은 무엇보다 베트콩이 출몰하는 지역을 피해 갈 수 있어 안전하고 부두의 하역 시설을 이용하면 중장 물을 싣고 내리는 데 전혀 문제가 없으므로 우리 해군이 도와주기만 하면 쉽게 운반할 수 있을 것으로 보았다.

해군 백구 부대

사이공 부두에서 해상 지원 활동하고 있는 우리 해군 백구 부대를 찾아가서 사정 얘기를 했다. 대뜸 제일 무거운 것이 200톤만 넘지 않으면 문제없다고 하면서 다음 주에 모두 싣고 가겠다고 했다. 약속대로 백구 부대는 사이공 부두에 쌓여 있던 세탁 기계를 모두 퀴논과 캄란에 해상으로 운반해 주었다.

이제는 백구 부대가 캄란에 해상으로 운송해 놓은 세탁 기계를 나트랑까지 육로로 운반하는 것이 문제다. 캄란-나트랑 구간 약 45Km 도로변은 고무나무 프란테이숀 지역이라 베트콩이 자주 출몰하는 것으로 알려져 있었다. 모든 경량 물품은 그대로 나트랑으로 운송하였으나 가장 무거운 보일러가 문제다. 만일 운송 도중 사고가 나면 현지에는 장비가 없으므로 위험지역에서 손쓸 수 없는 문제가 발생한다. 만일을 대비해서 보일러를 실은 트레일러를 타고 공장까지 가야 한다. 베트콩이 출몰하는 지역을 지나간다고 하니 겁도 나고 망설여졌지만, 방법이 없었다. 나는 죽기까지야 하겠냐 하고 오전에 캄란에 내려가서 보일러를 실은 트레일러 운전기사 옆에 올라탔다. 트레일러를 천천히 운행하게 해서 시간이 오래 걸렸다. 몇 시간을 갔는지 나트랑에 무사히 도착했다. 보일러를 공장에 인계하고 당일 사이공으로 복귀하였다.

그렇게 오랫동안 여러 사람을 괴롭힌 골칫덩이 세탁기계는 이렇게 해서 무관세 통관을 마치고 백구 부대의 협조를 얻어 나트랑과 퀴논 공장에 무사히 운반되어 설치하게 되었다.

며칠 후 K 지점장은 나에게 캄란 주택공사 현장 소장이 전화를 했는데 MSC는 돈 한 푼 안 들이고 그 많은 중량물을 나트랑, 퀴논까지 다 해상 운송했는데 K 과장은 왜 돈 써 가면서 위험한 육로로만 운송하는지 모르겠다고 하더라고 했다.

베트남 국내의 자재 관련 일은 K 과장 외에는 아무도 아는 사람이 없었다. K 과장이 베트남 직원 한 사람을 데리고 하고 있었다. K 과장의 업무 스타일은 내가 보기에 방콕 지점에서 같이 고생하던 성실하고 정직한 K 씨와는 선명하게 비교되었다.

사이공에 오신 부사장님

어느 날 나트랑에 출장 갔다 사이공 사무실에 돌아 와 보니 정인영 부사장님께서 와 계셨다. 해외에서 처음 뵙게 되어 무척 반가웠다. 그런데 지점 사무실 분위기가 아주 무거웠다. 그동안 내가 없는 사이 무슨 일이 있었는지 사정을 들어보니 본사에서 G 과장이 나트랑 공장에 경리 담당으로 발령받고 엊저녁에 도착했는데 정인영 부사장님이 출국 전 관련 보고를 받지 못해 모르는 일이니 내일 아침 귀국시키라는 지시를 내리셨단다. 부사장님이 하도 강력하게 말씀하시니까 누구도 이의를 달지 못하고 G 과장은 아주 난처한 상황에 있던 참이었다.

나는 G 과장을 입사해서 본사 8층에서 대기하고 있을 때 몇 번 만나본 믿음직한 사원으로 기억하고 있었다. G 과장은 베트남에 장기간 주재할 예정이라 약혼식까지 하고 왔다는데 부사장님이 다음 날 바로 귀국하라고 하시니 난감해하고 있었다. 사정을 듣고 나는 부사장님에게 나트랑에 출장 다녀온 보고를 드리면서 경리 관련 일이 많이 밀려 있어 G 과장을 빨리 나트랑 공장으로 내려 보내야 하겠다고 말씀드렸다. 나의 보고를 들으시더니 부사장님은 의외로 즉시 G 과장 귀국 명령을 취소하고 내일 당장 나트랑으로 내려가라고 지시하셨다. 이 일이 있고 난 후 G 과장은 늘 나에게 고마워했다. 그 후 퀴논에는 거물급 부장들이 주재하였으며 나트랑에도 우수한 관리직이 투입되어 운영되었다. 특히 G 과장은 십자성 부대와 협조하여 많은 영업실적을 올렸다.

정인영 부사장님은 사이공에 오시면 사이공에는 불란서 문화가 그대로 남아 있어 음식 맛이 좋다고 하시면서 시내에 나가 아이스크림이나 베트남 국수를 드시면서 시가지를 걷는 것을 즐기셨다. 부사장님은 본사에서 무슨 보고를 받으셨는지 자재 담당 K 과장을 불러 귀국하기 전 회사 거래처를 한번 방문하고 싶으니 안내하라고 말씀하셨다. 다음 날 부사장님을 모시고 K 과장이 탄 차는 앞에서 가고 부사장님 차는 뒤에서 따라갔는데 도중에 K 과장의 차를 놓치는 바람에 거래처에는 들르지도 못하고 돌아오셨다.

귀국하시기 전에 부사장님은 지점 직원들을 불러 놓고 본사에서 이제 자신의 직함을 사장이라고 하고 정주영 사장님은 회장으로 한다는 발표가 있었다고 말씀하셨다. 삼성 이병철 씨도 회장이라고 한다면서 이제는 다른 회사도 다 그렇게 바꾸어 부른다고 하셨다. 그때부터 회사의 최고 경영자는 회장이라는 호칭을 사용한 것 같다.

사이공 지점은 당덕슈 거리에 있는 커다란 개인 저택을 빌려 사무실 겸 숙소로 쓰고 있었다. 지점장을 포함해서 지점 직원 일부는 "당덕슈"에 거주했고 나머지는 "판탄장" 거리에 있는 주택에 거주했다. 이 "판탄장" 주택은 방이 4개가 있었는데 J 과장, K 과장, J 대리 그리고 나 이렇게 4명이 방을 하나씩 갖고 있었다. 부사장님이 귀국하시고 얼마 안 돼서 K 과장은 귀국하여 퇴사했다. 그리고 J 과장도 귀국하고 후임으로 S 과장이 부임했다. S 과장은 사장님 비서실 출신으로 서울 본사에 대기하고 있을 때부터 잘 알고 지내던 대학 1년 선배였다. J 과장은 귀국하고 얼마 되지 않아서 정주영 회장님 따님과 결혼한다는 발표가 있었고 그 후 동경지점에서 근무했다.

베트남 VPA 계약담당관 Steinmark 대위(오른쪽)와 함께

미군과 자재비 정산

　나트랑과 퀴논의 세탁공장에는 기능직 인원이 계속 투입되어 빠르게 정상화되었으며 나는 사이공에서 대 VPA 계약처의 업무를 담당하였다. MSC의 퀴논, 나트랑 공장에서는 공장 운영에 필요한 모든 원료 연료 등 자재를 미군으로부터 차입해서 쓰고 월별로 집계하여 그달에 우리에게 지급할 기성 금에서 공제하여 정산하게 되어 있었다. 나는 VPA의 우리 담당 계약관과 가깝게 지냈는데 첫 담당 계약관 미국 육군 대위 스타인마크(Captain Steinmark)였다. 스타인마크 대위는 주말이면 가끔 우리 사무실에 와서 나와 같이 스파게티도 해 먹으면서 시간을 함께했다. 우리는 계약관이 R&R 휴가를 갈 때는 적당한 금액의 휴가비를 보조해 주기도 했다. 계약관은 우리 공장에서 사용한 상당한 금액의 재료비와 연료비 등 자재비를 공제하지 않고 기성 전액 100%를 송금해 주었다.

　퀴논과 나트랑 공장은 우리 맹호부대와 십자성 부대가 주둔하고 있어서 한국군 사령부의 협조를 받아 미군이 책정해 준 예산 범위 내에서 기성을 최대한 올렸다. 서류상으로만 세탁한 것으로 하여 책정된 예산을 모두 집행하는 것이다.

이렇게 해서 퀴논과 나트랑 세탁 공장에서 상당한 금액아 송금되었다. 현대는 전쟁이 한창이던 68/69년에는 퀴논, 나트랑의 세탁사업, 미토, 붕타우의 준설사업, 캄란의 주택사업을 수행하면서 막대한 외화를 벌어들였다. 특히 캄란주택 건설공사는 계약 금액이 $500만 불에 달하는 당시에는 초대형 공사로 위험한 지역에서 성공적으로 완공하여 기대 이상의 수익을 올려 태국 도로공사의 적자로 고전하던 현대건설에 큰 보탬이 되었다.

J 대리와 준설공사

　내 책상은 당덕슈 사무실 2층에 있었는데 준설사업에 근무하는 토목의 J 대리와 함께 있었다. 지금은 고인이 된 J 대리는 체구는 적지만 마음 씀씀이가 대범하고 차분하면서 조용한 사람이었다. 사람이 있는지 없는지 모르게 커다란 지도 위에 올라앉아서 현대 준설선이 작업한 준설량을 계산하는 것이 그의 일이었다. 저녁이면 우리는 오토바이를 타고 같이 놀러 다니기도 했다.

　68년 1월 텟트 구정공세 때에는 미 대사관이 포격받았다는 뉴스를 듣고 어떻게 되었나 궁금해서 J 대리와 함께 오토바이를 타고 나갔다. 미국대사관 앞에 오토바이를 세우고 폭격 맞아 벽에 큰 구멍이 난 대사관 건물을 보고 서 있는데 가까이에서 커다란 폭발음이 들렸다. 우리는 놀래서 오토바이에 올라타 사무실로 돌아온 적도 있다.

　J 대리는 매일 커다란 지도 위에 올라앉아 꼼꼼하게 계산한 수치를 근거로 장기간 쌓여 있던 준설 유보금을 찾아오는 데 결정적 역할을 하였다.

그 후 J 대리는 회장님의 신임을 한 몸에 받고 승승장구하였다. 후일 부사장으로 현대 사상 최대의 프로젝트였던 $10억 불 규모 사우디 Jubail 산업항 건설공사를 수주하는 큰일을 해내기도 했다. 본사에서 승인받은 입찰가를 현지 상황을 보고 본사 승인 없이 현지에서 $1억 불 정도를 올려 입찰하여 수주에 성공하여 모든 사람을 놀라게 한 현대건설의 전설의 인물이 되었다. J 부사장은 한창때 상처하고 재혼해서 새 가정을 꾸리고 득남까지 하여 행복한 새 인생을 여는가 싶더니 건강을 잃고 미국에서 별세하셨다는 소식을 전해 들었다. 삼가 고인의 명복을 빈다.

사이공에 오신 회장님

　구정 공세 이후 사이공에는 저녁이면 여기저기 폭탄이 터지고 헬리콥터가 뜨는 불안한 하루하루가 지나가고 있었다. 하루는 정주영 회장님이 방콕에서 사이공으로 오신다는 전보가 도착했다. 지점장은 즉각 위험하니 오시지 않는 것이 좋겠다고 방콕지점으로 전보를 보냈다. 사이공 지점에서는 회장님이 오시지 않는 것으로 알고 공항에는 아무도 나가지 않고 점심 먹고 잡담하고 앉아 있는데 사무실 문이 벌커덕 열리면서 와이셔츠 바람의 회장님이 들어오셨다. 땀을 줄줄 흘리시며 "아무렇지도 않은데 병신같이 거짓말이나 하고" 하시면서 안으로 들어오셨다. 영어도 베트남어도 전혀 못 하시는 분이 어떻게 찾아오셨는지 우리로서는 알 수 없었다. 회장님이 귀국하시고 지점에는 평범한 일상이 계속되고 있었다.

사무실 압수수색

그러던 어느 날 전혀 예상하지 못한 일이 벌어졌다. 미군 범죄 수사 대와 베트남 관세청 합동수사팀이 우리 회사 사무실을 압수 수색하러 들이닥쳤다. 당시 미 달러화와 베트남 피에스타화의 시장 환율과 공정 환율은 약 3배의 차이가 있었기 때문에 어느 회사도 공정 환율로 은행에서 바꿔서 사업을 하는 곳은 없었다. 우리도 마찬가지였다. 합동수사팀은 지붕 위에 숨겨 놓은 경리 장부를 찾아내서 압수하고 S 경리과장을 연행해 갔다. 이런 일이 있을 것에 대비해 정인영 사장님은 사이공에 오실 때마다 경리 자료는 모두 메모만 해 놓고 장부 정리는 본사에서 하라고 하셨다. 사이공에는 장부를 비치하지 말라고 지시하셨지만, S 과장은 늘 자기 책상 위에 경리 장부를 즐비하게 비치해 놓고 있었다. 다행히 S 과장은 다음 날 풀려나왔으나 조사는 계속한다는 통보를 받았다. 곧 S 과장은 방콕으로 전출되었고 RMK와 계약 공사를 끝내고 대기하고 있던 준설선 현대 1호는 혹시 압류될지도 몰라 서둘러 호주로 철수시켰다.

확실한 증거는 없지만, 이 사건은 현대와 싸우고 결별한 K. B. Kim 이 오랜 시간을 별러서 꾸며 낸 보복이었던 것 같다.

본사로 복귀

외국 공사부

나는 사이공 지점에 근무한 지도 2년이 넘었고 출국한 지는 3년이 되어 갔다. 이제는 미국 유학 자금도 조금 마련했으니까 귀국해서 미국에 공부하러 가기로 마음을 정했다. 며칠 후 회장님께서 사이공에 오셔서, 회의하는 자리에서 지점장이 내가 귀국할 예정이라고 보고드리니 회장님이 나를 괌으로 보내라고 하셨다. 지점장은 나에게 괌으로 갈 수 있겠느냐고 물었다. 나는 출국한 지 3년이 넘어서 이제는 귀국해야겠고 괌에는 못 가겠다고 말씀드렸다. 회사에서는 기획실 J 차장을 나 대신 괌으로 파견하였다. J 차장은 괌에서 근무를 마치고 정착하여 개인 사업을 하여 성공하였다는 소식을 들었다. 지금도 괌에 살고 계실는지 모르겠다.

이제는 나트랑, 퀴논 공장 업무도 정상적으로 자리를 잡았고 L 차장도 2년 반 동안 주재하면서 그런대로 외부 활동을 할 수 있게 되어 내가 없더라도 업무에는 지장이 없게 되었다. L 차장은 가능한 베트남에 오래 남아 있기를 원하는 것 같았다. 나는 본사 귀국 명령을 받고 떠나기로 했다. 그런데 그날 저녁부터 당덕슈 사무실에서 밥하고 빨래하는 베트남 아주머니들이 모두 나를 보면 눈물을 흘리며 우는 것이다. 왜, 우냐고 물으니까 "옹 한"이 귀국한다고 해서 운다고 한다. 그 때까지 당덕슈 사무실 살림에 관련된 모든 소소한 일을 아주머니들이 나에게 말하면 내가 해결해 주었다. 내가 귀국하는 날 아침에 내가 공항으로 출발하려고 차를 타는 것을 보면서 베트남 아주머니들이 모두 나와서 울었다. 참으로 마음이 따듯한 사람들이었다.

L 차장은 편지를 한 통 써 주면서 귀국하는 대로 정인영 사장에게 전하라고 했다 귀국해서 정인영 사장에게 귀국 인사를 하고 그 편지를 드렸다.

L 차장은 조용하고 몸가짐에 흐트러짐이 없으며 항상 웃으면서 부드럽게 사람을 대하였다. 나는 L 차장과 같이 근무하는 동안 한 번도 서로 싫은 소리를 한 적이 없었다. L 차장은 베트남전 종전 후에는 중동계 회사에서 근무한다는 소식을 들었다. 지금은 무엇을 하시는지 궁금하다.

속리산 야유회 가운데 빨간 모자 쓰신 정주영 회장님
아래 앉으신 변중석와 여사 정희영 여사, 뒷줄 맨 왼쪽 안경 쓴 나

사무실 앞집 소녀 '옝'

나는 베트남을 떠난 지 근 30년 후 1996년도에 Vietnam 출장 중 옛 "당덕슈" 사무실을 찾아가 본 적이 있었는데 어느 대만 회사가 사무실로 쓰고 있었다. 심부름하던 "옝"이라는 소녀의 집이 사무실 바로 앞에 있었기 때문에 아직도 살고 있나 하고 담 너머를 슬쩍 들여다보았다. 곧 웬 아주머니가 나와서 나를 반기며 아는 체한다. "옝" 어머니라며 잡아끌 듯이 들어오란다. 어색하지만 들어가서 음료수를 대접받았다. "옝"은 시집가서 다른 곳에서 살림하는데 내가 머무는 호텔을 알려 주면 "옝"에게 알려 주겠단다. 살림이 궁색해 보였다. 나오면서 싫다는 것을 지폐 한 장을 놓고 나왔다. 호텔에 돌아가 있으니, 저녁에 "옝"이 찾아왔다. 눈물을 흘리며 옛날 사람들 안부를 물으면서 현대가 다시 베트남에 들어오느냐고 묻는다. Vietnam 통일 후 공산 치하에서 고생을 많이 했을 것 같다. 10대의 그 가냘프던 몸이 40대의 뚱뚱한 아줌마로 되어 있었는데 건강이 좋지 않아 보였다. 애가 넷이라고 했다.

샌프란시스코 지사 발령

　본사에 도착해서 귀국 인사를 하자 정 사장님은 당분간 외국 공사부에서 근무하라고 하셨다. 한 보름 후 사장실로 내려오라는 호출을 받고 사장님 앞에 가 섰더니 미국 SF 지점으로 발령을 내리려고 하는 데 갈 수 있겠냐고 하셨다. 사실 미국에 공부하러 가려고 마음을 먹고 있는데 사장님이 미국 말씀을 하시니 가슴이 뜨끔했다. 회사 일로 미국에 가게 되면 공부는 못 하게 될 것 같아서 망설여졌다. 그래서 한 일주일 생각할 시간을 좀 주십사고 말씀드렸다. 그렇게 하라고 하셨다. 그러나 일주일씩 시간을 주실 분이 아니었다. 다음 날부터 어떻게 하겠냐고 물으신다, 가겠다고 말씀드렸다. 내가 미국에 가게 되었다니 부모님께서도 기뻐하셨다.

　그 당시 어느 회사나 미국이나 선진국의 해외지점에는 대부분 회사 회장이나 사장의 특수 관계인이 근무하는 것이 관례처럼 되어 있었다. 나는 내가 어려서부터 그리던 UN이 있는 미국에 간다는 것이 꿈만 같았다. 그것도 자비가 아니고 월급을 받아 가면서 주재하는 것이라 좋았다. 현지에 가면 사정을 봐서 공부도 할 수 있을지 모른다고 좋은 일만 상상했다.

그러나 내가 미국으로 출국하기 전부터 7층 회장과 3층 사장 사이의 틈새에 끼어드는 힘든 일이 시작된다는 것을 나중에서야 알게 되었다.

현대건설의 해외 관계 업무를 정인영 사장은 회장의 간섭을 받지 않고 독자적으로 관장하고 싶어 하셨다. 그러나 해외사업의 비중이 점점 중요해지고 있어서 그렇게 회장님 간섭 없이 해외 관계의 일을 할 수는 없었다. 어떤 때는 해외 공사 입찰을 둘러싸고 두 분의 이견으로 종종 충돌을 일으켰다. 회장님이 화가 잔뜩 나서 3층으로 내려오셔서 사장실 문을 열고 들어가 "안에서나 밖에서나 위아래가 있어야지" 하고 큰소리로 말씀하시는 목소리가 밖에서도 들렸다. 이런 충돌이 있을 때는 중간에서 일하는 실무 임원들에게 불똥이 튀어 갔다.

청운동 회장님 댁에서 저녁 회식

　미국 SF 지점 근무 발령을 받고 출국 준비하고 있는 어느 날 회장님 비서실에서 청운동 회장님댁으로 저녁 먹으러 오라는 회장님 말씀이 있다는 연락을 받았다. 저녁 시간에 맞춰 청운동에 가 보니까 알 만한 현대건설 초급 간부 직원들 몇 명이 먼저 와 있었다.

　저녁 식사 후 회장님께서 나를 손짓해 부르시면서 옆에 앉으라고 하셨다. 회장님은 아주 부드러운 목소리로 "샌프란시스코 지점에 간다며" 하고 물으셨다. "네" 하고 대답을 하니 회장님은 "샌프란시스코"는 일 년 내내 스키도 탈 수 있고 수영도 할 수 있는 아주 살기 좋은 곳이라고 하시면서 언제 출발하느냐고 물으셨다. 여권이 준비되는 대로 빨리 떠나라고 사장님께서 지시하셔서 여권만 되면 출국하겠다고 말씀드렸다. 회장께서는 또 가서 무슨 일을 할 거냐고 물으셨다. 사장님께서 해운 관계 업무를 하라고 하셨다고 말씀드렸다. 회장님은 그것도 좋은데 건설 중기부품을 미국서 많이 수입하니 출국하기 전에 서빙고 중기 공장에 가서 중기부품 관련 일에 경험을 좀 쌓고 떠나면 좋겠다고 하셨다. 나는 "네 그렇게 하겠습니다." 하고 말씀드렸다. 그러나 회장님 말씀에 신경이 쓰였다. 사장님이 회장님과 협의도 없이 나를 미국 지점에 발령을 낸 것을 알게 되었다. 마음이 개운치가 않아서 다음 날 정인영 사장실에 가서 회장님 말씀대로 서빙고 공장에 가서 건설 중기부품 관련 일을 배우고 떠나겠다고 보고드렸다. 정인영 사장님은 "그냥 한 며칠 중기 공장에 들렀다 가면 돼, 계획대로 빨리 떠나라고" 하신다. 나는 그다음 날부터 서빙고 중기 공장으로 출근했다. 이것저것 일을 배우고 있는데 한 일주일 지나서 총무부에서 연락이 왔다. 여권 준비는 다 되었고 정인영 사장님이 빨리 출국하라고 재촉하신다는 것이다.

회장님 말씀대로 한 달만 서빙고 중기 공장에서 일을 익히고 회장님 께 인사드리고 떠나고 싶은데 사장님이 저렇게 서두르시니 떠나는 것 밖에는 달리 어떻게 할 방법이 없었다. 총무부장도 곤혹스럽기는 마찬가지였다. 다음 날 총무부장은 단양 시멘트 공장에 내려가 계신 정주영 회장님에게 무선으로 3층 사장님의 뜻을 말씀드리고 나를 출국시키겠다고 보고드렸다. 출국시켜도 좋다는 회장님의 구두 결재는 받았지만, 회장님께 출국 인사도 드리지 못하고 떠나게 된 것이다. 사장님이 조금만 더 기다려 주시면 좋을 텐데 몹시 아쉬웠다. 현대건설에서 월급을 받고 있으니까 나는 현대건설 직원이고 미국에서도 현대건설의 일을 하는 것은 당연한데 당시 현대양행이 보유하고 있던 선박이 미국에서 곡물 운송에 투입되고 있었는데 사장님은 이와 관련된 해운 업무를 중요하게 보시고 내가 해운 관련 업무를 집중적으로 하기를 원하셨다.

정인영 사장님은 현대건설 사장 직함을 갖고 계시면서도 외국에서는 건설회사 사장은 contractor(도급업자)라고 하면 별로 쳐주지 않지만, shipowner(선주)라고 하면 어디를 가도 대우를 받는다고 말씀하시면서 해운업에 깊은 관심을 두고 계셨다.

Monitor Steamship Co.

그렇게 해서 나는 미국 땅에 첫발을 내디뎠다. 미국에 도착한 직후 며칠은 San Francisco Hilton 호텔에 머물렀는데 낮과 밤이 바뀌어 잠을 못 자는 Jet lag을 처음 느껴 보았다. 그래도 그동안 미국에 오기 전에는 태국이나 베트남에서 미국 사람들과 대화하면서 불편을 느끼지 못했는데 미국 호텔 교환의 말이 왜 그리 빠른지 알아듣기도 힘들었다. 며칠 호텔에 있다가 한적하고 깨끗한 주택가에 Davis Court에 임대해 놓은 스튜디오 아파트로 들어가서 숙소 겸 사무실로 사용했다. 한 달쯤 지나니까 미국 사람들과 전화 통화도 수월해지고 생활이 규칙적으로 되어 갔다.

당시 Monitor Steamship이라는 해운회사가 우리 선박 대리점을 하고 있었고 그 외 미국에는 아무런 연고가 없었기 때문에 TELEX를 포함해서 본사와의 모든 업무는 Monitor 사무실을 통해서 했다. Monitor 사무실은 숙소에서 가까운 곳에 있어서 매일 아침 걸어가서 나에게 오는 TELEX를 받아 들고 아침을 먹으면서 TELEX를 대충 훑어보고 동부에 연락해야 하는 급한 것을 가려낸다. 뉴욕 등 동부에 있는 회사는 오전 일찍 연락해야 하루를 넘기지 않고 일할 수 있었다. 그런데 얼마 지나지 않아 미국에 지점이 개설되었다는 사실이 회사 각 부서에 알려지면서 수입을 주관하는 무역부, 영업부, 해운부에서 보내오는 TELEX가 폭주했고 시차의 개념 없이 밤이고 낮이고 편한 대로 전화가 걸려 와서 잠조차 제대로 잘 수 없었다. 그렇다고 초급 간부로서 본사 누구에게 불평하거나 건의할 수 있는 처지도 아니었다.

미국 SF 지점 업무는 본사 근무 경험도 없이 사이공에서 귀국해서 단신 주재하는 초급 간부인 나에게 너무 벅차고 힘들었다. 그만두고 귀국할 생각도 여러 번 했다.

현대건설은 베트남 종전 후 미국 괌에 진출하였다. 주택 등 공사 입찰에 필요한 자재 가격을 조사하려고 기술진이 대거 몰려와 SF에 머무를 때는 오히려 시간적으로 여유가 있었다. 사정이 이렇게 되니 다른 업무에 밀려서 내 본업인 해운 관련 일은 할 시간이 없었다. 미국과 캐나다에서 우리 선박이 들어오는 적기에 좋은 화물을 물색하는 일이 내가 미국에 주재하는 본래의 목적이다. 당시 현대양행은 동남아 지역에 3,000톤급 Atlas Pioneer, 미주지역에 10,000톤급 Atlas Promoter 그리고 중동지역에 8,000톤급 Atlas Trader를 취항시키고 Atlas Line을 구축하고 있었다. 특히 미국에서는 미국 PL 480(농산물 수출원조법)에 따라 제공되는 농산물의 운송 사업이 개방되어 우리나라 선박도 태평양을 오가며 곡물과 비료를 실어 나를 수 있게 된 것이다. 운송 운임은 조달청에서 입찰로 결정되었지만 비교적 운임이 유리했다고 한다. Monitor는 우리 선박 대리점으로 우리가 받을 해상운임에서 주재비용과 대리점 비용을 떼고 나머지를 본사에 송금했다. Monitor는 일처리가 깐깐하고 냉정했다.

Stanford Research Institute(SRI)
Seminar

그렇게 몇 달을 정신없이 지내고 있는데 정인영 사장님이 Stanford Research Institute(SRI)에서 주최하는 세미나에 참석하시기 위하여 9월 중순 미국에 오신다는 연락을 받았다. 물에 빠진 사람을 구하러 오시는 것 같아서 도착하실 날만을 손꼽아 기다렸다. 이러한 때 회사에서 내가 기댈 수 있는 분은 나를 미국으로 보낸 당사자인 정인영 사장님밖에는 없었다.

사장님은 세미나가 열리는 Fairmont Hotel에 머무시고 나는 숙소에서 매일 Fairmont Hotel로 출근했다. Fairmont Hotel은 100년이 넘는 역사를 자랑하는 San Francisco의 명소다. "I left my heart in San Francisco"라는 그 유명한 노래도 Tony Bennett가 Fairmont Hotel, Venetian Room에서 처음 불러 세계적인 히트곡이 되었다고 한다.

어느 날 아침 세미나장에서 옆자리에 앉은 점잖은 신사와 간단히 악수했는데 명찰을 보니 David Rockefeller라고 쓰여 있었다. Chase Manhattan 총재였다.

단것을 좋아하시는 사장님은 저녁 식사 후 Hotel 지하층에 있는 Blum's라는 Café에 내려가서 Ice Cream Sundae를 즐기셨는데 바나나, 딸기 등 여러 가지 과일에 Ice-Cream 없고 초콜릿 시럽을 뿌려서 유리그릇에 수북하게 내놓는데 처음 먹어보는 나에게 그 맛이 기막히게 좋았다.

John E. Mitchell MarkIV car cooler

당시 사장님의 제일 관심사는 John E. Mitchell 사의 자동차 에어컨 Mark IV의 기술 제휴였다. 상대방이 3%로 알려진 정부 Guideline 이상의 Royalty를 고집하고 있어 합의 보지 못하고 있었다. 어느 날 당사자 Fogelstrom이 시장님을 Palo Alto에 있는 자기 집에 초대해서 저녁을 먹으며 타결을 보려고 협의했지만, 결론을 내지 못했다. Hotel로 돌아오면서 사장님은 몹시 초조해하셨다. 나는 그때만 해도 생소한 자동차 에어컨에 왜 저렇게 관심을 쏟으시나 하고 의아하게 생각했다.

체구가 엄청나게 크고 목소리도 큰 Fogelstrom은 사장님과 기술 제휴 협의를 하면서 내내 고압적인 태도를 보였다. 기술 제휴의 내용을 들여다보니 무슨 대단한 기술도 아닌 것 같고, 우리 안양공장에서 제작하는 라디에이터(radiator)와 같은 형식의 응축기(condensor)와 증발기(evaporator)는 도면을 보내 주고 콤프렛서(compressor), 소레노이드 발브(solenoid valve), 크러치(clutch) 등은 구매해서 공급하는 것이다. 우리는 도면을 받아 응축기와 증발기를 안양공장에서 제작하고 구매품을 조립해서 Mark IV car cooler를 시중에서 자동차에 장착하여 판매하는 형식이다.

사장님의 지시는 없었지만, 나는 다음 날부터 시간이 나는 대로 SF 상공회의소에 가서 yellow pages 전화번호부를 뒤져 미국 내 자동차 에어컨 제작회사를 모두 찾아 명단을 만들어 전화로 우리와 협력할 의사가 있는지 하나하나 확인하였다. 미국 각지에 자동차 에어컨을 취급하는 회사는 많이 있는데 모두 영세 회사로 해외 협력에는 관심이 없었다. 그러나 대기업인 Westinghouse의 Thermoking Div은 우리와 기술 제휴하여 버스 에어컨(bus-cooler)을 한국에서 생산하는 데 관심이 있다고 했다. 시장님께 보고드렸더니 그 회사를 어떻게 알게 되었냐고 물으셔서 사실대로 말씀드렸다. 우리는 일정을 조정하여 Minneapolis로 가서 Thermoking을 방문하기로 했다. 다행히 동부로 출발하기 전에 Forgelstrom과 Mark IV 카쿨러 조립 기술 제휴에 합의가 이루어졌다.

이렇게 해서 현대양행은 국내 최초로 자동차 에어컨 Mark IV를 제작할 수 있는 기술을 확보하였다. 70년대 초까지 자동차 에어컨은 자동차 완성차 공장에서는 표준품으로 장착해서 나오지 않고 출고 후에 별도로 차주가 시중에서 개별적으로 구매해서 장착했다.

그러나 차츰 완성차 회사에서 자동차 에어컨을 표준품으로 공장에서 장착하여 생산하면서 자동차 에어컨은 가장 중요한 자동차 부품 중 하나가 되었다. 현대양행은 표준품으로 장착되는 자동차 에어컨을 현대자동차에 전량 공급하였으며 이것이 자동차 에어컨 전문 제조회사 한라공조의 시발점이 되었다.

또한 Westinghouse의 Thermoking Div과도 기술 제휴를 체결하여
버스 에어컨(bus air-conditioner)도 생산하게 되었다.

컨테이너 크레인

PACECO container crane

　우리가 시카고로 떠나기 전 하역설비 제작회사의 PACECO의 사장 John Martin이라는 사람이 우리를 점심에 초대했다. 우리는 Martin 사장의 요트를 타고 샌프란시스코 베이 일대를 둘러보고 Alameda에 있는 PACECO 공장도 방문했다. Martin 사장은 이제 세계 해운은 모든 운송 화물을 container에 넣어서 운반하는 containerization 시대가 열리고 있으며 한국도 곧 그렇게 될 것이라고 했다. PACECO는 세계 최고의 경쟁력을 갖춘 container 하역 장비(container crane and straddle carrier)를 설계 제작하고 있다고 하면서 PACECO 컨테이너 크레인의 한국 판매 대리점을 맡으라고 권유했다. 우리는 Martin 사장의 권유를 받아들이기로 했다. 그렇게 해서 현대양행은 PACECO의 한국 대리점을 맡게 되었으며 1970년대 초 최초로 PACECO container crane을 한진과 대한통운에 판매하여 각각 인천과 부산항에 설치하였고 이어서 국산 1호기 컨테이너 크레인을 제작하여 군산항에 설치하였다.

　당시에는 우리나라가 오늘날 세계적인 컨테이너 크레인 제작 수출국이 될 줄은 꿈조차 꿀 수 없었다. 지금 생각해도 멀리 앞을 내다보시는 정인영 회장님의 선견지명이 그저 놀랍기만 하다.

S.R.I. 세미나가 끝나면 사장님과 함께 한 달 이상 미국의 여러 도시에서 여러 회사를 방문하는 장기 여행 일정이 잡혀 있었다.

사무실 베란다 SF Bay brdge가 보인다.

사장님과 미국 여행

사장님은 약 45일간에 걸쳐서 Chicago, Dallas, Cleveland, Washington D.C, New York, Portland, Seattle, Juneau, Anchorage를 방문하는 아주 빡빡한 여행 일정을 갖고 계셨다. 나는 한 번도 가 본 적이 없는 미국 곳곳을 사장님과 함께 장기간 여행하는 일정을 앞두고 무척 긴장되었다. 사장님은 몇 년에 걸쳐 미국을 여러 번 다녀가셨지만, 미국을 처음 여행하는 나에게는 미국이란 곳이 어떤 곳인지를 알게 되는 기회이고 앞으로 내가 미국에서 활동할 수 있도록 사장님이 회사 업무와 관련된 인사나 거래처에 나를 소개해 주시는 아주 중요한 여행이라고 생각하고 있었다.

Chicago

  여행 기간에 방문하는 여러 회사에서 회의 준비가 걱정이지만, 각 회사와 협의할 의제가 무엇인지도 모르고 무엇을 준비해야 할지 사장님 말씀이 없으니 알 수 없었다. 회의는 사장님이 주관하실 테니까 사장님 옆에서 대화 내용을 듣기만 하고 직접 나에게 묻는 말에만 답변하기로 마음을 먹었다.

  우리는 먼저 시카고로 출발하였다. 시카고에서는 건설 중장비 A/S 하부부품을 생산하는 회사 Pettibone을 방문할 계획이었다. 그런데 방문 일정을 협의하려고 연락하니 예상 밖으로 Pettibone 사장이 바빠서 만날 수 없다고 하여 사장님은 실망하고 계셨다. 다음 날 사장님이 다른 업무로 나가신 틈을 이용해서 나는 그 회사 Pettibone 사장실에 전화하고 그 회사를 찾아갔다. 사장 비서는 나이가 많은 아주머니였는데 내가 현대 브로서를 내놓고 현대건설은 태국, 한국에서 고속도로 공사를 수행하고 있고 건설 중장비를 다수 보유하고 있어서 중장비 하부부품을 미국에서 조달하는 데 관심이 많다고 했다. 우리 사장님은 바쁜 일정 중에 시카고에 온 길에 너의 회사를 방문해서 상호 협조 가능성을 찾아보려고 하는데 만나 보는 것이 너의 회사에도 유익하지 않겠냐고 했다. 우리는 다음 주초 뉴욕으로 떠나는데 떠나기 전에 Pettibone 사장을 만나게 해 달라고 했다. 비서는 잠깐 기다리라고 하더니 사장실에서 나와서 내일 오전에 사장이 특별히 시간을 내서 우리를 만나겠다고 확답해 주었다. 저녁에 사장님께 보고드렸더니 아주 만족해하셨다. 다음 날 우리는 그 회사 사장을 만나 상담했으며 뉴욕으로 가기 전에 Dallas로 가서 Pettibone 공장도 방문하였다.

사장님은 태국 도로공사 현장에서 중장비 부품을 조달하느라 고생한 경험을 바탕으로 중장비 하부부품(undercarriage)에 깊은 관심을 두셨고 군포공장에서 이를 생산하여 국내시장에 공급하였으며 이어서 건설 중장비 완제품 생산에 착수하였다.

사장님은 어디서나 호텔에 들면 습관처럼 국제 전화를 장시간 사용하셨다. Chicago에서 업무를 끝내고 뉴욕으로 가려고 Drake Hotel에서 체크아웃 하였는데 호텔 청구서를 자세히 보시지도 않고 어떻게 호텔비가 이렇게 많이 나왔냐고 나를 보고 짜증을 내셨다. 나는 호텔에서 먹고 자는 것밖에는 비용이 더 나올 것이 없는데 어떻게 된 것인가 하고 청구서를 자세히 보니 전화 요금이 상당한 금액이 나와 있었다. 나는 국제 전화 요금이 많이 나와서 금액이 많아졌다고 말씀드렸다. 사장님은 곧 "그렇지, 그렇지" 하시면서 미안해하셨다. 나는 참지 못하고 한마디 한 것이 부끄러웠다.

TELEX 일일보고

그런데 사장님은 매일 저녁 어느 회사에서 누구를 만나서 무슨 일을 했는지 영어로 보고서를 만들어 TELEX로 본사 회장님께 보냈다. 나에게는 이 일이 보통 힘든 것이 아니었다. 저녁을 먹고 나면 호텔 로비에 앉아 사장님이 영어로 말씀하시면 나는 그것을 받아 적는다. 떠듬떠듬 말씀하시는 것을 적고 나면 신기하게 훌륭한 문장이 된다. 다음에는 다 쓴 것을 읽어 보라고 하신다. 수정할 곳을 고치고 문안이 완성되면 이것을 다른 사람이 쉽게 알아볼 수 있게 대문자로 정서한다. 이것을 들고 처음 온 낯선 도시에 전신전화국(ITT)을 찾아가서 서울에 보내는 일이 그것이다. TELEX를 발송하고 나면 보낸 TELEX copy를 받아 들고 호텔로 돌아온다. 다음 날 아침을 드시면서 전날 저녁 본사에 보낸 TELEX를 꼭 읽어 보시기 때문이다. 그 당시 전신 전화는 서울에 직통선은 없었고 동경이나 홍콩을 거쳐서 들어가기 때문에 서울을 접속하는 것이 신속하게 이루어지지 않고 가끔 상당한 시간이 걸릴 때가 많았다. 또 ITT에서 TELEX를 송신하는 직원도 타이핑이 익숙한 사람이 별로 없는 데다 일과 끝난 저녁이라 농담을 해가면서 느슨하게 쉬엄쉬엄하므로 시간이 오래 걸렸다. 내가 타이핑을 해 주겠다고 해도 자체 규정이 있어 안 된단다. 나는 매일 저녁 호텔에 돌아오면

씻고 자는 것밖에는 아무것도 할 수 없었다.

　이런 생활을 일주일 정도 하고 나니 입술은 터지고 육체적으로 몹시 힘들었다. 그러나 각 도시에서 여러 회사를 방문하고 회의를 하면서 사장님이 국내에서 대략 이런 사업을 계획하고 계시구나 하는 것을 알 수 있었다. 또 TELEX 보고도 거의 매일 하다 보니까 대충 사장님이 말씀하시는 방식을 알게 되었고 즐겨 사용하시는 단어도 익숙하게 되어 별 어려움 없이 보낼 수 있게 되었다.

Telex 보고서 작성

Washington, D.C., New York

Washington, D.C.에서는 AID, IFC, World Bank, 대사관 등에 사장님 지인들이 많으셔서 마치 고향에 돌아와 친구들을 만나는 분위기였다. 후일 정 사장님은 당시 Washington, D.C.에 주재하던 친지들을 중심으로 D.C. Club을 만들어 오래도록 친분을 두텁게 관리하셨다.

사장님은 이제까지 미국에서 늘 혼자 여행하셨는데 이번에 나와 같이 다니시면서 만나는 사람에게 나를 수행원이라고 소개하시면서 자랑하시는 것 같았다. 나는 정신 차려 회의 줄거리를 따라가면서 내용을 파악하고 필요한 것은 메모했다. 그래야 저녁에 TELEX 보고서를 보낼 때 사장님 하시는 말씀을 잘 알아듣고 어렵지 않게 보고서를 작성할 수 있었을 뿐만 아니라 가끔 그때 그 사람이 뭐라고 했지? 하고 나에게 묻기도 하셨다.

뉴욕에서 주말을 맞았는데 사장님은 한 보따리는 되어 보이는 New York Times 주말판을 들고 커피숍에 들어오시더니 테이블에 신문을 내려놓으시고 신문을 주시면서 어느 기사 내용이 뭐냐고 물으셨다. 들여다보니 미국 서부 Washington 주에 우리가 방문할 예정인

Weyerhauser라는 펄프 회사가 펄프 원료로 쓰기 위해 벌목을 하는데 나무를 자르는 것보다 심는 것이 더 많다는 Reforestation에 관한 기사였다. 그 내용을 즉각 말씀드렸다. 나를 테스트해 보시는 것으로 생각했다. 그 후부터는 일체 그런 일은 없었다.

Seattle에서 생긴 일

　뉴욕에서는 주로 해운 관련 회사를 만나고 Seattle로 떠났다. Washington주 Longview에 있는 Weyerhauser Pulp Mill을 방문하게 되어 있었다.

　우리가 여행할 당시에는 우리나라에 신용카드가 통용되지 않을 때라 매번 건건히 현금을 내는 것이 몹시 번거로운 일이었다. 호텔에 체크인 할 때마다 현금을 예치해야 하고 호텔 밖에서 식사할 때도 현금을 냈다. 나는 여행하면서 현금 $3,000 정도를 늘 갖고 다녔는데 한 달 가까이 주머니에 넣고 다니니까 봉투가 헐어서 너덜너덜해졌다. 뉴욕에서 Seattle로 이동해서 호텔에 체크인하고 저녁에 호텔 근처 중국 음식점에서 손님을 접대하는 일정이 잡혀 있었다. 식사가 끝이 날 즘 되어 음식값을 미리 계산하려고 양복 주머니에 손을 넣어 보니 봉투가 잡히지 않았다. 나는 순간적으로 정신이 아찔했다. 돈도 돈이지만 사장님도 현금을 갖고 계신 것이 없는 것을 알기 때문에 당장 손님 대접한 식대를 계산하지 못한다면 이만저만한 사건이 아니었다. 그때 가만히 생각해 보니 늦게 호텔에 도착해서 저녁 약속 시간에 대서 가느라고 서둘러 옷을 갈아입고 나온 기억 밖에는 없었다. 사장님은 한창 대화 중이시라 가만히 일어나 화장실에 가는 척하고 식당을 나와 택시를 타고 호텔로 돌아가 급히 내방으로 뛰어 올라갔다. 내 방은 깨끗이 정리되어 있고 책상 위에 하얀 봉투가 있었다. 얼른 집어 보니 빈 봉투였다. 눈앞이 캄캄했다. 방안 쓰레기통을 들여다보니까 헌 봉투가 하나 있었다. 돈봉투였다. 집어 들고 얼른 택시를 타고 식당에 돌아오니 사장님은 아직도 한창 말씀 중이었다. 호텔에 도착해서 서두르다가 돈봉투를 바꾼다는 것이 돈이 든 헌 봉투만 쓰레기통에 버리고 나간 것이다. 이 사실을 한 30년은 넘게 비밀로 간직하였다. 나중에라도 사장님이 알게 되면 조금도 나에게 도움이 되지 않는 사건이었기 때문이다.

San Francisco 복귀

Seattle에서 전 일정을 마치고 Juneau를 거쳐 마지막 종착점 알라스카 Anchorage로 갔다. 그때 알라스카에는 현대건설이 Chittka 철교 건설 공사를 수행 중이라 현대건설 직원이 여럿 나와 있었다. San Francisco를 출발한 것이 9월이었는데 Anchorage에 도착하니 벌써 11월 초가 되었다. Alaska에서 11월 달은 몹시 추웠다. 사장님은 아직 바바리코트를 입으셨고 나는 양복차림이었다. 당시 현대건설은 미국 본토에 처음 진출해서 미국 건설업계 실정도 모르고 공사를 수주받아 현지 미국 하청업자들과 법적 다툼으로 어려움을 겪고 있었다. 지점장도 여러 번 갈렸다. 사장님은 어려운 현지 실상을 파악하기 위하여 방문한 것이다. 지점장이 있는 Anchorage에서 나는 별 할 일이 없었다. 사장님과 헤어져 45일 만에 SF로 돌아왔다.

참으로 길고 긴 힘든 여정이었다. 나는 이 여행을 통해서 정 사장님의 인간적인 면모와 경영철학을 완전히 터득할 수 있었다. 사장님도 나를 알 수 있었을 것이다. 아마 사장님과 같이 단둘이 이렇게 장기간 여행을 한 사람은 내가 처음이고 마지막이었을 것이다. 사람은 여행을 같이하면 알게 된다는 말은 진리였다.

사장님은 초인적인 기억력을 갖고 계신 분이시다. 사람을 만나면 언제 어디서 만났고 식사는 어느 식당에서 무엇을 했고 그 식당 종업원은 어땠다는 것까지 사진을 보듯이 기억해 냈다. 공장 견학을 가면 대충 걸어서 돌고 나오는데 공장의 길이 폭 높이는 물론이고 기계의 용량까지 정확하게 기억해 내셨다. 그러나 여행 기간 내내 내가 늘 아쉽다고 생각했던 것은 어느 회사에서 누구를 만나던 사장님은 80-90%의 시간을 혼자 말씀 하시고 상대방이 말할 기회를 주지 않는 것이었다. 미국까지 와서 내 뜻을 전달하는 것도 중요하지만 상대방의 생각을 들어 주는 여유를 갖는 것도 그만큼 중요하다고 나는 생각했다. 그리고 항상 일에 몰입해 계시면서 긴장의 끈을 놓지 못하시는 것이다. 자신을 너무 학대하는 것 같은 어떻게 보면 도를 닦는 수도사의 길을 걷고 계신 것으로 보였다. 여행 기간에 단 한 번도 일 외의 관광이나 다른 곳에 시간을 보낸 적이 없었다. 딱 한 번 Chicago에서 Golf 스윙을 가르쳐 주신다고 나를 데리고 Driving Range 가서 공을 한 바가지 친 것밖에는 기억에 없다. 이동은 항상 주말에 했다. 부끄럼 많고, 의심 많고, 욕심 많으신 분이라고 생각했다. 그때는 미국의 몇몇 대도시 빼고는 한국식당이 없던 때라 볶은 고추장 병을 늘 들고 다녔는데 전화번호부를 뒤져 중국 식당을 찾아 우동을 시켜서 고추장을 타서 잡수셨다. 고추장 병을 내놓고 있다가 식당 안에 보는 사람이 없다는 것을 확인하시고서 재빨리 고추장을 넣어 드시곤 하셨다. 욕심이 없는 사업가는 없겠지만 사장님은 사업과 지식에 대한 욕심이 대단했다. 항상 어디서나 사업에 관련된 자료 정보 신문 잡지를 하나도 빼지 않고 정성 들여 챙기셨다.

　그러나 근본적으로 사업에 대한 열정과 욕심을 실현할 수단인 자기
자본은 없는 것에는 늘 "사업은 자기 돈으로 하는 것이 아닙니다."라고
합리화하셨는데 그러면 누구 돈으로 어떻게 사업을 한다는 말입니까?
하고 묻고 싶었다. 꾸어서 하면 된다는 것이다. 소위 차입경영이다.

　　　　　　　　　　　　　　　현대양행과 함께 걸어온 길

SF에 돌아와서

사장님은 Anchorage에서 나하고 헤어지기 전에 당시 미국에 연수를 보낸 현대건설 직원이 둘이 있었는데 연수가 끝나고도 둘 다 귀국하지 않고 미국에 남았다는 얘기를 나에게 몇 번 해 주셨다. 그리고 되도록 교포와 연관 짓는 일은 하지 말라는 말씀도 여러 번 해 주셨다. 나에게 참고로 하라는 것이다. 사실 나는 해외 근무 3년 후 곧바로 미국에 나오는 것이 그렇게 반갑지 않았고 미국에 남을 생각은 추호도 없었다.

나는 SF 공항에 도착해서 기다리는 사람도 없는 숙소로 가는 길에 사장님과 같이 먹던 Ice Cream Sundae가 생각나서 Fairmont Hotel Blum's Cafe에 제일 먼저 들렸다. 종업원은 나를 알아보지 못했지만 오랜만에 집에 돌아온 것같이 반가웠다. 다음 날부터 밀린 일들 처리해야 하는 바쁜 날이 시작된다고 생각하니 마음이 무거웠다. 모두 긴급한 것이라고 수입부에서 요청하는 건설 자재를 수배해서 보내는 일이 항상 걱정이었다.

사장님하고 Chicago에 있을 때 통화도 하지 못하고 SF로 돌아온 것이 마음에 걸려 미국에 와서 처음으로 사촌 누이에게 편지를 보냈다. 얼마 후 답장이 왔다. 살고 있는 집, 자동차 사진을 보내며 자랑하는 편지였다. 어려서는 그렇게 가깝게 지냈는데 미국에 와서 아주 오랜만에 연락이 되었는데도 하나도 반갑지 않았다. 자기 자랑만 늘어놓은 편지가 자랑할 일도 없이 일에 묻혀 하루하루 지내는 나에게 조금도 위로가 되지 않았다.

Kaiser Steel

본사 무역부에서 Alaska Chittka 철교 공사에 들어가는 철재 견적을 Kaiser Steel에 직접 받아 보내라고 회장님 특별 지시가 있었다고 한다. 무역부에서 Kaiser에 직접 접촉했지만, 가격을 주지 않는다고 내가 접촉해 보라는 것이다. Kaiser Steel에 가서 가격 조건을 FAS Railroad로 받아서 본사에 보냈더니 회장님이 선뜻 결재하시면서 꼭 Kaiser에서 직접 구매하라고 특별 지시가 있으셨단다. 그러나 Kaiser 가격은 FAS이니 철도에 싣기 위해서는 하역 업자와 별도로 계약해야 하는 번거로운 일이 남아 있었다. 그런데 며칠 후 Waite라는 사람한테서 전화가 왔다. 자기는 Kaiser하고 30년 이상 거래를 하는 Kaiser 대리점이라고 자기소개를 하면서 우리가 받은 가격보다 싸게 FOB로 공급하겠다는 것이다. Kaiser는 대리점에는 대리점 특별 가격으로 공급하고 각 대리점은 거래 실적에 따라 가격 혜택이 추가로 있어서 실수요자가 Kaiser에서 직접 사는 가격보다 대리점인 자기한테 사는 가격이 유리하다는 것이다. Waite가 제시한 가격을 갖고 계산해 보니 Kaiser에서 직접 받은 FAS Railroad 가격보다 상당한 금액의 차이가 있었다. 본사에 이러한 사실을 알리고 회장님 승인을 받아 Waite 대리점으로부터 FOB 가격으로 구입하기로 했다.

미국 철강 산업의 유통 구조를 잘 모르고 직접 사는 것이 항상 싼 줄로 잘 못 알고 있었다.

SF에서 만난 교포

어느 날 저녁 어느 교포 집에 저녁 초대를 받아 갔다. 교포들은 다들 어렵지만 모두 일하면서 공부하는 성실한 생활이 부러웠다. 그런데 그 자리에서 본사 무역부 L 상무 따님을 만났다. 그 부인을 유심히 보았다. 키도 늘씬하게 크고 훌륭한 미인인 데다 말하는 것 몸가짐 어느 곳 하나 나무랄 데가 없고 품위가 있어 보였다. 주위에서 신랑보다 부인이 훨씬 인기가 있다고 떠들어도 신랑 자신도 수긍하는 듯 그저 웃기만 했다. 신랑은 어느 대학원 경영학 MBA 과정을 거치고 있었는데 낮에는 학교에서 공부하고 저녁에는 수퍼마켓 캐셔 일을 하신단다. 참으로 선하고 성실한 인상을 주는 분이셨다. 두 분이 행복하게 백년 해로하시기를 진심으로 빌었다. 그러나 몇 달 후 나는 San Francisco를 떠나고 내 뒤를 이어 J 부장이 San Francisco로 올 줄은 아무도 몰랐다. 세상은 참으로 좁다는 것을 새삼 실감했다.

회장님 아드님의 귀국

얼마 후 본사로부터 동부에 계시던 회장님 아드님이 귀국차 San Francisco에 도착한다고 공문으로 연락을 받았다. 본사 지시에는 그 아드님이 도착하면 사장님과 내가 전에 방문한 적이 있는 Washington주 Weyerhauser사의 Longview Pulp Mill을 견학하게 하라는 지시와 함께 항공권과 여비도 함께 보내왔다. 나는 Weyerhauser에 연락해서 방문 일정을 정해 놓고 아드님 도착을 기다리고 있었다. 그 아드님 부부가 도착하자 나는 항공권과 함께 여비를 드리고 본사 지시대로 롱뷰펄프밀(Longview Pulp Mill) 견학을 준비해 놓았으니 다음 날 시애틀로 갈 준비를 하시라고 말했다. 그 아드님은 그렇게 하겠다고 대답하고 호텔로 돌아갔다. 그런데 그날 오후 다시 사무실로 항공권을 들고 와서 이 항공권을 Refund해서 현금을 만들어 주고 항공권은 회사 신용으로 사달라고 했다. 현금이 더 필요하고 하신다. 나는 여기 지점에는 별도 예산도 없고 Monitor 선박 대리점에서 모든 지원을 받는데 선박 대리점이라 외형도 적고 $10, $20 갖고 따지는 사람들이라 그렇게 할 수 없다고 말씀드렸다. 그러나 꼭 현금이 더 필요하면 본사에 연락해서 해 드리겠으니 며칠 일정을 늦추어서 귀국하시라고 했다. 그랬더니 여기서 해 달라고 했지 누가 본사에 연락하라고 했냐고 하고서 호텔로 돌아갔다. 다음 날 시애틀에 가려고 호텔에 전화하니 이미 체크아웃 했단다. 나는 이 황당한 사실을 본사에 보고하는 것밖에 아무것도 할 수 없었다. 그 아드님 항공편 귀국 도착 일정도 미리 본사에 연락하지 못했다. 사실 나는 본사 지시대로 했고 사실대로 말했을 뿐이다.

아드님이 귀국한 지 며칠 안 돼서 정인영 사장님이 전화를 하셨다. 이번에 나는 아드님 귀국과 관련해서 잘못한 것이 하나도 없고 일을 잘 처리한 것이라고 하시면서 나를 위로해 주셨다. 이 일이 있은 지 한 달 후 나는 본사로 복귀하고 무역부 J 부장이 SF 지사 근무를 위해 도착한다는 본사로부터 연락이 왔다. 정인영 사장님한테서 또 전화가 왔다 동경 지점에 지시해 놓았으니 귀국할 때 꼭 동경에 들러 쯔꾸바 만국박람회에 가 보고 며칠 쉬고 귀국하라는 것이다.

SF에서 귀국 - 안양공장

해운부에서 영업부로

J 부장 부부가 도착했다. 나는 J 부장에게 업무를 인계하고 미련 없이 SF를 떠났다. 업무량이나 업무 성격으로 보아 SF지점에는 처음부터 부장급은 와 있어야 하는 곳이라고 생각했다. 그리고 교포들 말대로 미국 지사에는 회장 사위나 아들 같은 특수 관계인이 와서 일해야지 나같이 고생하지는 않을 것으로 생각했다. J 부장은 회장님 사위 아닌가?

나는 귀국하면 곧바로 회사를 그만두고 다시 미국으로 돌아와 공부하려고 마음을 먹고 있었다. 당시 고교 동창의 인척이 LA 근교에서 목회 활동을 하고 계셨는데 한국에서 일정 금액을 원화로 주면 항공권과 초청장을 보내 주고 재정 보증을 해 주어서 앞서 미국에 가서 공부하고 있는 친구들과 같이 공부할 수 있었다.

어쨌든 나는 동경지점에도 들르지 않고 곧장 귀국했다. 회사의 지시에 따라 신속하게 귀국했다는 사실을 사장님께 보여 주고 싶었다. 김포 공항에 도착하니 대학 동창인 총무부 직원이 나와 기다리고 있었다. 사장님이 회사에서 기다리고 계시니까 집으로 가지 말고 먼저 회사에 잠깐 들렀다 집으로 가자고 한다. 나는 오늘은 집에 가서 쉬고 내일 아침에 출근하겠다고 약속하고 집으로 갔다.

이렇게 해서 나의 5년에 걸친 해외 지사 근무를 끝내고 새로운 문턱에 서게 되었다.

다음 날 출근해서 사장실로 가서 귀국 인사를 드렸다. 사장님은 일본 "쯔꾸바" 박람회를 다녀오라고 동경지점에 다 준비시켜 놨는데 왜 그냥 들어왔냐고 하시면서 7층 회장실에는 올라가지 말고 내일부터 해운부에서 근무하라고 말씀하셨다. 그래도 나는 그날 오후 7층에 올라가서 회장님께 귀국 인사를 했다. 회장님은 "응, 왔어" 하시면서 "양행(현대양행)에서 근무하지?" 하고 물으셔서 "예" 하고 대답하고 얼른 내려왔다. 3층과 7층 사이가 그렇게 멀어 보였다. 그러나 회장님에게 귀국 인사를 하고 나니 그동안 일어난 일의 자초지종은 말씀드리지 못했지만 그래도 마음만은 가벼웠다.

미국을 떠날 때는 곧 미국으로 돌아가려는 생각뿐이었는데 집에 돌아와서 보니 동생들은 줄줄이 학교에 다니고 이제까지 내 월급을 받아 살림에 보태서 쓰셨을 텐데 내가 미국 유학을 떠나면 집에 보탬이 되던 월급도 끊어지고 당장 부모님께 부담이 될 것이 뻔했다. 미국으로 돌아가는 것은 당분간 회사에 다니면서 생각하기로 했다.

사장님은 어려서부터 마을에 소문난 신동이셨다고 한다. 일본에 건너가 고학으로 아오야마 가꾸인(靑山學院大學)에서 영어를 공부하고 귀국하여 동아일보사 외신부 기자로 활동하신 지식인으로 Elite 의식이 강한 분이시다. 극히 절제된 몸가짐과 모범적인 가정생활로 존경받고 계셨다. 더구나 현대가 어려울 때 형님의 권유로 현대건설에 들어오셔서 현대의 성장에 크게 이바지하셨다.

사장님은 형님으로부터 독립하여 자기 사업을 일구어 가기를 원하셨다. 그러나 회장님은 하시는 말씀을 추론해 보면 정인영 사장님의 경영 능력을 인정하지 않는 것같이 보였다. 독립할 적절한 시기가 왔다고 회장님이 판단할 때까지 현대에서 좀 더 경영 수업을 쌓기를 원하시는 것 같았다.

당시 현대양행은 별개 법인으로 무역업 외에 안양 기계 공장에서 자동차 부품을 생산하고 있었다.

본사에 돌아와서 나는 내 본래 소속인 해운부에 잠깐 근무하였으나 곧 영업부로 발령받았다. 내가 앞으로 갈 먼 길의 첫발을 내딛게 된 것이다.

당시 안양공장에서 생산하는 자동차부품 등 회사 생산 제품을 취급하는 판매부가 따로 있었다. 나는 처음에는 외국 회사의 제품을 취급하는 영업부만 맡게 되었는데 얼마 후 판매부도 영업부로 통합되었다. 영업부의 일은 대부분 외국 물품을 수입해서 팔거나 외국 회사의 제품 판매를 대행해 주고 commission을 받는 오퍼(offer) 업무가 주였다. 당시 현대양행은 30개 이상의 해외 여러 나라의 크고 작은 회사의 국내 대리점(agentship)을 맡고 있었다. 외국 회사는 국내 최대 건설회사 현대건설의 방계인 현대양행에 자사 제품의 판매 대리점을 맡기기를 원하였고 우리는 선택해서 대리점을 맡았다. 영업부에서는 수시로 방문하는 여러 외국 회사 관계자를 만나는 일이 즐거웠으며 제품의 살아 있는 최신 지식과 시장흐름을 알게 되는 기회가 있었다.

현대양행이 거래하던 대표적인 외국 회사로는;

General Electric; turbine generator

Combustion Engineering; utility boiler, nuclear reactor

Alsthom hydro turbine generator

Poclain; excavator

Allis Chalmers: cnsdtruction equipment

PACECO의 container crane

Mannesman-Demag; O-H crane

Fuller Company; cement production equipment

Marzoli; textile machine

Ford; farming Tractor

Chrysler Airtemp Div; air-conditioning system

내 결혼식에 서 계신 양가 부모님
왼쪽부터 장모님, 장인어른, 나 그리고 부모님

기계 국산화의 선두

　사장님은 이러한 세계적인 회사의 제품을 취급하면서 수시로 그 회사를 직접 방문하여 경영진을 만나 보고 생산 공장을 견학하여 제품의 생산과 시장 정보를 취득하여 누구보다도 먼저 우리나라 기계공업의 나아 갈 길을 멀리 내다보는 식견을 갖춘 경영인이셨다.

　당시 우리나라 기계공업은 일부 저품질 소재를 생산하는 초보적인 단계에 머물러 있었으며 모든 기계는 주로 일본을 비롯한 선진국에서 수입되었고 기계류 수입으로 인한 대일 무역적자는 날로 커져 가고 있었다. 이러한 국내 여건에서 사장님은 업계의 선두에 서서 가능한 원본 기술을 도입하고 적극적으로 기술 인력을 개발하여 각종 기계의 조립부터 시작해서 점진적으로 국산화 비율을 높여 제품의 경쟁력을 갖추고 해외에 수출하는 국산화 계획을 추진하였다. 우리나라 기계공업이 앞으로 나아갈 길을 밝히신 것이다.

　이와 같은 사장님의 과감한 도전 의식과 개척정신으로 현대양행은 일찌감치 우리나라 기계공업의 선발 주자로서 자리매김하였다. 내가 미국에서 돌아와 영업부에 근무를 시작하면서 눈에 띄었던 것은 수많은 카탈로그였다. 각종 제품 카탈로그가 사무실 서가에 빽빽하게 꽂혀 있었다. 거기에는 내가 미국에서 보낸 문건도 다수 포함되어 있었다. 항상 문건을 아끼고 챙기시는 사장님의 정성이 그대로 보였다. 그러나 그대로 꽂혀만 있고 활용되는 것 같지 않아 보였다. 나는 우선 카탈로그를 공부하고 정리해 가기로 했다.

Airtemp 수냉각기 국산화

제일 먼저 눈에 들어오는 것은 가운데 꽂혀 있는 파란색 표지로 된 두툼한 Chrysler Airtemp 에어컨 카탈로그였다. 지금은 국내에서 생산되는 분리형, 천장형 등 각종 에어컨이 다 나와 있지만 그때만 해도 "에어컨"은 모두 건물 창틀에 다는 창문형(window type)만 있는 줄 알고 있었는데 Chrysler Airtemp 카탈로그를 보면서 에어컨의 종류가 수없이 많이 있다는 것을 알게 되었다. 먼저 수냉각기(water-chiller)를 검토했다. 이미 해외에서는 온수를 공급하는 보일러와 같이 중앙에서 수냉각기가 냉각시킨 찬물을 건물 전체에 순환시켜 실내 온도를 조절하는 중앙집중식 온도 조절 설비가 일반화되어 있었다. 보통 대형 건물에 설치되는 수냉각기 water-chiller)는 용량이 200-300 R/T(Refrigeration Ton) 정도로 가격이 고가였다. 우리는 수입하는 수냉각기를 국산화하기로 계획을 세우고 우선 움직이는 콤프렛서 부분은 그대로 수입하고 정지 부분인 열교환기는 국내에서 제작하여 완제품을 조립하기로 하였다. 중량물인 열교환기를 국내에서 제작하면 완제품을 수입하는 것보다 가격을 낮출 수 있었다. 정부는 기계류 국산화 정책에 따라 기계제품의 국산화를 추진하는 일정 기간은 동일 제품의 완제품 수입을 금지하여 국산화를 지원해 주었다.

우리는 1970년 초 홍릉 KIST에서 개최된 미국 기계 전시회(U.S. Machinery Exhibition)에는 200R/T급 Chrysler Airtemp Water-Chiller(수냉각기) 완제품 한 대를 수입하여 전시하였다. 기계공업에 관심이 많으셨던 박정희 대통령께서 우리 전시장(Airtemp Booth)를 방문하시여 수냉각기(water chiller)의 용도를 물으시고 국산화 계획에 관심을 보이셨다.

우리는 차질 없이 수냉각기를 국산화하기 위하여 Airtemp에서 은퇴한 제작 기술자를 초빙해서. 1년간 공장에서 국산화에 필요한 기술을 현장에서 지도해 주도록 하였다. 나는 그 기술자(Mr. Smith)하고 안양공장으로 출퇴근을 같이 했다. 그 당시 현대양행은 본사를 안양공장으로 하고 있었으나 얼마 후 광화문 현대빌딩에 입주했다. 우리는 이렇게 국산화된 수냉각기(chiller)를 당시 신축 중이던 무역협회 건물을 시발점으로 병원, 호텔 등에 공급하였다. 이후 일본 제품도 우리 뒤를 따라 수냉각기를 국산화하였다. 우리나라를 좋아하던 Chrysler Airtemp의 해외 담당 부사장 T. Koos, 아시아 담당 영업총책 Dr. Babalitis 등과 친밀한 우호 관계를 잘 유지 관리해 왔으나 중화학 투자조정으로 냉각기를 생산하던 군포공장이 남의 손으로 넘어가고 나서는 연락이 끊겼다.

오늘의 만도가 된 현대양행 안양공장에서는 starter motor, generator, brake, shock-absorber, radiator, steering system, car-cooler(Mark IV), bus cooler 등 여러 종류의 자동차 부품을 생산해서 주로 현대와 기아 자동차에 공급했다. 초기에는 자동차 30,000대 공급능력이었으나 차츰 100,000대로 확장했다. 그러나 국내 자동차 시장이 협소하여 생산하는 자동차 부품 종류만 많을 뿐 제품별 수요량은 그다지 크지 않았기 때문에 자동차 부품만으로 회사를 운영하는 것은 어려운 실정이었다. 따라서 사장님은 자동차 부품 외 신제품 개발을 위한 투자를 계속하였다.

강판 난방 라디에이터

안양공장에는 자동차 사이드맴버, 크로스맴버를 생산하기 위한 1,000톤 유압프레스를 포함해서 금형 제작 등 기계 국산화에 필요한 기본 설비를 보유하고 있었다.

70년대부터 고층 아파트 건설이 시작되면서 무겁고 내압이 낮은 종례의 주철 난방 라디에이터를 대체하는 가볍고 내압이 높은 강판 라디에이터의 수요가 급증하여 안양공장의 기존 생산 설비를 이용하여 난방용 강판 라디에이터를 생산했다. 여의도 시범 아파트를 시작으로 건설되는 고층 아파트에는 강판 라디에이터가 필수적이었다. 경쟁 업체인 대한중기는 독일에서 강판 라디에이터 전용 생산 설비를 수입하여 "마신"이라는 이름으로 생산 판매하였으나 우리는 추가 투자 없이 기존의 보유 설비를 이용하여 생산할 수 있었다. 이렇게 생산된 강판 라디에이터를 국내에 건설되는 일반 아파트와 상업용 건물에 상당 기간 공급하였다. 이미 개발한 수냉각기와 함께 냉난방 설비를 공급하게 된 것이다.

군포공장 건설

컨테이너 크레인 국산화

미국 체재 중 PACECO의 John Martin 사장이 말한 바와 같이 우리
나라에도 인천과 부산에 컨테이너 부두가 건설되고 한진과 대한통운
은 컨테이너를 하역하는 컨테이너 크레인 실수요자로 되었다. 한진은
미국 해운사 SEA-LAND의 대리점으로 컨테이너 선박을 운항하기 시
작한 SEA-LAND의 증가하는 컨테이너 화물을 하역하기 위하여 컨테
이너 전용 크레인이 필요하였고 대한통운은 일본의 NIPPON YUSEN
의 화물을 취급하고 있었다. 우리는 국내 최초의 컨테이너 크레인을
한진과 대한통운에 판매하려고 활동하였다. 그러나 PACECO는 일본
의 미쓰이에 이미 기술 제휴로 제작 기술을 제공하였고 한국에서도
판매할 수 있는 수출권을 주었다. 미쓰이는 원본 기술을 보유하고 있
는 PACECO와 경쟁하겠다고 한국 시장에 뛰어들었다. 그러나 미쓰
이가 제작하는 컨테이너 크레인은 이미 구형이라 PACECO의 최신 제
품보다 훨씬 무겁고 작업 속도도 느렸다. 한진은 처음부터 PACECO
제품을 선택하였으나, 대한통운은 달랐다. 일본 선박을 대리하는 대
한통운 임원은 미쓰이 제품을 추천했다. 대한통운 임원들은 사장 앞
에서 미쓰이 크레인은 중량이 더 무거우니 안정감이 있고 나중에 고
철로 팔게 되더라도 중량만큼 돈을 더 받는다는 억지에 가까운 반론

을 펴냈다. 우리는 크레인을 사는 것이지 고철을 사는 것이 아니지 않
느냐? 우선 무거우면 바퀴에 하중이 커져서 토목 공사비가 더 올라가
고 무거운 만큼 크레인을 운영하는 데 전기 소모도 많기 때문에 비경
제적이라는 점을 강조했다. 결국 끈질기게 달려드는 미쓰이를 제치고
한국 최초의 컨테이너 크레인 1호기 2호기를 한진과 대한통운에 공
급하였다. 당시로서는 커다란 프로젝트였다. PACECO의 John Martin
사장은 몹시 기뻐했다.

컨테이너 크레인은 중량이 100톤이 넘는 중장물로 원가를 보면 대
략 철구조 30%, 감속기 30% 그리고 제어장치 30%, 설치공사 10%로
구성된다. PACECO는 컨테이너 크레인을 개발하고 설계기술을 보유
하고 있으면서 감속기와 제어장치는 전문 회사에서 구매하여 공급한
다. 우리는 PACECO와 기술 제휴로 제일 단계로 철구조물을 국내에서
제작하기로 하였다. 이렇게 해서 우리가 최초로 제작 판매한 것이 군
산항에 설치한 경제형 컨테이너 크레인이다. 그 후 중화학 투자조정
과정에서 현대양행이 한국중공업으로 바뀌면서 PACECO 기술 제휴
는 한국중공업에 남게 되었다. 나는 이 같은 중화학 투자조정의 내용
을 PACECO에 설명하고 컨테이너 크레인 기술 제휴를 내가 잠시 머물
고 있던 현대중공업에도 제공해 주도록 요청하여 한국중공업(현 두산
중공업)과 현대중공업 두 곳에서 PACECO 컨테이너 크레인 제작 기술
을 보유하게 된 것이다.

두 회사는 서로 경쟁하며 제어장치를 제외한 크레인 전체를 국산화
하였으며 이렇게 제작된 한국산 컨테이너 크레인은 국제 경쟁력을 갖

추게 되어 동남아 및 중동을 넘어 세계 곳곳에 공급되었다. 싱가포르 부두에 서 있는 우리나라에서 공급한 수많은 컨테이너 크레인을 볼 때마다 1970년 처음 미국에 가서 SF Alameda에서 만났던 사람 좋은 John Martin 사장이 생각난다.

정인영 회장님과 회식
왼쪽부터 정성택 박사, 유철진 전무, 정인영 회장, 나

현대양행과 함께 걸어온 길

건설 중장비 국산화

현대양행은 70년대 초에는 아시아 개발은행(ADB)의 자금 $1,800만 불을 도입하여 건설된 주단조(casting and forging) 설비를 갖춘 군포공장이 준공되면서 생산하는 기계제품의 종류가 늘어나고 건설 중장비 하부 부품(undercarriage parts)을 비롯해서 제지설비, 섬유기계, 발전소 보조(balance of plant) 설비, 시멘트 설비 등 시스템으로 공급하는 프란트 영업이 시작되었다.

사장님은 태국 도로공사에서 얻은 경험을 바탕으로 건설 중장비에는 특별한 관심을 갖고 계셨고 미국 중장비 제작사 Allis-Chalmers와 기술 제휴를 체결하고 국내 최초로 bulldozer, wheel-loader, motor-grader 등 각종 건설 중장비를 국산화하였다. 군포의 주단조 공장이 가동되면서 중장비의 소모품인 undercarriage track assy, track-shoe 등을 개발하여 국내 건설회사에 공급하였다. 한편 국산 건설 중장비를 대량으로 인도네시아에 수출하여 세상을 깜짝 놀라게 하였다. 이어서 세계적인 굴삭기(excavator) 제작사인 불란서의 포크레인(Poclain)과 국내생산을 위한 기술 제휴를 맺었다. 오토바이 하면 "혼다" 하던 식으로 굴삭기 하면 "포크레인" 하던 때였다.

이같이 세계적인 중장비 회사들이 현대양행과 기술 제휴를 하는 주된 이유는 국산화를 하면 수입제한 등 정부의 지원을 받을 수 있고 또 현대그룹의 방계회사인 현대양행과 협조하여 국내에서 생산하는 것이 유리하다고 판단했기 때문이다.

현대양행과 함께 걸어온 길

불란서 포크레인 국산화

그런데 불란서 포크레인과 기술 제휴를 체결하고 몇 달 되지 않아서 현대중공업이 대형 굴삭기 4대를 일본에서 사들인다는데 어떻게 된 것이냐고 포크레인 본사에서 문의해 왔다. 그러나 우리는 그러한 사실을 전혀 모르고 있었다. 그것이 사실이라면 현대 그룹사가 타 기종 굴삭기 그것도 포크레인의 일본 기술 제휴 회사 제품을 수입하게 되는 것이고 우리 회사의 신뢰는 땅에 떨어지게 된다. 현대그룹 통합 구매실에 알아보니 사실이었다. 더구나 굴삭기는 이미 울산에서 회장님 결재가 났기 때문에 서울서 기종을 바꾸는 것은 불가능하고 시급한 것이라 곧 발주해야 한다고 한다.

당시 사장님은 현대건설 사장을 겸직하고는 계셨지만 모든 중요 기자재 구매는 회장님이 결정하셨고 중공업 업무에는 전혀 관여하지 않으셨다. 이런 상황에서 사장님에게 보고해 봐야 사장님 입장만 어색하게 만들 것이 뻔했다. 방법은 단 하나 내가 울산에 내려가서 회장님을 찾아뵙고 기종을 불란서 포크레인으로 바꾸어 주시도록 말씀드리는 길밖에는 없었다. 나는 하는 수 없이 울산으로 내려갔다. 울산에 도착해서 우선 굴삭기 실수요 부서를 접촉해 보니 중기에 관해서는 회장님의 신임이 두터운 중기 사업소 M 이사가 일본 유타니 포크레인(Utani-

Poclain)을 선정했다고 한다. 옛 사이공에서 같이 근무했던 토목의 J 전무를 찾아가 포크레인 기술 제휴에 관한 회사 사정을 얘기했다. J 전무는 토목을 관장하고 있고 굴삭기의 실수요자인 셈이었다. 그리고 나는 회장님이 계신 영빈관으로 올라가서 회장님을 뵙고 중공업에서 구매하려는 일제 유타니-포크레인(Utani-Poclain)보다 현대양행에서 수입 제작하는 불란서 포크레인을 구매하는 것이 유리하다고 자세히 설명해 드렸다. 회장님은 가만히 들으시더니 토목 J 전무를 부르셨다. J 전무에게 일제 유타니보다 현대양행에서 조립하는 불란서 포크레인이 더 좋다고 하는데 어떠냐고 물으셨다. J 전무는 불란서 포크레인이 최신 제품이고 작업 버킷 사이즈는 일제보다 좀 적지만 작업 속도가 빨라서 훨씬 더 능률적이라고 말씀드렸다. 회장님은 그 자리에서 일제를 취소하고 불란서 포크레인으로 구매하라고 지시하셨다. 나는 회장님 결재가 난 새로운 품의서를 들고 서울에 올라와서 그룹 통합구매 실장에게 갖다주었다. 이렇게 해서 우리는 포크레인과의 신의를 지킬 수 있었고 군포공장에서 국산 포크레인 1, 2, 3, 4호기를 생산하여 현대중공업에 납품하였다. 국산 굴삭기의 시대가 열린 것이다.

시멘트 생산 설비 국산화

현대양행 군포공장이 가동되면서 시멘트, 제지, 섬유 등 프란트 설비를 부문별로 국산화하였다. 풀러(Fuller)사의 지원을 받아 시멘트 킬른(Kiln)을 비롯한 생산 설비를 국산화하여 국내 업계에 공급하였다. 풀러(Fuller)사는 현대 시멘트 1단계 건설부터 생산 설비를 계속 공급하여 현대 그룹과는 각별히 친밀한 관계를 유지하고 있었다.

사장님은 현대 시멘트공장 1단계 건설을 위한 설비공급 계약을 직접 협의하시고 건설 과정에도 관여하신 경험이 있으셨기 때문에 시멘트공장 건설에는 상업적인 부문뿐 아니라 기술적인 부문까지 자세히 알고 계셨다. 그동안 쌓아 온 풀러(Fuller)사 경영진과의 우호 관계를 바탕으로 시멘트 생산 설비 국산화를 위한 기술 제휴를 체결하고 설비를 동남아 및 중동에 공동으로 수출하기로 합의하였다.

나는 70년 초 1차 석유파동 직후 시멘트 수출을 위하여 처음 사우디를 방문하였다. 당시 사우디에는 넘치는 오일 달러(Oil dollar)로 추진하는 각종 건설공사에 시멘트 수요가 폭발적으로 늘어나고 있었으며 세계 각국에서 수입하는 시멘트 운송 선박이 젯다(Jeddah)항에 몰려들어 헬리콥터를 동원하여 시멘트를 하역하고 있었다.

사우디 정부는 이같이 폭증하는 시멘트 수요 문제를 해결하기 위하여 사우디 각 지방에 시멘트공장 건설을 추진하고 있었으며 우리는 사우디의 시멘트 공장 건설 프로젝트에 참여하기 위한 수주 활동을 시작하였다.

사우디 지산 시멘트 프란트

우리는 Southern Province Cement Co.(SPCC)라는 회사가 사우디 남단 예멘 국경 근처 소도시 지산(Jizan)에 연산 150만 톤 규모의 시멘트 공장을 건설할 계획이라는 정보를 입수하고 이 시멘트 프로젝트를 특정하여 수주를 위한 모든 힘을 쏟았다.

지산(Jijan) 시멘트 공장 건설 면허는 사우디 국왕의 사위인 Khalid 왕자에게 발급되었으나 실제 이 프로젝트는 Abdullah라고 하는 다른 왕자가 맡아서 추진하고 있었다. Abdullah 왕자의 연락처를 찾아 접촉을 시도하였으나 왕자는 해외여행 중이고 한 2주 후에 돌아온다는 통보를 받았다. 우리는 집을 떠난 지 벌써 한 달이 넘었고 2주 후 Abdullah 왕자가 돌아온다고 해도 우리와 만날 약속이 없으므로 만난다는 보장도 없었다. 언제 만날지 또 만날 수 있을지도 알 수 없었다. 이러한 상황에서 사장님은 실상을 보고 받으시고 팀이 이왕 먼 곳에 간 기회에 힘들더라도 더 기다렸다가 Abdullah 왕자를 만나 보고 귀국하는 것이 좋겠다고 하셨다. 우리는 무작정 기다린다는 것이 이렇게 힘든 줄 몰랐다. 우리는 축구공을 사다 리야드 사우디아 호텔 근처 운동장에 나가서 공을 차면서 지루한 시간을 보내기도 하였다. 그렇게 기다리는 동안 SPCC 대주주의 한 사람이 Mohamed 왕자라는 것도 알 수 있었고 당시 리야드에 머물고 있던 Mohammed 왕자를 찾아가 만나서 우리 회사를 소개하는 기회를 가질 수 있었다. 믿을 수는 없었지만, Mohammed 왕자는 우리가 회사 소개하는 것을 다 듣고 나서 우리 회사를 지산(Jizan) 시멘트 공장 건설 입찰에 참여할 수 있게 해 주겠다고 약속했다. Mohammed 왕자는 미국의 벡텔을 비롯해서 세계적으로 유명한 여러 회사의 사우디 대리인 역할을 맡고 있었다. 리야드에 머문 지 4주째가 되어서 Abdullah 왕자를 만났다.

우리는 한국 내에서 시멘트공장을 건설한 경험이 많이 있으며 미국의 풀러(Fuller)사와 공동으로 최신 생산기술의 시멘트 공장을 건설할 수 있는 경쟁력을 갖추고 있으니 지산(Jizan) 시멘트 공장 건설 입찰에 초청해 달라고 요청했다. Abdullah 왕자는 언행이 부드럽고 아주 온순한 사람으로 보였으며 우리를 입찰에 초청하겠다고 하면서 자기 밑에서 프로젝트의 실무를 전담하는 Sheik Bougary와 실무자 Semi Olaiwan을 소개해 주었다. 이러한 약속을 받아 내고 우리는 귀국했다.

그러나 그 만남 이후 지산(Jizan) 시멘트 프로젝트는 답답하게 서서히 움직였다. 시간을 다투어 추진하는 우리나라와는 전혀 다른 방식이다. 누구도 서두르는 사람이 없었다. 정말 공장 건설을 하기는 하는 것인지 알 길이 없었다. 그러나 실무자 올라이완(Olaiwan)은 틀림없이 건설한다고 한다. 지산(Jizan) 시멘트 공장 건설 예정지는 사우디 남단 예멘과의 국경 근처에 있다고 하는데 사막 한가운데 있는 작은 마을이어서 접근하기조차 어려운 곳이었다.

귀국하고 한 달쯤 지나 우리는 사장님과 함께 재차 리야드를 방문하여 Abdullah 왕자를 비롯하여 지산(Jizan) 프로젝트 관계자들을 만나보고 공장 부지가 예정된 지산(Jizan) 현장도 방문하였다.

　당시 사우디 지방 여행은 항공편을 이용해야만 하는데 예약은 되지 않고 공항에서 직접 항공권을 구입해야 했다. 공항에는 현지 사람들이 몰려들어 항공권을 사는 것부터 힘들었다. 우리는 지산(Jizan) 현장을 둘러보고 당일로 돌아가지 못하고 지산(Jizan)에는 호텔이 없어서 사우디 기상청에 근무하는 한국인 직원이 친절하게 호의를 베풀어주어 직원 숙소에서 사장님과 함께 하룻밤을 꼬박 새우고 다음 날 겨우 항공편으로 젯다(Jeddah)로 돌아갈 수 있었다.

사우디 Jizan 지질탐사 공사

그런데 SPCC가 시멘트 공장 부지 근처에 석회석 매장량을 확인하기 위한 석회석 지질탐사(geological survey)를 한다는 통보가 있었다. 기술회사도 정해졌다. 우리는 이제야 정말 건설을 하기는 하는 모양이라고 생각했다. 그런데 지질탐사라는 작업은 석회석 광산에 굴착(drilling) 공사를 하고 채취되는 시료를 분석하여 석회석의 질과 매장량을 측정하는 것인데 벨기에 기술회사(ERI)는 석회석 품질 분석과 매장량 측정만을 하는 것으로 계약이 되어 있다. 누군가가 이 사막 한가운데서 굴착공사를 해서 기술회사(ERI)가 요구하는 일정에 따라 3개월 내에 석회석 시료를 생산해서 공급하면 기술회사(ERI)는 이를 분석해서 시멘트 생산에 적합한지 여부를 판단하고 석회석 매장량을 화인하는 구조였다.

석회석 굴착(drilling) 공사는 본 프로젝트하고는 아직도 거리가 멀고 한 $300,000 정도 하는 소규모 작업이다. 국내는 이런 일을 하는 전문 업체가 따로 있었다. 나는 사실 관심도 없었으나 회장님은 처음부터 우리가 프로젝트에 관여해야 기득권을 갖게 된다고 믿고 계셨던 것 같다.

우리 기술팀에서 $300,000을 받고 기술회사(ERI) 계획대로 3개월

이내에 굴착 공사를 끝내 주는 조건으로 SPCC와 계약하고 서둘러 현장에 시공 팀을 파견했다. 그러나 공사는 진척이 없고 지지부진하였다. 사실 굴착 공사는 본공사 수주에 조금이라도 도움이 될까 하여 우리의 성의를 보이는 공사였다.

어느 날 갑자기 사장님이 찾으셔서 사장실에 들어가 뵈니 사장님은 우리가 맡은 석회석 굴착 공사가 진척이 없어 본공사에는 참여도 못 해 보고 쫓겨나겠다고 걱정하고 계셨다. 우리 목표는 지산(Jizan) 시멘트 공장 건설 본공사를 수주하는 것인데 조그만 굴착 공사도 제대로 못 하고 있으니, 누가 우리 능력을 믿고 본공사를 맡기겠냐고 하시면서 내가 현장에 가서 문제를 해결하고 와야만 되겠다고 하신다.

사실 이 굴착 공사는 기술부 소관이지만 사장님의 지시에 따라 두말하지 않고 몇몇 직원을 데리고 출국했다. 현장에 도착해 보니 현장은 말 그대로 엉망진창이었다. 무엇보다 현장 직원의 숙식이 문제였다. 사람이 제대로 먹고 자야 일을 하는 것인데 사막의 뜨거운 날씨에 컨테이너 속에서 잠자고 있고 식사도 부실했다. 작은 시골 도시 지산(Jizan)에서 약 100Km나 떨어진 사막 한가운데서 계약 금액이 $300,000밖에 안 되는 미니 프로젝트를 수행하면서 직원들에게 제대로 된 숙소와 음식을 제공하는 것은 어려웠을 것이다.

나는 현장에 도착해서 첫날 회의에서 수년간 같이 근무한 현장 소장 C 부장을 옆에 두고도 알아보지 못했다. 얼굴에 살이 빠지고 이발도 못 한 C 소장을 옆에 두고 C 부장을 찾으니까 "여기 있습니다."라고 말해서 알아보았다. 굴착 공사는 본사에서 전문 업체에 하청을 주어 시공하고 있었는데 하루가 멀다고 장비가 고장 나서 하청회사 직원은 부품을 구한다고 자주 젯다(Jeddah)로 출장을 갔다. 며칠 있으면서 하청 회사의 계약 내용을 알아보니 하청회사 직원들은 7-8명 되는데 회사와 6개월 계약을 하고 왔다고 한다. 그러니까 그 하청회사 직원의 입장에서는 우리의 굴착 공사 공정하고는 상관이 없고 정해진 월급을 받고 6개월이고 1년이고 있다가 가면 되는 것이지 일을 빨리 끝내고 귀국해 봐야 자신들에게 득이 되는 것은 아무것도 없었다. 우리는 업체를 바꾸거나 계약조건을 변경할 시간도 없었다. 나는 하청회사와 계약조건에 상관없이 공기에 초점을 맞추고 비용이 얼마가 더 들더라도 약속한 공기 내에 공사를 끝내기로 작정했다.

나는 하청회사 직원들을 모아 놓고 본 공사를 수주하려는 우리의 회사의 사정을 설명하고 새로운 제안을 했다.

공사를 빨리 끝내면 빨리 끝낼수록 하청회사 직원들의 소득이 커지는 제안이다. 그 사람들의 계약 기간인 6개월 이내에 일을 끝내도 6개월의 월급을 보장해 주고 그 사람들이 받는 월급에 추가해서 빨리 끝내면 빨리 끝내는 만큼 월급과 같은 금액을 보너스로 지급하겠다고 제안했다. 하청회사 직원들은 내 제안을 받아들였다. 나의 제안에 합의를 본 다음 날부터 굴착기(drilling machine)가 밤새도록 돌아가기 시작했다. 분석해야 할 석회석이 쏟아져 나오니까 굴착 진도가 느리다고 불평하던 기술회사(ERI) 현장 기술자는 놀랐다. 여기에 더해서 현대건설 Jubail 산업항 공사현장의 협조를 받아 기능직 직원과 굴착기도 몇 대 더 현장에 투입하였다. 그렇게 정리해 놓았지만, 고생하는 직원들을 두고 귀국할 수 없어 한 달간 현장에 같이 머물면서 공사를 완전히 완결 지었다.

지산 시멘트 본공사 수주

　지질탐사 및 석회석 분석 결과 석회석 원료는 시멘트 생산에 적합하고 매장량도 충분하다는 결론이 나왔다.

　이제 본공사 프로젝트에 속도가 붙기 시작했다. 드디어 벨기에 기술회사에서 입찰서를 만들어 배포하였다. 입찰에는 독일의 KHD, 일본의 IHI, 그리고 현대양행(미국 Fuller와 합작) 3개 회사가 참여했다. 당시 사우디에서 무슨 사업이던 사업을 하려면 현지 대리인(local agent)을 통하지 않으면 할 수 없었고 대리인에게는 보통 계약 금액의 5%를 컴밋숀(commission)으로 지불하였다. 이런 현지 대리인을 Mr. Five Percent라고 부르기도 했다. 그러나 당시 미국에서는 해외에서 미국 회사가 현지인에게 이러한 코밋숀(commission)을 지급하는 것을 부정행위(corruption)로 간주하고 처벌하는 반부폐법이 공표되어 있었다. 따라서 우리 파트너인 미국의 풀러(Fuller)사는 처음부터 대리인에게 지급하는 커미션에는 관여하지 않고 프로젝트와 관련해서 현지에서 지불하는 커미션은 모두 현대양행 책임으로 처리해야 했다.

　입찰 일정에 따라 기술회사(ERI)는 입찰에 참여한 회사의 제안서

(proposal)의 검토를 끝내고 가격 협상을 위해 입찰 참가자를 모두 리야드에 초청했다.

가격협상은 아침부터 저녁 늦게까지 계속되었다. 마치 경매장(auction house)과 같이 입찰 회사가 시간 간격을 두고 차례로 몇 차례 불러 들어가 새 가격을 제시하는 것이다. 저녁 늦게 마지막 협상 과정에서 사장님은 나에게 준비해 온 몇 개의 가격 가운데 최종가격으로 어느 것을 제시하는 것이 좋겠냐고 물으셨다. 사장님은 평소와 다르게 몹시 힘들어하고 계셨다. 나는 준비해 온 여러 개의 가격에서 높은 쪽의 $257,000,000을 권해 드렸다. 우리는 마지막으로 주주들에게 불러 들어간 자리에서 최종가 $257,000,000을 제시하였다. 잠시 후 주주들은 우리를 불러들여 우리의 최종 입찰가를 받아들인다고 구두로 통보해 주었고 이어서 잠시 후 지산(Jizan)에 연산 150만TPY(75TPY × 2line)의 시멘트 공장을 $257,000,000에 일괄(turn-key) 건설하는 본계약의 L/I(letter of intent)를 발급해 주었다. 지산(Jizan) 시멘트 주주 가운데 금융업을 하는 대주주를 대리인으로 하는 일본의 IHI는 우리의 최종 낙찰가를 뒤집으려고 끈질기게 끝까지 공작을 했지만 성공하지 못하였다. 이로써 우리 현대양행이 우리나라 사상 최초로 프란트를 해외에서 일괄 건설하는 프로젝트를 수주하는 쾌거를 이룩한 것이다.

지산(Jizan) 시멘트 프란트 L/I를 받고 서울로 귀국하기 전 나는 기술팀을 이끌고 브랏셀로 가서 기술회사(ERI)와 프로젝트 초기에 제출한 공장 운영 제안서(plant management proposal)를 마무리 짓기 위한 협의를 시작했다. 공장 운영계약은 본계약의 일부로 되어 있어서 본계약과 동시에 체결돼야 한다. 기술부에서 수주하는 데 도움이 되는 당근으로 저렴하게 거의 실비로 공장을 운영해 주는 것으로 제출된 제안서를 공장 운영계약만으로도 이익을 낼 수 있도록 개정했다.

그 대가로 주주에게는 비밀로 하고 기술회사(ERI)에게도 0.2%의 커미션을 주기로 했다. ERI는 우리 일을 감독하는 기술회사로서 어차피 프로젝트가 끝날 때까지 우리와 같이 일하기 때문에 우호적인 관계를 발전시키는 것이 필요하다.

그러나 이렇게 기술회사에 커미션을 주면서 어렵게 개선된 공장 운영계약은 중화학 투자조종의 혼란기에 한국중공업 S 사장 재임 중 제삼자에게 이양되어 수행되었다. 어떤 사유로 어떻게 그렇게 되었는지 그 내막은 알지 못한다.

지산(Jizan) 시멘트 프로젝트를 수주하고 나는 우리가 해 놓은 일에 뿌듯한 자부심을 느낄 수 있었다. 당시 우리나라에는 프란트라고 하는 사업을 해외에서 추진하는 회사도 없었을 뿐더러 프란트 사업의 개념을 이해하는 회사도 없었다. 이것이 가능했던 것은 사장님이 현대건설이라는 국내 최대 건설회사와 안양 군포의 기계 공장을 경영하시면서 외국 회사들과 수시로 접촉하시고 쌓아 온 경험과 식견에서 나온 결과이다.

그해 1978년 경제기획원에서 해외 건설업체 회의를 하였는데 최초로 프란트 수출에 성공한 우리 현대양행을 대표해서 나온 내가 맨 앞에 앉았었다. 지산(Jizan) 프란트 수주는 현대양행의 격을 한 단계 높였으며 정부로부터 혜택도 받았다. 정부에서 업계의 반대에도 불구하고 강원도 옥계에 한라시멘트 공장 건설 허가를 현대양행에 내어 주었다. 향후 시멘트 프란트 수출을 위한 기술개발에 필요한 시험용 공장(pilot-plant) 성격이다. 우여곡절 끝에 건설된 한라시멘트의 탄생이었다. 우리는 계약 금액의 30%를 선수금으로 받았다. 선수금을 받는 즉시 선수금에 비례해서 사전에 약정한 커미션(commission)의 30%를 집행했다. 총계약 금액에 대해서 Khalid, Abdullah, Mohammed 왕자에게는 각각 3%, Sheik Bougary 2%, Olaiwan 0.2% 합계 총 $14,000,000의 30%에 해당하는 약 $5,000,000 정도를 커미션으로 지급했다. 그리고 사우디 주주 측에게는 비밀로 하고 약속한 기술회사 (ERI)에게도 커미션을 지급했다. 그야말로 커미션 잔치를 한 것이다. 이 모든 커미션 관련 서류는 모두 사우디 주재 한국대사관(당시 대사 유양수)에 사전에 보고하여 사본을 제출하고 확인받아 놓았다.

지산(Jizan) 시멘트 발주회사 사람들. 한국 방문 왼쪽 끝 나,
다음 이방우 부장 세이크 보가리 건너서 정인영 회장님.

국내 발전사업

지산(Jizan) 프로젝트 본계약 수주 L/I를 받은 다음 날 오전 사장님
은 귀국하실 예정이었다. 사장님은 공항으로 출발 전 나를 사무실 안
으로 부르시더니 속 주머니에서 친필로 쓴 해외사업 업무 분장표를
꺼내 보이시면서 나에게 어느 것을 맡겠냐고 물으셨다. 그 업무 분장
표를 보니 이제까지 하나로 되어 있던 프란트 사업의 업무를 중동사
업, 동남아사업, 국내사업 3개 부문으로 나누어 놓으셨다. 그래도 나
에게 제일 먼저 선택할 기회를 주시는 것이 고마웠다. 나는 국내 사업
을 맡겠다고 말씀드렸다. 사장님은 깜짝 놀라면서 "그래, 그러면 어떻
게 하지" 하시고는 알았다고 하셨다. 그렇게 나의 답변을 들으시고 곧
귀국하셨다.

　　나는 이제까지 해외사업을 한다고 수년째 해외를 다녔다. 수시로 출
장을 나아가 일 년에 반 이상을 해외에서 보내고 한번 나가면 보통 한
달 또는 두 달 해외에 체재하였는데 그렇다고 해외 특별 수당이 있는
것도 아니었다. 무엇보다 집안 생활이 안정되지 않았다. 해외 출장에
서 귀국하면 애들은 쑥쑥 커 있었다.

발전설비 국산화

그보다 중요한 것은, 당시 한전에서는 장기 전원개발 계획에 따라 가까운 시일 내에 몇 개의 발전소 건설 공사를 발주할 예정이었다. 발전소는 터빈(T/G) 보일러(Boiler) 그리고 부대설비(BOP)를 제작 설치하고 건설하는 대표적인 프란트 사업이며 시멘트 공장보다 투자 규모가 훨씬 큰 중요한 국책사업이다.

급증하는 국내 전력 수요에 부응하기 위해 한전은 석탄화력발전소 4기(무연탄 연소 서해 화력 200MW × 2기 수입 유연탄 연소 삼천포 화력 500MW × 2기), 한국 원전 #5, #6호기(1,000MW × 2기)의 건설 계획을 발표했다.

그런데 내가 프란트 국내 사업을 맡기로 한 지 얼마 안 돼서 어느 날 한전으로부터 연락을 받고 사장님과 함께 들어가 한전 사장님을 만나 뵈었다. 한전 사장님은 한전하고 현대양행이 앞으로 일을 많이 해야 할 것 같은데 정인영 사장이 주로 해외에 나가 계셔서 일하는 데 지장이 있으니 정 사장님이 지금 같이 해외에 나가서 계속 일을 해야 한다면 현대양행 사장의 권한을 위임받은 사람을 한 사람 정해서 국내에 있게 해 달라는 당부의 말씀을 하셨다.

사장님은 즉각 나를 지목해서 우리 "한상량" 전무가 자신을 대신해서 한전 관련 모든 일을 처리하게 하겠다고 하셨다. 당시 현대건설을 포함해서 다른 회사에서는 주로 사장들이 한전에 출입하고 있었다.

이렇게 해서 나는 후일 중화학 투자조정의 핵심이 된 원자력 발전을 포함한 모든 발전사업을 내 책임 아래 추진하게 되었다.

당시 회사 내외의 상황을 보아서는 지산(Jizan) 프로젝트와 같은 규모의 현금성 해외 프로젝트를 단기간에 몇 개 더 수주하지 않으면 안 되는 실정이었다. 그러나 말레시아에 자본 참여방식(equity-participa-tion)으로 프로젝트를 추진하여 페락 주(Perak state)와 네그리샘비란 주(Negri Sembilan state)에 각각 연산 120만 TPY 규모의 시멘트 공장 건설 프로젝트의 수주를 추진하였다.

GE 선박용 터빈 5대 수주

그러나 70년대 현대양행 경영전략에 가장 큰 영향을 준 것은 미국의 대표적 기업 GE의 등장이었다. GE는 울산 조선소에서 건조하는 대형 유조선(VLCC)에 선박용 증기터빈을 공급하고자 노력하였다. 그러나 조선 부문에서 현대중공업과 협력하고 있는 일본 가와사키 (Kawasaki) 조선소에서 공급하는 터빈 가격보다 GE 가격이 항상 높아 공급하지 못하고 있었다. 현대중공업의 권유에 따라 GE는 선박용 증기터빈을 공급하기 위한 목적으로 현대양행과 대리점 계약을 맺었다. 사실 GE 하면 세계적인 발전용 유틸리티 터빈 제조사로 알려졌지만, 선박용 터빈은 잘 알려지지도 않았다. 그러나 어찌 되었든 GE와 사업제휴를 맺는다는 것에 사장님은 무척 고무되어 계셨다. 나는 대형 유조선(VLCC)용 증기터빈 수요가 있을 때마다 GE 세일즈 팀을 대동하고 울산 조선소를 여러 번 방문했으나 번번이 일본 가와사키-조선소에게 빼앗겼다. GE 가격이 항상 높아서 문제였다. 그러나 VLCC 를 건조하는 가와사키-조선소는 유조선(VLCC) 건조 시장에서 현대와 경쟁하고 있으므로 현대는 경쟁 업체로부터 증기터빈을 공급받고 있는 것이다. 그러던 것이 일본의 대미 무역흑자가 대폭 증가하면서 엔/달러 환율이 급등하여 "엔다까"로 GE Turbine 가격이 유리하게 되었다. 어느 날 GE 세일즈 팀과 울산 조선소를 방문하여 가격 협상을 하고 성과 없이 서울에 올라와 호텔 방에서 GE 사람들과 일정을 협의하고 있는데 울산 중공업에서 전화가 왔다. 내일 다시 내려와서 가격협의를 더 해 보자는 것이다. 우리는 무슨 변화가 있나 궁금해하면서 울산으로 내려갔다. 그러나 우리가 도착한 그날은 울산의 분위기는 전과 같지 않고 달라져 있었다. 정주영 회장님이 직접 나오셔서 가격을 조금만 조정해 주면 GE 터빈을 구매하겠다고 말씀해 주셨다. 우리는 어떻게 하던 가격을 맞혀 보도록 최선을 다하겠다고 말씀드렸다. 결국 그다음 날 우리는 GE 선박용 증기터빈(Marine Steam Turbine) 5대를 현대중공업에 공급하는 계약서에 서명하였다. 서울로 출발하기 전 우리는 그날 아침 정주영 회장님이 새벽에 차를 직접 몰고 조선소를 순찰하시다 바다에 빠지시는 사고가 있었다는 것을 알게 되었다. 정말 엄청난 사고였다.

GE 선박용 터빈을 성공적으로 판매한 것은 현대양행과 GE와 관계를 발전시키는 데 결정적인 계기가 되었다. 우리는 발전용(Utilitiy) 터빈 대리점을 맡겠다고 기회 있을 때마다 GE 경영진에게 요구하였다. 선박용 터빈을 생산하는 보스톤의 GE 린(Lynn) 공장에서는 200MW 이하의 중소형 터빈만을 생산하고 있었으나 새로 건설되는 화력 발전소의 표준 용량은 이미 500MW 급으로 넘어가고 있었다.

발전 터빈 일부 국산화

GE 발전용 500MW급 터빈은 GE 린(Lynn) 공장이 아니고 뉴욕주 스캐넥태디(Schenecctady) T/G 공장에서 생산하고 있었으며 전담 부서도 따로 있었다. 또한 국내에는 미국 회사 암트라코(American Trading Co.)가 수십 년째 GE 대리점을 하고 있어서 대리점을 바꾸는 일도 그리 간단해 보이지 않았다. 나는 GE의 아시아 지역 GE 대리점 회의에 참가할 때면 최고 책임자를 찾아가 앞으로 우리나라에 수입되는 모든 기계는 국산화해서 수입 대체하는 것이 정부의 산업 정책이며 과거처럼 완제품을 그대로 수입하는 일은 이제 없어질 것이다. 따라서 기계 공장을 보유하고 있는 현대양행이 GE의 가장 이상적인 파트너가 될 것이라고 설득했다. 그것은 사실이었다.

GE 복합화력

군영 #1 복합화력 F. Kitridge

어느 날 갑자기 GE에서 사장님을 만나자고 연락이 와서 사장님과 같이 나가 만나 보았다. 명함을 받아 보니까 New York GE 본사의 국제담당 판매 책임자 Frank Kittredge와 GE 홍콩 지사에 근무하는 Cos Sficas라는 두 사람이었다. 이 사람들의 말은 자기들이 지금 한전하고 영월과 군산에 200MW 복합형 발전소(combined cycle power plant)를 건설하기 위한 계약 협상을 하고 있는데 현대양행이 GE가 수주하도록 도와주면 적당한 커미션(commission)을 주겠다는 것이었다. 우리는 GE를 지원할 의향은 있는데 대가로 커미션보다 국산화 일감을 달라고 했다. 그래야 정부의 지원도 기대할 수 있다고 했다. GE는 수주에 성공하면 약 $1,500만 상당의 일감을 우리에게 주기로 약속했다. 우리는 프로젝트를 수주하기 위해 한전과 접촉을 시작하였고 약 한 달 후 GE는 한전과 영월과 군산에 각각 200MW급 복합화력 발전소 2기를 건설하는 계약서에 서명하였다.

GE는 이 발전소 건설을 위하여 군영이라는 현지 법인을 설립하고 프로젝트에 관련된 모든 일을 이 현지 법인을 통하여 수행하도록 하였다. 우리는 GE로부터 약속된 $1,500만 상당의 일감을 수주받는 가격 협상을 하였다. 복합화력은 신개념 발전 방식으로 스팀터빈(steam turbine)과 개스 터빈(gas turbine)을 결합해서 가동한다. 자체적으로 증기를 발생하는 일반 보일러와는 달리 1차로 발전하는 개스 터빈(gas turbine)에서 나오는 뜨거운 배기가스(exhaust gas)로 보일러 대신 증기를 발생시켜 T/G를 돌려서 2차로 발전한다. 복합화력 발전소의 열교환기(HRSG), 복수기(condenser), 개스 터빈 덮개(gas turbine housing parts) 같은 보조 설비 BOP(balance of plant)는 우리 군포공장에서 충분히 제작 공급할 수 있는 부분이었다. 그러나 공급 가격이 문제였다. 우리는 가격이 맞지 않으면 공급하지 않겠다고 했고 GE는 어떻게 해서든지 $1,500만의 물량을 우리에게 발주해야 할 의무가 있었기 때문에 가격 협상은 우리에게 일방적으로 유리했다. 우리는 유리한 가격으로 계약했다.

이 공급계약으로 GE는 50년대 50MW급 발전소를 마산에 건설한 이래 처음으로 한국에 200MW급 복합 발전소를 건설하게 된 것이다.

이제까지 한전은 외국 무역회사가 제공하는 공급자 금융을 받아 일본의 히타치나 도시바 또는 불란서의 알스톰 같은 발전 주기기 제조사와 일괄도급 계약으로 발전소를 건설했으며 국내 업체는 외국 원청업체의 하청으로 토목, 건축, 설치 공사만을 담당해 왔다.

그러나 이제 처음으로 비록 주기기는 아니고 보조설비(BOP)라 할지라도 발전설비의 일부를 국내 업체가 제작 공급하게 된 것이다. 이때 처음 군포공장에서 HRSG(열회수증기 발생기, heat recovery steam generator)를 제작한 이래 우리나라는 세계시장에 HRSG의 주요 수출국으로 부상하였다.

울산 #2 복합화력 T. Crowley

어찌 되었든 국산 기자재가 공급된 발전소 1호기가 군산과 영월에 건설되는 200MW급 복합 발전소가 된 것이다.

● GE의 실책

이 프로젝트를 계기로 GE는 한국에 사무실을 개설하고 미 대사관 상무관으로 있던 Tom Crowley라는 사람을 스카우트하여 한국 담당 GE 대표(country manager)로 근무하도록 하였다. 그런데 Crowley는 국내 업계의 실정을 잘 모르면서 미 대사관 상무관으로 있던 생각만 하고 보수적인 관료 조직인 한전에서 중간관리층은 무시하고 사장, 부사장 등 최고경영진하고만 접촉하였다.

한전은 군산과 영월의 1차 복합화력 발전소에 이어서 1차와 똑같은 형식의 2차 복합화력 발전소를 울산에 건설하는 입찰을 공고하였다. Crowley는 GE 본사에 자신의 능력을 과시하기 위하여 2차 복합화력 울산 프로젝트는 현대양행을 배제하고 GE 독자적으로 수주하겠다고 주장하여 현대양행은 울산 복합화력 사업에는 참여할 수 없었다. 우리는 당연히 1차 사업을 추진하는 GE가 2차 프로젝트를 수주할 것으로 믿고 있었다. 왜냐하면 한전으로서는 동일 기종을 구매하는 것이 건설비도 저렴하고 설비를 유지 보수 관리하는 데도 훨씬 경제적이기 때문이다. 그러나 얼마 후 한전에서 GE가 한전의 요구를 수용하지 않고 협조하지 않고 있는데 GE가 내일까지 가격을 $700만을 조정하지 않으면 울산 프로젝트는 다른 회사에 발주하겠다는 최후통첩의 연락이 왔다. 우리는 이 사실을 GE에 알렸다. 그럼에도 Crowley는 절대 그런 일은 없을 것이라고 주장하고 한전의 가격 협상에 따르지 않았다.

한전은 우리에게 통보한 대로 2차 복합화력 울산 프로젝트를 대우와 협력하는 Platt & Whitney 사에 발주했다. Platt & Whitney는 항공기용 개스 터빈만 제작함으로 증기터빈은 일본 도시바(Toshiba)에서 공급 받기로 하였다.

GE 본사에서는 난리가 났다. 총책임자 Ogilvy를 비롯한 GE Lynn 공장의 거물들이 급히 서울로 몰려와 한전 요구대로 $700만을 깎겠다고 하였으나 한전은 "버스는 이미 떠났다"고 했다. 참으로 안타까운 일이었다.

서울 GE T. Snedeker

그 후 Tom Crowley는 GE를 떠나야 했고 그 후임으로 Tom Snedeker 라고 하는 경험 많고 유능한 임원이 부임했다. Snedeker는 키가 늘씬 하고 인물이 헌칠한 전형적인 미국의 대기업 Executive였고 그 부인 Rosemary는 fashion model 출신으로 대단한 미인이었다. Snedeker는 자기를 보좌할 사람을 하나 채용했다고 나에게 소개하였는데 그 사람 은 후일 Snedeker가 한국을 떠난 후 GE KOREA 사장이라는 Title을 갖 게 되었다.

Crowley는 GE를 떠난 후 ABB로 자리를 옮겨 Malaysia로 갔으며 나 는 Kuala Lumpur에서 출장 기간에 그를 한 번 만나 점심을 한 적이 있다. Tom Snedeker는 서울에서 한 1년 근무하고 부인 Rosemary가 New York으로 돌아가자고 해서 New York 본사로 복귀했는데 다시 부인이 California에서 살기를 원해 ABB로 직장을 옮겨 California로 갔으나 그의 친구였던 ABB의 Peter Mihan에 의하면 Snedeker는 부 인의 변덕으로 근무지를 옮겨 다니다 결국 "스트레스"를 견디지 못하 고 자기 차 속에서 배기가스를 마시고 스스로 목숨을 끊었다고 한다. 참으로 아까운 사람이다.

GE 회장 R. Jones와 J. Welch의 등장

우리나라는 GE의 중요한 시장이다. 발전사업뿐만 아니라 민간 항공기의 엔진, 공군 전투기 엔진, 선박용 엔진, 스팀 및 개스 발전 터빈, 자동차용 특수 플라스틱, 전기자재, 의료기기, 금융 등 광범위한 분야에 걸쳐 이해관계를 갖고 있다.

이전에 GE는 아시아 시장에서는 일본에서 멈추었고 한국을 중요한 시장으로 보지 않았다. 그러나 복합 화력발전 프로젝트를 계기로 GE는 한국에 본격적으로 진출하기 시작했다. 사장님과 나는 서울에 몰려오는 각 분야의 GE 사람들을 만나는 데 많은 시간을 보내야 했다. GE 각 사업부 책임자 부회장도 여러 번 만났다.

• Jack Welch의 등장

우리 현대양행과 GE와 기술 제휴 등 협력관계는 Welch 회장 취임 이전에 대부분 이루어졌다. 나는 80년 중화학공업 구조조정이 한창 진행되고 있을 때 한국을 방문한 GE 회장 Reginald Jones(Jack Welch 전임 회장)를 만난 적이 있다. 당시 Jones 회장은 사람들의 예상을 뒤집고 40대의 Welch를 자신의 후계자로 발탁한 당사자다. 아주 조용하고 차분하며 인자한 인상을 주는 분이었다. 그런 분이 Jack Welch를 자신의 후계자로 선임했는데 GE의 앞날에 닥쳐올 험난한 파도를 미리 내다보고 거기에 적합한 인물을 선택한 것 같다. Jones 회장은 그때 우리 정부에서 추진하던 중공업 투자조정에 관심이 있었고, 나는 아는 대로 자세히 설명해 드렸다.

얼마 후 1980년 약관 40대의 Jack Welch가 GE 회장이 되었다고 세상이 떠들썩했다. Welch는 부임 초부터 세계적인 관심사가 되어 있었다. 적자 나는 공장은 여기저기 문 닫고 초기 5년간 직원을 stack ranking A(20%) B(70%) C(10%) 등급으로 나누어 전체 직원의 1/4에 해당하는 10만 명이 퇴출당하였고 408여 사업체가 매각되었다. 6-Sigma 기법을 도입하여 능률을 높이고 끝없는 인수 합병으로 사업을 확장하여 Welch를 건물 껍데기는 놔두고 사람만 없애는 중성자탄 Welch(Jack the neutron bomb)이라고 불렀다.

단기적인 경영목표를 달성하면 대주주는 물론 회사의 stock option을 받은 GE 최고경영진까지 수백만 불에서 수천만 불까지 엄청난 수익을 챙겼다. Welch 회장 재임 기간(1981-2001) GE 주가 시가총액은 $140억에서 $4,500억으로(1993 - 2004) 약 3,000% 상승했으며 NYSE 시가총액 1위의 자리를 지켰다.

그러나 주주와 자신들의 배만 불리기 위해 수많은 직원에게 실직의 고통을 안겨 주고 협력 업체가 도산되든, 회사의 미래가 어떻게 되든, 지역 사회가 어떻게 되든, 회사의 장기적인 발전이 어떻게 되든, 무자비하게 공장의 문을 닫는 Welch식 경영이 과연 칭송받을 만한 것인지 모를 일이다. 그러나 Welch 재임 기간 중 GE의 주가를 떠받치는 힘은 이러한 변화에 의한 신기술이나, 신제품이 아니고 GE Capital로 대표되는 금융의 힘이었다.

GE Capital은 항공기 엔진이나 발전 터빈과 같은 자본재구매 자금을 조달해 주는 사업부였으나, Welch는 이를 신용카드에서부터 주택 담보 대출, 보험까지 모든 금융서비스를 제공하는 세계 최대의 비은행 종합금융회사로 변모시켰다. 이렇게 경영되는 GE는 자신들의 이익을 도모하기 위해서는 물불 안 가리는 냉혹하고 무자비한 회사가 되었다. GE는 한국의 일진이 공업용 Diamond를 제조하는 GE 기술을 도용했다고 10년간 끈질기게 법정투쟁을 해 오다 패소하고서야 물러났다. 자동차 범퍼로 쓰이는 GE engineering plastic의 Zenoy bumper는 전량 현대자동차에 납품하고 있었는데 현대의 합작 제의를 거절했다 (후일 Saudi Arabia의 Sabic에 매각함).

현대중전기는 SIEMENS와 기술 제휴로 대형 모터만을 생산하였고 소형전동기(1HP-20HP)는 GE와 협력해서 울산에서 생산하기로 합의했다. GE의 새로운 설계에 의해 생산할 소형 모터의 시장은 한국은 100% 현대가, 미국은 100% GE가, 그리고 제3국은 50%/50% 공동으로 수출하기로 합의하고 생산 공장을 건설하고 있었다.

그런데 Welch 회장이 취임한 후 GE는 일방적으로 해외 시장을 GE가 100% 독점하는 것으로 합의 내용을 수정하자고 몰려왔다. 물론 이러한 GE의 부당한 처사를 단호하게 거부했지만, GE는 주장을 굽히지 않았다.

GE의 몰락

Welch 회장 아래서 GE Capital은 GE 전체 매출의 40% 이익의 60%를 차지하여 GE는 제조업이 아니라 금융회사로 변모되어 있었다. 그러나 실적이 받쳐 주지 못하는 이러한 단기 이익에 집착하는 경영 방식은 지속될 수 없었다. 결국 2008년 미국에 불어닥친 sub-prime mortgage 사태로 직격탄을 맞고 GE Capital은 파산의 위기에서 연방정부의 구제금융을 받고 겨우 살아나 부실화되면서 GE 전체가 몰락의 길을 걷게 되었다. 2015년 GE Capital은 매각되었으며, GE는 110년 역사의 다우존스(Dow Jones Industrial Average)의 유일한 원년 회원 타이틀도 내주고 2018 퇴출되었다.

이제 GE는 GE Vernova(풍력 및 화력 발전설비), GE Aerospace(비행기 엔진), GE HealthCare(의료기기)의 3개의 독립회사로 분사되었으며 과거의 General Electric은 존재하지 않는다.

Boeing 737 MAX 기종이 출시된 지 3년 만에 2대가 추락하는 사고가 있었다. 요즘 안전 문제로 진통을 겪고 있는 세계 최대 항공기 제작회사 Boeing에는 전 현직 최고 경영자 CEO 3명이 모두 GE에서 영입된 Welch의 후예(Welch kids)들이다. 이들은 6-sigma, out-sourcing 등 Welch의 경영철학을 Boeing에 접목해 회사를 개조하려고 하였으나 그 와중에 많은 유능한 기술자들이 회사를 떠나 항공기 품질과 안전에 심각한 문제를 일으켰다.

서해(서천), 삼천포 화력

76년 한전에서 서해발전소 건설을 위한 터빈 입찰이 공고되었다. 우리는 서해발전소에 국한해서 GE와 협력해서 Turbine 일부를 국내에서 생산하는 M/A(Manufacturing Association) 합의서를 체결하고 GE와 공동으로 서해발전소 주기기(Steam Turbine and Coal firing Boiler)를 공급하는 국제입찰에 참여하였다. 그러나 당시 관세 제도는 국제입찰에 참여하는 외국 업체는 수입하는 발전설비를 무관세로 들여오게 되어 있고, 이에 반하여 국내 업체가 발전설비를 제작하는 기자재를 수입하는 데는 관세가 부과되어 국내에서 시행되는 국제입찰에 참여하는 국내 업체가 역차별을 받고 있었다. 이러한 현상은 이제까지 국내 업체가 국내에 건설되는 발전소의 주기기 입찰에 참여한 사례가 없었기 때문에 일어난 일이었다. 정부는 국내 업체가 받는 이러한 역차별을 해소하기 위하여 관세법을 개정하는 대신 입찰가 평가에서 외국 회사와 경쟁하는 국내 업체에게 10%의 "프리미엄"을 주기로 하였다.

이렇게 해서 우리는 서해 화력의 주기기 입찰에 성공하였고 200MW 급 터빈은 GE와 그리고 무연탄(anthracite coal) 보일러는 CE(Combustion Engineering)와 협력해서 사상 처음으로 국내 업체 현대양행이 발전소 주기기의 공급업체로 결정된 것이다. 한전은 처음에는 서해발전소의 보일러는 히타치(Hitachi)에게 발주하고 증기터빈(steam-turbine)만을 우리에게 발주하려고 했으나 보일러를 꼭 수주해야 한다는 우리 요청을 받아들여 보일러와 터빈을 모두 현대양행에 발주하였다. 사실 증기터빈 제작은 당시 군포공장에는 전용 가공 시설도 없었고 대부분 GE에서 수입되는 것임으로 공장에서 제작할 일감도 많지 않았다. 그러나 보일러는 일부 특수 부분만을 제외하고는 대부분 국산화가 가능한 제품임으로 우리에게는 증기터빈보다 훨씬 더 중요한 제품이었다.

이렇게 하여 우리 현대양행이 세계적인 발전설비 제작사 일본의 Toshiba, Hitachi, 불란서의 Alsthom을 제치고 서해 화력(지금의 서천 화력 발전소)의 주기기를 군포에서 제작하여 납품하게 되었다.

서해 발전소 주기기 공급 계약에 이어서 현대양행은 삼천포 화력 #1, #2기 500MW급 2기의 유연탄 화력 발전소 건설의 주계약자로 선정되어 서해 화력과 같은 방식으로 주기기와 건설 공사를 포함하는 일괄 도급계약(turnkey-contract)을 체결하였다. 사상 처음으로 국내 발전소 건설에 국내 업체가 원청회사(prime contractor)가 되고 외국의 유명 공급사를 하청사(sub-contractor)로 거느리고 발전소를 건설하는 구도가 형성된 것이다. 현대양행이 GE, CE와 1차 공급 계약을 맺고 이를 바탕으로 본계약에 GE, CE가 공동 서명하여 계약이행을 공동 보증하는 방식이었다.

현대양행은 발전소의 주기기를 제작 공급한 실적이 없음으로 GE와 CE가 현대양행과 함께 발전소의 성능을 보장하고 본계약의 이행을 공동 책임지는 주계약자로 나서게 해야 했기 때문이다.

우리는 공급범위, 보증문제, 지불방법 등 본 계약의 세부 계약조건을 놓고 GE, CE와 힘겨운 줄다리기 협상을 몇 주간 더 해야 했다. 노련한 외국 대기업의 임원들과 서해, 삼천포의 공급계약을 협의하면서 우리는 계약 당사자 상호 간 이해관계의 핵심을 조정하고 협의하는 know-how를 터득할 수 있었다. 실무 직원이 밤새 호텔에서 협의를 마치고 아침에 혼절해 쓰러지는 일도 있었다.

삼천포 화력발전소 본계약 체결 기념, 앉은 사람 왼쪽부터 김두만 한라
건설 사장, 돈 쿠사 GE 대표 정인영 회장, 한전 서이사, 매카더 CE 대표,
뒷줄 왼쪽 세 번째 스네대커 GE 한국 대표 그 옆에 나

현대양행과 함께 걸어온 길

한국원전 #5, #6

창원공장 건설과 IBRD 차관

그러나 현대양행은 삼천포 화력 건설 초기 단계부터 커다란 시련에 부닥치게 된다. 군포공장 근처를 지나던 박정희 대통령은 커다란 군포공장을 보시고 저 공장이 누가 무엇을 생산하는 공장인지 어떤 공장인지 관심을 보이시고 자세한 보고를 받으셨다고 한다. 창원에 중화학공업 단지를 건설하고 있던 정부는 정인영 회장에게 창원에 투자할 것을 권유하여 창원에 국제 규모의 대단위 종합기계공장 건설에 착수하게 되었다. 이러한 규모의 기계 공장은 완공 후 앞으로 해외 시장에서 선진 외국 회사와 경쟁해야 하며 그러기 위해서는 설비와 규모가 국제적 규모와 수준을 갖추어야 했다. 창원 종합기계공장의 주생산 품목은 다음과 같다.

(1) 발전 설비(화력, 수력, 원자력)
(2) 제철 제강 설비
(3) 담수 및 화공설비
(4) 건설 중장비

그러나 무엇보다 현대양행이 창원공장 건설을 추진하게 된 배경에는 세계은행(IBRD)이 창원공장 건설에 필요한 외자를 제공하기로 합의하였고 이렇게 세계은행 차관으로 건설되는 창원공장의 타당성을 담보하기 위하여 IBRD가 제시한 차관 조건을 정부가 받아들였기 때문이다.

IBRD가 제시한 조건은;

첫째 발전설비의 일원화다. 창원공장 준공 후 5년간 정부는 모든 발전 프로젝트는 창원공장에 일원화해서 발주한다는 것.

둘째는 정부는 창원공장 준공 후 창원공장이 국제 경쟁력을 갖출 때까지 약 5년간 국내에 유사한 공장을 건설하는 중복투자를 허용하지 않는다는 것이다.

정부는 이러한 조건을 받아들이는 각서를 IBRD에 제출함으로써 차관이 가능하게 되었다. 이것은 대한민국 정부와 IBRD 간의 합의이지만 차관은 현대양행에 공여되는 것이고 사업의 주체는 현대양행임으로 사실상 현대양행에 대한 약속이기도 하였다.

발전설비 일원화 원칙

정부가 기업에 이러한 약속을 직접 해 주었다 하더라도 정부는 정치적 필요에 따라 어느 때나 얼마든지 깰 수 있는 것인데 IBRD를 통해서 한 단계 건너서 정부가 제공한 그러한 약속은 필요한 국제차관 획득을 위한 것이지 정부 정책이 그렇게 정해진 것은 아니었다. 정부에는 행정 절차가 있고 법이 있는데 모든 발전사업을 개인기업인 현대양행에 독점적으로 발주하는 일은 사실상 처음부터 실현되기 어려운 것이었다. 정부로서는 어느 특정 개인 기업에게 발전설비를 독점하게 하는 특혜를 주는 것보다 비록 후유증은 좀 있더라도 IBRD와의 약속을 깨는 것이 훨씬 쉬운 일이었지 모른다. 처음부터 창원 프로젝트에는 이러한 불확실성이 개재되어 있었다.

이와 관련해서 최각규 전 상공부 장관님의 말씀을 빌리면 당시 박대통령은 창원 프로젝트는 현대그룹의 정주영 회장님 형제가 협력해서 추진하는 줄 알고 계셨지, 정인영 사장님이 독자적으로 추진하는 줄은 몰랐다고 한다. 박 대통령은 창원공장에 두 번 내려오셨는데 정주영 회장님은 한 번도 나오시지 않고 두 번 다 정인영 사장님만 보이는 것을 이상하게 여기시고 최 전 장관에게 어떻게 된 것인지 물었다고 한다. 최 장관님이 창원 프로젝트는 정인영 사장님이 독자적으로 하는 사업이라고 말씀드리니까 볼펜으로 책상머리를 탁탁 두들기면서 누가 그렇게 하라고 했느냐고 하시면서 못마땅해하셨다고 말씀하신 것을 기억한다.

이 같은 상황에서 두 분께서 합심해도 발전설비 일원화 약속을 지켜내기는 힘들었을 것이다. 왜냐하면 당시 한전은 원자력, 수력, 화력 발전소를 전원개발계획에 따라 계속 발주하고 있었으며 발전사업은 어느 재벌도 가만둘 수 없는 주요한 국책사업이었기 때문이다. 누구든 이 발전사업을 독점한다는 것은 재벌의 판도가 바뀔 수 있는 변화를 의미했다. 이렇게 보면 창원 사업은 처음부터 정부의 충분한 검토를 거쳐 대통령의 결심이 없이는 추진되어서는 안 되는 사업이었는지 모른다. 따라서 IBRD가 내세운 창원 사업 타당성의 전제조건은 대통령의 의지가 아니면 충족시킬 수 없는 것이었고 정부가 IBRD의 전제조건을 받아들이지 않았다면 IBRD 차관은 공여되지 않았을 것이며 정인영 사장님은 이 사업을 추진하지 않았거나 일찌감치 포기하였을 것이다.

그러나 이러한 사태가 오리라는 것을 예측했는지, 못 했는지는 모르지만, 정부는 IBRD의 차관 조건을 모두 받아들이겠다고 IBRD에 보장했으며 사장님은 이를 믿고 전력을 다해 창원 사업을 밀고 나갔다. IBRD에 제출한 각서처럼 발전설비 일원화가 실현되어 국내에 건설되는 모든 발전 프로젝트가 현대양행으로 발주된다면 창원공장을 완공시키고 현대양행이 세계적인 중공업 회사로 성장해 나가는 데 문제가 없다고 믿었기 때문이다. 당시 한전은 관례대로 발전소 건설은 기계설비와 건설 공사를 포함하여 발주하고 있었기 때문에 선수금을 받으면 발전설비를 제작하면서 공장을 완공할 수 있고 해외에서 지산(Jizan) 시멘트 프로젝트 같은 일감을 몇 개 더 수주하면 자금흐름 면에서 크게 문제 될 것이 없다고 판단하신 것 같다.

현대양행과 함께 걸어온 길

한국원전 2기(#5, #6) W/H(현대)에 발주

그러나 창원공장이 완공되기도 전에 일원화 원칙은 원자력 #5, #6기(고리 #3, #4기)부터 깨어졌다. 일반적으로 원자력 발전소는 토목공사 비중이 크다. 현대건설은 W/H으로부터 수주받아 고리 #1, #2기 토목건축 부문을 시공한 실적이 있었다. 따라서 정주영 회장님은 원자력 발전소 하면 우선 토건 공사만을 생각하였지, 원청회사 W/H가 담당하는 원자로, 증기발생기, 터빈 등 핵심 설비를 국산화한다는 것은 상상조차 하지 않고 계셨을 것으로 보인다.

그러나 우리 현대양행은 달랐다. 우리는 처음부터 원자력 발전소의 원자력 증기 발생장치(nuclear steam supply system) T/G(turbine generator) 등 핵심 설비의 국산화 계획을 확립해 놓고 이를 창원공장에서 생산하는 데 필요한 일체의 설비를 이미 발주하였고 동시에 기술 인력이 각각의 기술 제휴 계약에 따라 GE의 Schenectady 공장과 CE의 Chatanooga 공장에 파견되어 훈련받고 있었다. 이 모든 계획은 실질적으로 GE, CE와 합의에 의한 국산화계획에 따라 단계적으로 국산화하는 것이며 서해, 삼천포 화력과 같이 GE와 CE가 설비의 성능을 공동으로 보장하는 것으로 되어 있다.

창원 중기계공장에는 10,000톤 단조 프레스, 초대형 천장 그레인 (OHC 400M/TX2) 등 원자력 발전설비 생산에 필요한 모든 기계설비가 발주되어 설치되고 있었다. 한전에서도 현대양행의 한국원전 #5, #6기의 국산화 계획을 받아들여 한국 원전 #5 ,#6기를 현대양행에 발주하는 대정부 브리핑 차트까지 만들었다.

• 원자력 #5, #6기

미국에 CE를 방문 중이던 정인영 사장은 CE 본사에서 원자력 #5, #6기의 수주를 확신하고 CE 경영진과 "샴페인" 잔을 들었다는 연락도 들어왔다.

원자력 #5, #6기는 국제 경쟁 입찰 형식으로 발주되어, 미국 W/H/ GEC, 불란서 Framatom/Alsthom, 현대양행 consortium(CE/GE)의 3파전이었다.

한전은 현대양행 consortium을 우선 협상자로 선정하기로 내부적으로 결정하였다.

그러나 이러한 한전의 발주 계획에 제동이 걸렸다. 현대그룹이 들고 일어난 것이다. W/H가 발주한 고리 #1, #2기의 토목건축을 시공한 경험이 있는 현대는 연고권이 있는 고리에 건설되는 한국 원전 #5, #6기 건설은 당연히 자신들이 하는 것으로 믿고 W/H와 협력하여 입찰에 참여하고 있었다.

한전에서 처음 계획과는 다르게 우선 협상자 발표를 계속 늦추자, CE와 GE는 불안해졌다. 신문에는 현대 그룹 정 회장님 형제가 원자력 #5, #6기(고리 #3, #4기)의 수주를 놓고 결투하는 만화까지 등장했다. 조선호텔 로비 라운지에는 매일 저녁 W/H 인사와 CE/GE 인사가 각각 진을 치고 있었다. 갑자기 정부(상공부)에서 현대양행에 원자력 발전설비 국산화 계획을 브리핑하라는 연락이 왔다. 나는 조선 호텔에 머무는 CE의 Fleming 부사장, Peter Mihan 등과 협조하여 브리핑 차트를 만들어 상공부와 청와대 중화학 담당 오원철 수석실에 원전 국산화 계획을 브리핑했다. 사실 당시 원자로를 비롯한 주기기를 국산화할 수 있는 회사는 현대양행의 창원공장밖에는 없었다. 무엇보다 창원공장에는 원자력 발전의 주기기인 원자로(nuclear reactor) 및 증기터빈(steam turbine)을 제작하는 데 필수적인 10,000톤급 단조 프레스를 포함하여 기계설비가 이미 발주되었으며 기술 인력도 GE와 CE 공장에서 연수를 받고 있거나 받고 왔기 때문이다. 또한 제1단계로 원자력 발전 설비의 30%를 국산화하는 것으로 GE, CE와 합의하여 국산화 계획을 확정 지어 놓고 있었다.

나는 원자력 #5, #6기가 현대양행에 발주되지 않으면 창원 사업은 실패로 돌아갈 것이라고 당시 최각규 상공 장관에게 브리핑했다. W/H는 우리가 국산화하고자 하는 원자력 반응용기(reactor vessel)

와 같은 중장물을 직접 제작하지 않고 외주 업체로부터 구입함(out-sourcing)으로 우리와 협력하여 국산화하는 데는 한계가 있었다. 원자력 반응로(nuclear reactor)는 원자력 발전 설비의 핵심 부분으로 두께가 25인치나 되는 단조물(forged steel)로 이를 생산하기 위하여는 10,000톤 단조 프레스가 꼭 필요한 것이다. 당시 세계적으로 손가락으로 꼽히는 몇몇 선진국만이 이러한 단조 프레스를 보유하고 있었다. 정부 요청에 따라 현대중공업도 W/H와 협조하여 국산화 계획서를 급조하여 브리핑했다. 그러나 이러한 국산화 계획의 브리핑은 현대중공업 W/H 팀에 발주하기 위한 형식적인 절차였다.

한국원전 4기 해외 발주(#7, #8, #9, #10)

한전은 원자력 #5, #6기의 우선 협상자로 W/H를 선정하였다고 발표했다. 이어서 정부는 발전설비 이원화 조치를 발표했다. 현대양행의 창원공장을 현대중공업이 맡아 운영하고 발전설비는 현대양행과 현대중공업이 한 팀이 되고 삼성과 대우가 한 팀이 돼서 참여한다는 발전설비 2원화 정책이 발표되었다. 그때까지 창원공장에서 제작하던 삼천포 화력, 서해 화력(후 서천화력) 등 반제품도 울산 현대중공업으로 이관하도록 했다. 중화학 공업을 육성하겠다는 정부 정책에 따라 엄청난 내외자를 투입하여 발주한 창원공장의 기계설비와 훈련된 기술 인력을 놀려 두고 W/H로부터 원자력 발전 설비를 완제품으로 수입하는 이해할 수 없는 일이 정부에 의해서 벌어진 것이다.

정부가 발전설비의 2원화 조치를 발표하면서 현대중공업은 창원에서 생산 중이던 서해, 삼천포 발전설비 일감과 기술 인력만을 울산으로 옮겨 가고 창원공장은 기계설비를 그대로 놔둔 채 철조망을 치고 건설 공사를 중단했다. 당초 IBRD에서 차관의 전제조건으로 제시한 발전설비의 일원화와 중복투자 금지의 원칙이 정부에 의하여 지켜지지 않는다면 거대한 창원공장의 사업 타당성은 처음부터 증발하여 없어지는 것이다. 현대는 창원공장의 운영을 맡아 정상화하기 위해서는 이러한 원칙에 대한 정부의 확실한 보장이 우선되어야 한다는 사실을 알고 정부에 요구 사항을 전달하고자 했다.

정부는 발전설비를 둘러싼 혼란의 근본 문제를 해결하는 방안은 내놓지 못하고 참여하고자 하는 민간기업의 이해관계를 조정하여 문제를 피해 가려는 임시방편의 길을 택하였다. 현대양행은 군포공장과 안양공장만을 운영하고 한라건설도 현대그룹에 합병되었다. 그래도 그때까지만 해도 뿌리가 같은 현대그룹과의 관계이므로 정인영 사장님은 겉으로는 그렇게 힘들어하지 않는 것 같이 보였다.

그러나 10.26 다음 해 정권을 잡은 신군부는 국보위라는 것을 만들어 가동률 저하로 고전하고 있던 중화학공업과 자동차산업의 경영 주체를 정부가 나서서 조정하여 해결하겠다는 소위 중화학 투자조정을 단행했다.

한 걸음 더 나아가 한전은 그동안 추진해 오던 원전 국산화를 백지화하고 원자력 #5, #6기(신고리 #3, #4)를 W/H에 발주한 데 이어 이어 #7, #8기(한빛 #1, #2기)를 W/H에 추가로 발주하였고 원자력 #9, #10기(한울 #1, #2기)는 프랑스의 프라마톰(Framatom)에 발주하여 모두 6기의 원자력 발전설비가 연이어 외국 회사에 발주되었다.

현대양행 창원공장의 설비와 기술 인력을 놀려 두고 이렇게 해외에 완제품으로 발주된 원자력 설비 6기를 현대양행 창원공장에 발주하였다면 창원공장의 정상화는 물론 우리나라 원전 국산화는 최소한 10년은 앞당겨졌을 것이다. 신군부는 이같이 창원공장에서 제작해야 할 일감을 모두 완제품으로 수입하면서 일감 부족으로 인한 창원공장의 가동률 저하를 과잉 투자라고 오도하고 아무런 법적 제도적 근거 없이 개인의 재산권이 걸려 있는 기업의 통폐합을 시도하였다. 그러나 중화학 투자조정안은 정부가 계획했던 대로 실현되지 못하였다.

인도네시아 중장비 수출대금 회수

이러한 와중에 하루는 사장님이 나에게 인도네시아에 같이 출장 갈 준비를 하라고 하셨다. 출장목적은 2년 전 인도네시아에 D/A로 수출한 건설중장비 판매를 조속히 종결짓기 위한 것이다. 중장비 사업은 중장비 사업부가 따로 있고 전담 임원도 별도로 있었다. 또한 인도네시아에는 중장비 담당 임원이 현지 생산을 위한 합작사업을 추진하고 있었다.

인도네시아 중장비 수출은 회장님과 친분이 두터운 이재설 대사님의 적극적인 협조로 이루어졌다. 이재설 대사님은 경기-서울대-미국 유펜을 졸업한 엘리트 재무 관료 출신으로 엘리트 의식이 무척 강한 분이셨다. 대사님은 귀국하시어 78년 채신부 장관 79년 농림부 장관을 역임하셨다. 중장비 수출은 인도네시아 건설부 산하의 건설회사와 한라건설이 합작으로 설립한 회사 "후타마까리아"가 D/A 방식으로 중장비를 수입해서 현지에 재고로 보유하고 실수요자인 건설부 산하 도로국의 수요가 있을 때마다 판매하는 구조로 되어 있었다.

그러나 우리 자카르타 지점과 중장비 사업부에서 수시로 인도네시

190   현대양행과 함께 걸어온 길

아에 출장 가서 도로국에 판매를 시도하였으나 현지의 기존 중장비 경쟁회사(Caterpillar와 Komatsu)의 강력한 저항에 부딪혀 2년간 한 대도 팔지 못하고 수출된 중장비 전량이 "수라바야" 지역의 정글에 세운 임시 창고에서 2년째 출고되지 못하고 녹슬고 있었다.

앞에서 언급한바 우리가 Fiat-Allis와 기술 제휴로 생산하는 중장비는 국내시장을 목표로 생산되는 것이고 해외에 수출할 때는 현지의 Fiat-Allis 대리점에 일정한 판매 커미션(territorial commission)을 지급하게 되어 있었다. 이러한 커미션을 받기 위해서는 현지 대리점은 우리 장비를 판매하는 데 최대한 협조한다는 조건이다. 현지에서 장비가 판매되면 커미션이 발생한다. 나는 팀을 조직하여 자카르타에 도착하자마자 현지 Fiat-Allis 대리점 푸 사장을 만났다. 푸 사장은 신발제조업으로 성공하여 현금을 많이 보유하고 있는 기업인으로 알려져 있었다. 나는 푸 사장에게 현재와 같은 상황에서는 장비가 팔려도 푸 사장에게 커미션은 한 푼도 지급할 수 없다고 했다. 우리는 중장비를 수출한 지 2년이 넘었는데도 한 대도 판매하지 못하고 중장비 유지 보수에 비용만 투입하고 있다. 대리점이 현지 경쟁회사의 방해 활동에 적절하게 대처하도록 필요한 지원을 해 주지 못하기 때문에, 이러한 일이 벌어지고 있다고 항의했다. 푸 사장은 처음에는 반발하다가 수긍하고 앞으로 적극적으로 협조하겠다고 약속했다. 푸 사장에 의하면 이제까지 한라는 합작회사 설립을 주도 했던 건설 부장관(프르노모시티)을 상대로 판매를 추진하였으나 경쟁회사(Caterpillar,

Komatsu) 측에서 건설부 장관은 현대양행과 밀착되어 있다고 중상모략하고 다녀서 우리 중장비 판매에는 전혀 힘을 쓸 수 없다고 했다. 내가 몇 번 만난 인도네시아 건설부 장관은 학자 출신으로 아주 순진하고 전혀 세파에 물들지 않은 사람이었다.

● 인도네시아 세그넥

나는 푸 사장의 권유에 따라 중장비 구매에 정부의 최고 책임자 대통령 비서실(SEGNEC) 소속의 기난자르(Ginanzar 후 광공업성 장관)라는 사람을 찾아가 만나 보았다. 나는 기난자르에게 중장비 현황을 얘기하고 더 이상 시간을 끌 수 없고 이른 시일 안에 판매되지 않으면 중장비 전량을 중동으로 실어 내보내겠다고 분명히 했다. 그리고 지금 논의하고 있는 중장비 합작 생산 프로젝트는 포기하겠다고 했다.

사실 수출한 중장비를 2년이 넘도록 한 대도 팔지 못하는 상황에서 중장비 생산 공장을 합작으로 건설한다는 것은 인도네시아 시황을 보아도 앞으로 시간이 얼마나 더 걸릴지도 모르는 비현실적인 사업이고 합의가 되더라도 현재 회사의 급박한 자금 상황을 고려하면 실현 불가능한 사업이었다.

기난자르는 며칠 후에 다시 만나자고 했다. 우리는 도로국 관련자들을 낮에는 사무실에서 그리고 저녁에는 집으로 찾아가 만나 정보를 수집했다. 두 번째 회의에서 기난자르는 금년에 정부예산이 책정된 것이 없지만 중장비 값을 좀 조정해 주면 현재고 전량을 일시에 구입하는 것을 검토할 수 있다고 했다. 나는 15%까지 조정할 수 있는 재량을 본사로부터 받아 놓고 몇 번의 밀고 당기는 승강이 끝에 15%를 고집하는 10%를 감해 주고 보유 중장비 전량을 일시에 인도네시아 정부가 구매하기로 기난자르와 합의했다. 판매 조건으로 중장비 인도 후 대금 지불은 신속히 해 달라고 특별히 요청했다.

• 수출대금 결제

다음 일은 중장비 사업부에서 현지에서 장비를 인도하고 대금을 받으면 되는 일이었다. 그러나 중장비를 인도한 지 두 달이 되어도 수금이 되지 않고 있었다. 사장님은 다시 수금 문제를 해결하도록 말씀하셨다. 인도네시아 현지에서 사실 확인을 한 바 장비 인수 대금은 도로국에 영달되어 있었다. 나는 도로국 경리 이사에게 우리가 세그넥(SEGNEC)과 합의한 판매 가격은 장비를 인도하면 곧 대금을 받는 조건이었는데 이제 벌써 한 달째 장비 대금 수금이 안 돼서 문제가 많다 이제까지는 문제 삼지 않았지만, 더 늦어지면 우리는 세그넥(SEGNEC)이 약속을 지키지 않는 것으로 간주하고 가격 재협상을 하든지 아니면 이자를 청구하는 수밖에 없다고 했다. 경리담당 이사는 다음 날 중장비 판매 대금 전액을 지급했다. 아마도 내가 직접 기난자르와 협상해서 중장비를 판매한 것을 알고 내가 직접 대금 지급 요청을 하러 오기를 기다렸던 것 같았다.

나는 사장님에게 전화로 이 수금 사실을 보고하고 받은 대금에서 일정 금액을 특활비로 사용하도록 승인을 받아 우리 팀에 귀국 여비를 보태 주었다. 인도네시아 도로국 경리 담당 이사를 비롯하여 도로국 사람들에게는 선물을 돌리고 일을 종결지었다. Fiat-Allis 대리점 미스터 푸 사장에게는 규정대로 2%의 커미션을 지급했다. 또한 자금 사정이 어려운 런던 지사에도 필요한 자금이 송금되었다. 중장비 사업부의 골치 아픈 일을 내 손으로 단시간에 모두 처리 하고 나니 마음이 후련하였다. 푸 사장과는 그 후에도 오래도록 교류가 있었다.

그러나 그렇게 인도네시아 정부가 인수한 국산 중장비는 운반 도중 화물 선박 침몰 사고로 대부분 장비를 바다에 빠뜨리는 사고가 있었다고 알려졌다. 아마 현지의 Komatsu와 Caterpillar는 만세를 불렀을 것이다.

건설 중장비 스톡야드(stock-yard) 방문

신군부 국보위의 투자조정

현대양행 사장 최각규 부임

　국내 정세는 10.26과 12.12 그리고 5.18을 거치면서 신군부의 제5 공화국이 성립되고 불안한 정치 상황 속에 현대양행은 부도 상태였다. 신군부는 부도의 책임을 물어 정인영 사장을 현대양행에서 물러나게 하고 한양화학 사장으로 계시던 전 상공부 장관 최각규 씨를 현대양행 사장으로 임명했다. 그 인사의 뜻은 "결자해지"라고 했다. 현 발전설비를 둘러싼 문제는 최각규 상공 장관 때 일어난 문제인 만큼 최 장관님이 오셔서 해결해야 한다는 취지였다. 현재까지 중화학 투자와 관련된 모든 문제는 사실상 청와대 중화학 담당 경제수석이 추진하였다.

　얼마 후 정부에서는 중화학 부문 투자조정을 한다는 발표가 있었다. 상공부 기계 공업국에 들어가 내용을 알아보았다. 상공부는 현대양행의 사업영역에서 중화학에 관련된 부문 즉 창원공장과 군포공장을 제외한 안양공장만을 정인영 사장님이 계속 경영하는 것으로 업무조정을 하고 있었다. 나는 평소 잘 알고 지내던 실무 담당 과장에게 현대양행에는 파푸아 뉴기니에 원목사업도 있다고 알려 주었다. 며칠 후 이러한 내용의 상공부 중화학 투자조정 안이 발표되었고 정인영 사장님

은 안양 자동차부품 공장과 파푸아 원목 사업만을 경영하는 것으로
하여 압구정동 자택에 새로 사무실을 차렸다.

　사장님이 현대양행을 떠나는 날 나를 포함해서 몇몇 임원들과 함께
팔당으로 가서 매운탕으로 점심을 했다. 그날부터 일부 임직원은 압
구정동으로 출근하게 되었다.

국보위 중화학 투자조정 회의 참석

최각규 사장님은 청담동에 있던 현대양행 본사 사무실로 출근하셨지만, 회사에 오서도 별말씀도 없으셨다. 현대양행 사장으로 임명한 인사의 의미를 받아들이지 않는 기색이었다. 계시는 동안 창원공장에 한 번도 안 내려가셨던 것으로 기억한다. 일상 업무에는 전혀 관심이 없으셨고 주로 독서하며 시간을 보내셨다. 하루는 장관님과 저녁 회식 후에 서교동 장관님 댁에도 들른 적이 있었다. 예고도 없이 장관님을 따라 방문했는데도 댁이 깨끗하게 정리되어 있었고 사모님이 우리를 반갑게 맞으시며 차를 내오셨다. 장관님 사모님이 우아하시고 친절하셨던 것으로 기억에 남는다.

그러든 어느 날 최각규 사장님이 나를 찾으셨다. 최 사장님은 나에게 며칠 후 국보위(국가보위비상대책위원회) 상공자원위원(위원장 금진호)에서 중화학 투자조정 관련 회의를 한다고 통보를 받았는데 그 회의에 현대양행 대표로 참석하라는 것이다.

회사에 "부사장이 두 분이나 계신 데 왜 제가 나갑니까?"라고 말씀드렸더니 사장님은 "귀하가 발전설비 관련 일을 했으니까, 귀하가 나가

현대양행과 함께 걸어온 길

는 것이 맞아" 하셨다. 사실 나는 상공부에서 원자력 #5, #6기 국산화 계획을 브리핑할 때 만일 우리의 원자력 #5, #6기 국산화 계획이 채택되지 않는다면 우리나라 중화학공업에 심각한 차질이 올 것이며 창원 공장은 부실화될 것이라고 직접 말씀드렸었다.

나는 국보위 투자조정회의에 누가 참석하는지, 안건이 무엇인지, 내용도 모르는 채 최 사장님 지시에 따라 국보위 상공 자원분과 회의에 참석하기로 했다. 최 사장님은 한 달 남짓한(1980.8.2.-9.12.) 재임 중에 현대양행의 실질적 정상화를 위하여 (1) 추가증자 1,180억 원 (2) 차입금 상환기간 연장 (3) 연체이자감면 (4) 황색업체 지정의 해제 등 중요한 사항을 정부에 건의하셨고 정부는 건의 사항을 대부분을 받아들였다고 한다. 또한 정부의 발전설비 2원화 조치로 창원에서 울산으로 이관된 서해, 삼천포 발전설비 물량과 관련 임직원들이 변경된 정부 시책에 따라 다시 창원으로 돌아오는 합의서를 현대중공업과 체결하셨다.

내가 국보위 회의에 참석하기로 한 다음 날 정인영 사장님으로부터 전화가 왔다. 국보위 회의에 가서 발언을 조심해서 잘하라는 당부의 말씀이었다. 그렇게 하겠다고 안심시켜 드렸다.

나는 국보위 투자조정 회의 현장에서 참석자를 보고 약간 당황했다. 회의는 금진호 위원장이 주재하였고 내가 알아볼 수 있는 분들은 현대 정주영 회장님, 정세영 회장님, 대우 김우중 회장님, 한전 성낙정 부사장님, 산업은행 부총재, 상공부 기계 공업국장 등이었다. 금진호 위원장은 최각규 장관 밑에서 상공부 섬유 공업국장을 하셨으니까 최 사장님이 직접 이 회의에 참석하기가 불편하셨을 것으로 짐작이 되었다. 회의 주제 안건은 부실화되는 중화학공업의 투자를 조정하는 것인데 자동차는 대우자동차와 현대자동차를 통합하고 중공업은 대우의 옥포 조선소와 현대양행 창원공장을 통합해서 선인수 후 정산의 원칙에 따라 경영권을 인수하여 각각 하나의 회사로 만들어 운영한다는 것이 정부의 방침이라고 했다. 그런데 "누가 자동차를 맡고 누가 중공업을 맡는 것이 좋겠는가?"라고 금 위원장이 물었다. 그러나 아무도 대답을 하지 않았다. 금 위원장이 대우 김우중 회장에게 먼저 발언하라고 하니까 김 회장은 업계 선배이신 정주영 회장께서 먼저 선택하시면 따르겠다고 대답했다. 그러자 금 위원장은 정주영 회장님께 발언하시라고 했다. 정 회장님은 현대는 이제까지 울산에서 사업을 해 오고 있는데 울산과 멀리 떨어진 옥포까지 가서 사업을 하는 것은 관리상 문제도 있고 물리적으로 어렵기 때문에 그냥 이제까지 하던 대로 울산에서 자동차 사업을 하겠다고 말씀하셨다. 그러자 김우중 회장은 그렇다면 자기는 선인수 후 정산의 원칙에 따라 곧 현대양행의 경영권을 인수하겠다고 했다. 그러자 회의 분위기가 확 바뀌었다. 투자 조정회가 처음부터 금 위원장이 예상하지 못한 방향으로 나가게 된 것 같았다.

현대양행과 함께 걸어온 길

무엇보다 중화학 투자조정의 배경, 필요성, 투자조정의 기대 효과 같은 것의 언급이 없이 나눠 먹기 주먹구구식 투자조정이 과연 무슨 효과가 있겠는가? 우리나라 기계공업을 일으켜 보겠다고 모든 것을 다 바쳐 일생의 사업으로 추진한 현대양행의 창원 사업이 연관도, 책임도, 열정도 없는 사람에게 사업을 맡겨 과연 성공할 수 있을까? 창원 사업은 일정 기간 발전설비 일원화와 중복투자를 금지하는 원칙을 지키겠다는 정부의 의지가 없으면 타당성이 없다고 IBRD는 분명하게 밝혔고 정부는 이 원칙을 꼭 지키겠다는 이행각서를 IBRD에 제출했기 때문에 시작된 것이다.

그러므로 창원 사업이 이 지경이 된 가장 큰 책임은 IBRD에 약속을 지키지 않은 정부에게 있다. 정부가 이러한 사업의 타당성을 담보해 주지 않는데도 창원공장을 인수하겠다고 덤벼드는 대우의 김우중 회장님의 진정성이 의심되었다.

이때 금 위원장이 현대양행 대표로 누가 나왔느냐고 해서 내가 왔다고 말씀드렸다. 할 말이 있으면 해 보라고 했다

사업의 선인수 후정산

그래서 나는 생각을 정리해서 이렇게 말했다.

'현대양행은 이미 정인영 사장님이 물러나고 정부에서 임명한 최각규 전 상공부 장관이 사장으로 취임하셨기 때문에 현대양행의 경영권은 이미 정부에서 갖고 있다. 따라서 선인수 후 정산의 원칙에서 선인수는 되었고 정부와 대우 사이에 정산만 하면 일은 끝나는 것이다. 그리고 김우중 회장이 현대양행의 경영권을 인수한다고 하는데 그것은 틀린 말이다. 현대양행은 창원공장 말고도 여러 가지 사업을 하고 있다. 지금 인수인계의 대상이 되는 것은 현대양행의 경영권이 아니라 현대양행 창원공장의 경영권을 인수한다는 표현이 정확한 표현이다.' 라고 말했다.

그러자 금 위원장이 화를 벌컥 내면서 "당신 지금 무슨 소리 하는 것이야? 그것이 최 장관 뜻인가?" 만약 최 장관의 뜻이 그렇지 않다면 문제 삼겠다고 나를 윽박질렀다. 나는 최 장관님하고 어떻게 발언하겠다고 상의한 적은 없지만 장관님을 대신해서 회사 대표로 한 발언이고 회사에 돌아가면 회의에서 내가 한 발언과 회의 내용을 장관님께 보고해 드릴 예정이라고 말했다. 금 위원장은 회의 실무를 맡고 있던 상공부 차수명 기계 공업국장에게 "차 국장 지금 저 사람이 한 말이 옳은 말인가?" 하고 물었다. 차 국장은 "사실 그 표현이 정확한 표현입니다."라고 대답했다.

• 국보위에서 만난 정주영 회장

그렇게 해서 회의는 별 탈 없이 끝이 났다. 현대양행을 대우가 인수한다고 생각하니 기분도 울적하고 위원장이 화를 낸 것도 기분 나쁘고 해서 터벅터벅 걸어 나오는데 누가 부르는 것 같아 뒤돌아보니 정주영 회장님하고 정세영 회장님이 서 계셨다. 두 분께 다가가서 인사하니 정세영 회장이 먼저 "오늘 금진호한테 혼났지" 하시면서 웃으셨다. 그러자 정주영 회장님이 "오늘 회의에서 한 말 버릴 것이 하나도 없습니다."라고 하시면서 사기를 북돋아 주셨다. 그리고 회장님은 나에게 대우가 현대양행에 들어오면 오겠다는 사람 다 데리고 즉시 현대로 오라고 말씀하셨다. 그래도 그 살벌한 회의 참석자 가운데 나의 진정한 우군이 있었던 셈이다. 정주영 회장님의 눈에는 그런 회의에서 금 위원장이 윽박지르는데도 굽히지 않고 현대양행을 지키려는 내가 기특해 보였던 것 같았다.

그 후에도 정세영 회장은 상공부에 여러 차례 불려들어가 자동차를 포기하라고 압력을 받았다고 한다. 당시 신 부총리는 왜 비싼 국산 차 포니를 만들어서 국민을 괴롭히냐고 하면서 자동차 사업을 포기하라고 했다고 한다. 어떻게 정부의 부총리라는 사람이 그런 말을 할 수 있는지 이해가 안 된다.

대우자동차는 미국 GM과 합작이고 GM이 자동차를 순순히 내놓고 물러나지도 않을 뿐만 아니라 신군부는 미국의 지지를 획득하는 것이 절실히 필요한 때에 GM과 같은 미국의 대기업과 갈등을 빚고 싶지 않았기 때문일 것이다.

그러나 현대는 신군부의 압력을 끝까지 버텨 냈고 GM을 중심으로 하려는 자동차 투자조정은 실패로 끝났다.

그때 신군부의 압력에 굴복해서 정부 정책을 따랐더라면 오늘날 우리나라 자동차산업은 존재하지 않을 것이다.

앞을 내다보는 기업인과 정부 관리의 눈은 그렇게 달랐다. 사실 창원 사업을 보는 눈도 똑같다. 세계를 구석구석 다니면서 20년 30년을 내다본 창업자 정인영 사장의 눈과 탁상공론에 의한 임시방편의 정책을 입안하는 정부 관리와 식견의 차이가 결국은 창원 사업을 망쳐 놓은 것이다.

며칠 후 현대양행의 경영을 인수한다고 김우중 회장을 비롯한 대우 인수 팀이 회사에 들어왔다.

대우 김우중 회장과 미국(Fuller사) 출장

그러나 당시 내 눈에는 대우 김우주 회장이 자동차를 맡던 창원 사업을 맡던 다를 것이 없다고 보였다. 왜냐하면 대우는 특정 사업을 인수해서 그 사업을 일으키기보다는 새로운 사업을 빌미로 정부로부터 금융 혜택을 받는 것을 사업 인수의 목적으로 하기 때문이다.

김우중 회장은 회사에 들어오자마자 나를 찾았다. 대우에서 창원 사업 인수와 관련해서 정부의 지원을 요청하는 공문을 제출하는데 협조해 주어야겠다고 했다. 아마도 국보위 회의에서 현대양행을 대표해서 참석했던 내가 대우를 위해서 앞에 나서는 것이 대우가 정부에 일을 추진하는 데 도움이 될 것으로 생각했던 것 같았다. 경영권을 인수하면서 김우중 회장이 제일 먼저 한일은 현대양행의 사명을 "한국중공업"으로 바꾸는 것이었다. 국보위 투자조정 회의에서 확인된 것과 같이 현대양행의 사업 영역에서 투자조정에 해당하는 부문은 군포와 창원사업부뿐이기 때문이다. 따라서 현대양행이라는 사명은 계속해서 한라그룹에 남아 있을 수도 있었다.

대우가 정부에 요구한 사항은 아래와 같다.

(1) 원자력 발전소의 조기 발주

(2) 연체이자의 면제 및 감면

(3) 차관 자금의 Refinance 허용

(4) 1000억 정부 출자

그러나 대우의 요구 사항 중 무엇보다 중요한 것은 발전소의 건설, 운영, 유지, 보수는 한국중공업이 맡아서 하고 한전은 송배전만 하도록 해 달라는 것이다. 국보위는 일차적으로 대우의 이러한 제안을 받아들여 한전에 통보하였다고 한다.

• 김우중 회장과 미국 출장

며칠 후 대우 비서실로부터 김우중 회장이 다음 주 풀러(Fuller)사를 방문하기 위하여 미국으로 출장 가는데 동행하라는 지시가 있었으니 출장 준비를 하라는 연락을 받았다. 나는 대우에는 못 있겠고 기왕 현대로 갈 것이면 빨리 가서 자리 잡고 싶었다. 그런데 김우중 회장하고 한 달가량을 같이 여행한다는 것이 마음에 걸렸다. 그래서 정주영 회장님께 가서 사정을 말씀드렸더니 회장님은 "뭐 하러 미국까지 쫓아가요. 빨리 정리하고 와요" 하셨다. 그래서 조금만 시간을 주시면 곧 정리하고 오겠다고 말씀드렸다.

한편 정인영 회장님은 김우중 회장하고 같이 가서 풀러(Fuller)사에 상황을 잘 설명해 주고 오라고 하셨다. 그래서 풀러(Fuller) 사까지 김우중

현대양행과 함께 걸어온 길

회장하고 동행하고 돌아오기로 마음을 정했다. 항공기 일등석 김 회장 옆 자리에 자리를 잡아 주어서 같이 한 10시간 넘게 여행하였다. 비행 중 김 회장은 자기가 초기에 미국에서 와이셔츠 사업하면서 미수금 때문에 고생한 일 동창한테 당한 일 등 자기가 겪은 일을 장시간 재미있게 얘기해 주었고 또 이것저것 현대에 관해 물어보기도 했다. 앞으로 대우가 옥포 조선소를 인수하면 미 해군 함정 수리 보수를 하게 될 것이라고도 했다.

미국에 도착해서 나는 김우중 회장을 풀러(Fuller)사 사람들에게 소개했다. 김 회장은 앞으로 현대양행의 경영을 자기가 맡게 되었다는 취지의 인사를 하고 현대건설에서 인수한 지산(Jizan) 공사를 차질 없이 진행되도록 최대한 노력하겠으니 협조해 달라고 했다. 그리고 현장을 살피기 위해 미국에서 곧장 지산(Jizan)으로 떠나겠다고 했다. 김 회장이 직접 영어로 투자조정 등 정부 정책을 설명하고 앞으로 현대양행의 창원공장을 완공하기 위하여 전력을 다하겠다고 하니까 풀러(Fuller)사에서는 상당히 기대하는 것 같은 분위기였다.

김 회장은 뉴욕에서 나를 대우 사람들에게 소개하고 사우디로 출발할 일정을 잡았다. 그 자리에서 김우중 회장에게 나는 그동안 사우디 지산(Jizan) 현장에 오랫동안 가 보지 못했고 사우디에는 현장 소장이 안내해 드릴 것이니 아무런 문제가 없을 것이다. 나는 여기서 서울로 돌아가겠다고 말씀드렸다. 김우중 회장은 조금도 놀라는 기색 없이 예상했다는 듯이 그렇게 하라고 허락해 주셨다.

한국중공업으로

PACECO 컨테이너 크레인

　서울에 돌아와서 현대양행을 떠나 현대로 갔다. 나를 따라서 1차로
한 12명 정도가 같이 왔다고 회장께 보고를 드리니까 정 회장님은 만
족해하시면서 오겠다고 하는 사람은 다 데려오라고 하셨다. 현대건설
기계부 내에 프란트 사업부를 별도로 조직해서 현대양행 사람들은 모
두 받겠다고 하셨다.

　회장님께서는 나에게 울산에 내려가서 현대중공업의 프란트 관련
일을 직접 파악하고 현장을 익히라는 특별 지시를 하셔서 나는 울산
으로 내려갔다.

　나는 커다란 기대를 안고 앞으로 내가 일할 울산이 알고 싶었다. 그
러나 며칠 울산에 체재하면서 일의 내막을 자세히 보니 울산의 일은
주로 제관 일이 대부분이고 기계 가공설비는 엔진 전용 생산 설비뿐
이었다. 대형 원자로와 증기터빈을 생산하는 세계적 수준의 시설을
갖춘 창원공장과는 비교가 되지 않았다. 그리고 무엇보다 직원들의
생각이 기술 축적이나 기술 개발이 아니라 건설 현장과 같이 물량을
처리하는 일 위주로 모든 것이 돌아가고 있고 그룹 내(In-house) 물량

이 대부분을 차지하고 있었다. 독자적으로 영업활동을 하여 시장을 개발하고 핵심 선진 신기술을 획득하여 발전설비, 제철설비, 석유화학 설비의 신제품을 개발하는 현대양행 창원공장의 일하고는 비교가 되지 않았다. 여러 면에서 근본적인 차이가 있었다. 현대양행이 미래의 기업이라면 현대중공업은 현재의 기업이었다.

　회장님은 울산에서 무슨 대단한 일을 하는 것으로 말씀하셨지만 내 눈에는 실망스럽기만 했다. 조선을 빼면 프란트 사업은 알맹이는 없고 외형만 요란한 일을 하고 있다. 프란트 사업이라고 해 보아야 주로 껍데기 일을 하고 있고 창원공장에서 준비하던 원자로의 국산화나 T/G를 생산한다는 것은 상상조차 할 수 없었다. 원자력 #5, #6기 입찰 당시 현대가 발표한 W/H와 기술 제휴로 원자로를 국산화한다는 것은 수주를 위한 것에 불과했고 이를 실천한다는 것은 불가능한 것이었다.

• PACECO 컨테이너 크레인

　그래도 나는 울산 현대중공업 프란트 사업부에서 추가 투자 없이 기존 시설로 생산하기에 적합한 품목으로 부가가치가 있는 PACECO 컨테이너 크레인을 생각했다. 투자조정으로 창원공장에 두고 온 컨테이너 크레인(container crane)이 몹시 아까웠다. PACECO에서는 중화학 투자조정이 무엇인지 정인영 사장이 현대양행을 그대로 경영하고 있는지 없는지도 모르고 있었다. 나는 PACECO에 변화된 국내 상황을 설명하고 현대중공업과 기술 제휴해서 사업을 계속할 것을 권했다. PACECO는 현대양행과 같은 현대그룹의 현대중공업과 협조한다

는 것에 적극적으로 호응해서 현대중공업에 PACECO의 컨테이너 크
레인 제작 기술을 제공하게 되었다.

현대에서 한중으로

그렇게 해 놓고 나는 또 현대를 떠나게 되었다. 울산에 내려온 지 한 2주가 채 안 돼서 급히 서울로 올라오라는 연락이 있어서 회장실에 들어갔더니 회장님은 의외의 말씀을 하셨다. 대우 김우중 회장이 장난을 쳐서 현대양행에 들어왔는데 이제 대우가 쫓겨나고 한전이 현대양행의 경영을 맡게 되었다고 하신다. 한전 김영준 사장이 나를 다시 현대양행으로 돌려보내 달라고 요청하니 어떻게 하겠느냐고 하신다. 나는 주저하지 않고 돌아가겠다고 했다. 그러자 정주영 회장은 현대양행을 곧 찾아올 테니 먼저 가 있으라고 하셨다. 한전의 김영준 사장은 한전 사장직은 그대로 갖고 현대양행 사장을 겸직한다고 하셨다.

한전 사장은 정부의 투자조정으로 발전설비의 주체가 왔다 갔다 하는 통에 전원개발 계획에 큰 차질이 불가피하다고 정부에 보고하고 발전소를 건설하고 운영하겠다는 대우의 제안에 강력히 반발하였다. 정부는 80년 11월 27일 국보위 회의에서 대우가 요구하는 현대양행 정상화 방안을 다 들어주느니 차라리 한중을 공기업으로 경영하는 것이 옳다고 판단하고 발전설비를 현대양행에 일원화하면서 경영을 한전에 맡겨 공기업으로 경영하도록 결정한 것이다.

이로써 대우는 현대양행의 경영을 인수한 지 2개월 만에 현대양행을 떠나갔다. 그러나 현대양행의 경영을 맡은 그 짧은 기간에 대우의 김우중 회장은 현대양행의 사명을 한국중공업으로 바꾸고 1998년 김대중 정부에서 한국중공업을 민영화하는 데도 당시 전경련 회장으로 중요한 역할을 했다. 결국 처음부터 창원 사업의 타당성을 담보하기 위해서는 발전설비의 일원화는 필수적이고 민간기업에 이 중요한 국가 기반 시설인 발전소 건설을 독점적으로 맡길 수 없었던 것이 변함없는 정부 입장이었다.

한전 김영준 사장님은 김종주 총괄 부사장과 함께 나는 해외사업을 맡아 자기를 좀 도와 달라고 했다. 나는 일부러 나를 찾아서 불러 준 것이 고맙기도 하고 이제까지 하던 일이고 해서 열심히 하겠다고 말씀드렸다. 그러나 한전 사장이 현대양행을 겸직한다는 것은 발전소 건설에 차질이 없도록 하려는 정부의 잠정 조치였지 현대양행을 지속 가능한(sustainable) 중공업 회사로 살리겠다는 뜻은 아니었다. 그러니까 현대양행은 당분간 한전의 전원개발을 위해서 한전 밑에 존재하게 된 것이다.

나는 김 사장님은 나에게 창원공장 건설 기간에 옛 현대양행 건설 담당 임직원들이 트럭으로 자재를 시장에 내다 팔아서 사복을 채우느라 회사가 부실화되었다고 허황된 말씀을 하시는 것을 듣고 깜짝 놀랐다. 이 회사의 경영을 책임지신 분이 회사의 근본 문제는 이해하지 못하시고 이러한 편견과 잘못된 선입관을 갖고는 이 회사를 제대로 운영하기 어려울 뿐 아니라 큰 실수를 하시겠다고 하는 생각이 들었다.

김 사장님은 한전에 근무하던 몇 사람을 한국중공업으로 발령하고 옛날 김 사장님 밑에 있었던 은퇴한 공무원 출신 인사들도 몇몇 영입되어 회사의 주요한 부서는 이 사람들에게 맡겼다. 발전소 건설 이외의 회사 일에는 관심도 없어 보였다.

현대로 돌아가라

그리고 한 서너 달 지난 어느 날 정주영 회장님 비서실에서 회장님이 나를 찾으신다고 연락이 와서 또 가 뵈었다. 회장님 말씀이 김영준 사장을 만났더니 나를 다시 현대로 데려가 주었으면 좋겠다고 하는데 다시 현대로 오라고 하셨다. 나는 한중에 남겠다고 딱 잘라 말씀드렸다. 내가 무슨 짐짝도 아니고 달라고 했다 나하고는 상의도 없이 다시 보내려고 마음대로 하는 김 사장님의 인격이 어른스럽지 못하다고 생각했다. 정 회장님 말씀은 현대양행 직원들이 나를 중심으로 뭉쳐서 김 사장님이 영입한 외부 사람들과 협력하지 않고 대립하는 것이 문제라고 했다고 말씀하셨다. 그러나 그것은 구차한 변명이고 자기 마음대로 회사를 주무르고 싶은데 내가 장애물이 된 것이다. 대우 김우중 회장을 싫어하시는 정 회장님이 발전사업을 둘러싸고 대우와 한전이 다툴 때는 정주영 회장님과 한전은 한편이었으나 현대양행을 차지한 한전 김 사장은 또 정주영 회장과 이해관계가 달랐다.

현대양행과 함께 걸어온 길

정인영 회장 검찰 구속

   그리고 얼마 후 압구정동 정인영 사장님의 사무실과 댁에 검찰이 들이닥쳐 정 사장님을 체포해 갔다. 거액의 외화를 해외에 도피시켰다는 혐의를 뒤집어쓴 것이다. 나는 직감적으로 지산(Jizan) 시멘트 프로젝트와 관련해서 사우디 사람들에게 지급된 커미션 $1400만을 생각했다. 당시 이러한 있을 수 있는 일에 대비해서 우리는 지산(Jizan) Project 수주가 확정되자 곧바로 우리가 써 준 commission letter를 모두 대사관(당시 유양수 대사)에 보고하고 확인을 다 받아 놓았다. 경리에서 이 $1400만을 어떻게 처리했는지는 모르지만 대우 측에서 이러한 잘못된 정보를 한전에 넘겨준 것으로 알려졌다.

   다음 날 새벽 정주영 회장님이 직접 우리 집으로 전화하셨다. 아침 일찍 자기 사무실로 좀 나오라고 하신다. 정해진 시간에 현대 본사 회장실에 들어가니 정주영 회장, 정세영 회장, 이명박 사장이 기다리고 있었다. 회장님은 나를 보시더니 느닷없이 "어떻게 할 거야" 하고 물으셨다. 나는 검찰에서 잘못된 정보를 갖고 일을 저지른 것 같은데 우리 현대양행 임직원은 다른 것은 몰라도 정인영 사장님이 외화를 도피시켰다는 것은 있을 수 없는 일이라고 믿고 있다고 했다. 그래서 그런 취지의 탄

원서를 써서 검찰에 내겠다고 했더니 회장님은 그렇게 해 달라고 하셨다. 그러면서 공장에는 누가 있는지 공장에서도 같이 해 주면 좋겠다고 하셨다. 공장에서도 임원들 서명받는 데 아무 문제 없다고 말씀드렸다.

회사에 돌아와 보니 회사의 분위기는 쌀쌀했다. 김 사장님이 영입한 사람이나 한전 사람들은 정 사장님의 혐의를 기정사실로 하고 다음에 잡혀갈 사람은 내가 될 것이라고 하는 분위기였다. 나는 한전과 몇 년 일하면서 한전이 어떤 곳인지 내부 사정을 누구보다 잘 알고 있었지만, 아무 말 하지 않았다. 할 말이 없었다. 현대양행 사람들은 공장을 건설하면서 자재를 팔아먹고 사장은 거액의 외화를 빼돌려서 회사가 부실화되었다는 것이다.

일요일 휴일도 없이 일 년 200일 이상을 해외로 다니셔도 술은 한잔도 못 하시고 고추장 병 들고 다니며 우동에 고추장 타 잡수시면서 선진국의 기계 공장을 수도 없이 돌아보시고 일밖에 모르시는 분 아닌가? 손목시계는 $25짜리 TIMEX를 차시고 선물이라고 해야 파카 볼펜이었다. 개 눈에는 더러운 것만 보인다고 저희들 수준에 맞게 저의 눈높이로 상상해서 검찰에 고발한 것이다. 사장님은 한 열흘쯤 되어서 무혐의로 나오셨다. 나오시는 날 사장님을 모시고 같이 점심으로 냉면을 먹은 기억난다. 점심 드시면서 검찰에서 조사받던 얘기를 하시는데 잠을 못 자게 하고 누구도 안 보는 것 같은데 졸면 금방 뭐라고 말하는 소리가 들리더라고 얘기하셨다.

현대양행과 함께 걸어온 길

겸직 사장의 문제

구름 잡는 해외사업

이러한 회사의 분위기 속에서도 한전에 고문으로 있는 사람, 한전에 납품하는 사람 어중이떠중이 이 사람 저 사람이 모두 좋은 해외사업이 있다고 실체도 없는 것들을 한전 김 사장님에게 보고하면 모두 해외사업 담당인 나에게로 떨어진다. 검토할 가치도 없는 것들을 김 사장님에게 들고 와서 되든 안 되든 도와주는 것처럼 생색내기 위한 것들이 대부분이다.

예를 들면 도미니카 공화국에 발전소를 짓는데 어떤 특정 개인을 에이전트(agent 대리인)로 지명하고 매달 $2,000씩 활동비(retainer)를 주면 수주가 확실하다. 호주에 무슨 화공 프로젝트가 있는데 어떤 특정한 사람을 대리인으로 지명하여 우리 비용으로 초청해서 공장을 보여 주면 수주가 확실하다. 모두 아무런 보장 없이 회사가 먼저 돈을 대고 약속을 해 주는 일들이다. 나는 모두 거절했다. 거절할 때마다 김 사장님이나 김종주 부사장은 언짢은 기색이었다.

그중에서 우리를 가장 많이 괴롭힌 사람은 GE Lynn 공장 설계실에서 근무하다 GE가 수주한 군산, 영월 복합화력 프로젝트 수행을 위하여 한국으로 데려온 L 박사였다. L 박사는 군영 프로젝트가 끝난 후에도 한전에 고문으로 남았는데 한전 사장이 한중 사장을 겸직하게 되자 때를 만난 것이다. 이 사람은 GE 설계실밖에 경험이 없는데 공장의 생산에서 해외 영업까지 자기가 보기에 한중이 잘못하고 있다고 생각하는 것을 현장 책임자 확인도 없이 사장에게 보고했다. 한중은 기술이 모자라서 잘못하고 있다는 선입관을 갖고 회사 일을 관찰하는 것이다. 사장님의 신임을 두텁게 하려고 하는 것은 좋은데 옳은 일을 잘못하는 것으로 보고하여 혼란만 일으키고 해외 영업에 경험이 없는 사람이라 뜬구름 잡는 정보를 들고 오는 일이 너무 많아 이것을 처리하는 데 시간을 많이 빼앗겼다.

김 사장님은 회사의 기존 경영진의 말보다는 L 박사 같은 외부 사람의 말에 귀를 기울이시고 현대양행 임원들이 하는 일은 불신하셨다. 내용을 모르니까 밖에 있는 사람의 말이 옳은 것같이 들렸던 모양이다. 그 사람 L 박사는 한동안 그렇게 우리를 괴롭히고 미국으로 돌아갔다. 선입관과 편견이 얼마나 위험한지 피부로 느꼈다.

외빈에게 제품을 설명하고 있다.
맨 왼쪽 김영준 사장님, 맨 오른쪽 나

SOGEX 담수화 프로젝트,
이라크 발전소 보수공사

　김 사장님이 한중 사장을 겸직하는 동안 나는 두 가지 중요한 프로젝트를 성사시켰다. 하나는 SOGEX의 담수설비 프로젝트를 수주한 일이고, 다른 하나는 이라크에 발전소 보수사업을 수주한 것이다.

● SOGEX 담수 프로젝트

　정인영 사장님은 창원공장에 처음부터 해수 담수화 프란트(desalination plant)를 주생산 품목 중 하나로 정하고 축구장 두 개 정도 크기의 담수 설비 조립 작업장을 확보해 놓으셨다. 또한 외국 담수화 기술회사와 기술제휴 하려고 무척 애를 쓰셨으나 어느 회사도 기술이전을 하려고 하지 않았다. 현대중공업을 비롯해서 국내 기업은 누구도 담수 설비의 설계 능력을 보유하지 못했다. 일본 사사쿠라는 자체기술로 수주에서 설치까지 독자적으로 수행하였고 불란서의 SIDEM은 프로젝트를 수주하면 현대에 제작, 조립, 설치를 하청 주는 방식이었다. 그런데 원본 담수화 기술을 보유하고 있는 SOGEX라는 불란서 회사가 기술 제휴 및 설비 제작 프로젝트를 발주할 계획이 있다는 정보를 입수하였다. 나는 우리 팀을 이끌고 한여름에 파리에 가서 보름간 협상 끝에 이 프로젝트를 꼭 따려고 달려드는 타사를 물리치고 프로젝트를 수주하여 오늘날 우리 자체 기술을 보유하고 담수 설비를 수출하는 출발점에 서게 되었다. 그러나 김 사장님은 이 프로젝트에 별로 관심을 보이지 않았다. 아무것도 모르는 사람한테 얘기해봐야 힘만 빠지는 것이라 나도 힘들여 설명하지 않았다. 대형 프로젝트가 아니었기 때문에 모르는 사람에게는 이 프로젝트의 의미를 모르는 것도 무리가 아니라고 생각했다. 중동에 나오실 때마다 늘 담수 사업을 외고 다니시던 정인영 사장님이 계셨으면 얼마나 기뻐하실까 하고 생각하니, 어려운 회사의 현실을 헤쳐 나갈 일이 캄캄하기만 했다.

• 이라크 발전소 보수공사

다른 하나는 쿠웨이트 국경에서 몇 시간씩 기다려 승용차로 바그다드까지 가서 이라크 전력청(S.O.E: state organization of electricity) 청장 앞에서 우리 회사가 발전소 건설 전문 회사라는 것을 직접 소개했다. 소개할 당시 현대그룹 소개 책자에 현대양행이 포함되어 있었고 현대그룹 임원진의 한 사람으로 내 사진도 나와 있었다. S.O.E 청장은 관심을 보이면서 곧 입찰에 부쳐질 발전소 보수 프로젝트가 있다고 한다. 마침 한전 보수 공단이 우리 한국중공업에 편입되어 왔기 때문에 나는 이 보수 프로젝트를 수주해서 S.O.E와 관계를 트고 본 발전소 건설에 참여하기 위한 기회를 잡기 위해 입찰에 참여하겠다고 했다. 경쟁상대는 T/G 공급사 GE였다. 한전 보수 공단은 장기간발전소 보수 유지 사업을 수행해 왔음으로 충분한 기술 능력을 갖추고 있었다. 우리는 GE를 제치고 한국 회사로는 최초로 발전설비 보수 프로젝

트를 이라크에서 수주했다. 비록 규모는 크지 않지만, 이 발전소 보수
공사를 성공적으로 수행하여 우리의 우수한 기술을 과시하고 향후 이
라크 전력청에서 발주하는 발전소 건설 공사를 한국 업체가 수주하는
길을 터놓았다.

한국중공업은 이 발전설비 보수공사를 완수하고 이라크에서 철수
하였다. 사실 한국중공업은 발전설비를 제작하고 건설하는 한국의 대
표적 전문 회사이지만, 회사의 경영진은 중동에서 현금성 발전소 건
설공사를 수주해서 건설하는 데는 전혀 관심이 없었다. 하지만 그 이
후 현대는 이라크에서 적극적으로 활동하여 발전소 건설 프로젝트를
여러 차례 일괄도급 방식으로 수주하여 완공하였다. 우리 회사에는
이러한 중동의 현금성 프로젝트가 절실히 필요했지만, 아무도 관심이
없었다.

잘못된 인사관리

그 당시 회사에는 관리 담당 H 부사장이 계셨다. 오랜 기간 현대양행의 관리를 총괄하던 분인데 진실하고 인간적인 분이었다. 창원공장에는 공장장으로 H 부사장이 또 한 분 주재하고 계셨다. 그런데 김 사장이 나를 현대로 돌려보내려고 한 것을 보면서 이 두 분의 자리도 보장할 수 없는 것이 아닌가 하는 생각이 들었다. 본인들도 그런 느낌을 받고 있었던 것 같았다. H 부사장은 내 고교 선배이고 나하고는 아주 가깝게 지내는 사이였다. H 부사장은 당시 신군부 실세 수석과 가까이 지내고 있었다. H 부사장은 김 사장님이 자기를 불신하고 있다는 것을 알고 나도 그렇게 생각하고 있었다. H 부사장은 나에게 청와대 수석하고 자신의 문제를 상의해 볼까 하고 묻길래 그렇게 하시라고 권했다. 며칠 후 H 부사장은 청와대 수석하고 사우나를 하면서 회사 실정을 얘기했다고 했다.

그러던 어느 날 김 사장님이 불러 가니까 퇴사 예정자 명단을 주면서 이 가운데 꼭 필요한 사람이 있으면 빼 줄 터이니 지적하라고 한다. 그 명단은 상공부에 제출될 것이고 모두 정리 대상이라고 했다. 나는 그러면 두 분 부사장은 어떻게 하실 겁니까? 하고 물었더니 둘 다 명단에 올렸단다. 그래서 청와대하고 양해가 되셨습니까? 하고 또 물었더니 벌써 협의가 다 됐다고 하신다. 그래서 내가 알기로는 청와대 수석하고 H 부사장하고는 가까운 사이이고 요즘도 가끔 만나 목욕도 같이 하는 사인데 알고 계시냐고 물었다. 그리고 "공장에 H 부사장도 청와대 담당 비서실에서 어떤 사람인지 잘 알고 있는데 특별히 잘못한 것도 없는 두 부사장을 왜 내보내려고 하십니까? 청와대도 현대양행의 문제는 정부 정책의 문제이지 회사 내 몇몇 사람이 나간다고 도움이 되는 문제가 아니라는 것을 알고 있고 오히려 일을 더 어렵게 하시는 겁니다. 이 사람들을 잘 활용하시면 사장님에게 크게 도움이 될 겁니다."라고 말씀드렸지만, 사장님은 청와대하고 얘기가 다 끝났다고 하신다. 나는 영업 담당 이사급 직원 한 사람을 구제할 수 있었다.

얼마 후 두 부사장을 포함해서 임원들 여러 명이 퇴사했다.

• 한전 김사장 불명예 퇴진

그 무렵 한전 S 부사장이 청와대에서 들어오라고 해서 올라갔더니 Y 비서관이 쪽지를 하나 주면서 자기네 수석이 이 사람을 좀 배려해 달라는 말씀이 있었으니 부탁한다고 했다고 한다. 쪽지를 펴 보니까 H 부사장 이름 석 자가 적혀 있었다고 했다. 그래서 알겠다고 하고 회사로 돌아 김 사장님에게 Y 비서관 말을 전 했더니 김 사장은 듣자마자 그 사람은 "말뚝" 같은 사람이야 하면서 알았다고 무시해 버렸다고 했다. 결국 김 사장은 당시 막강한 실세가 부탁한 사람을 내용도 모르고 퇴사시켜 실세 수석의 체면을 구기게 하고 자신의 입지를 어렵게 만든 것이다. 김 사장님은 동자부 장관- 총리 - 경제수석 라인을 통해 일을 하시는 것으로 이해하고 있었다. 정치 실세가 부탁한 사람을 오히려 내쫓아 버린 셈이 된 것이다. 어떻게 하면 회사를 일으켜 세워 살릴 수 있는지를 생각하기보다 어떻게 하면 이 회사를 자기 마음대로 할 수 있을까를 생각하고 계신 듯했다. 자신이 오래전 경영을 맡았던 소규모 부실기업의 고리타분한 구시대적 경영 방식에서 벗어나지 못하시고 스스로 자기 함정을 판 결과가 된 것이다.

현대양행과 함께 걸어온 길

한중 신임 박 사장 부임

　얼마 후 나는 김 사장님을 모시고 중동에 출장을 나가게 되었다. 사우디 지산(Jizan) 현장, 중장비 스톡야드(stock yard), SAFCO 황산공장 건설 현장, 등을 모시고 다녔다. 처음 중동에 나오신 김 사장님은 여행 기간 중 많은 것을 느끼시는 것 같았고 회사에 관한 생각을 바꾸시는 것 같은 말씀을 많이 하셨다. 그래서 나는 앞으로는 회사에서 일하기가 좀 수월해지겠다고 생각했다. 그런데 그날 저녁 호텔에 돌아와서 사장님은 서울서 온 전화를 받으시고 동자부 장관이 바뀌었다고 하시면서 일정을 당겨 다음 날 먼저 귀국하셨다. 나는 예정대로 사우디에서 일을 마치고 런던에 도착해서 신문을 보고 깜짝 놀랐다. 전두환 대통령께서 새벽에 우리 회사를 방문하신 다음 날 김 사장님이 퇴사하셨다는 기사가 보도되었다. 한전에는 성 부사장이 사장으로 승진하셨고 한국중공업 신임 사장으로 박정기 씨가 취임했다는 기사도 있었다.

• P씨 한중사장 취임

　런던에서 귀국해서 신임 박 사장에게 인사했다. 박 사장은 내 손을 잡으면서 "한 형 나를 좀 도와주시오. 다음에는 한 형이 사장을 해야 하지 않겠소" 하면서 잘 부탁한다고 했다. 나는 좀 얼떨떨했지만 'showmanship이 대단한 사람이구나'라고 생각했다. 박 사장님은 육사 14기로 윤필용 사건에 연루되어 강제 예편된(복권) 후 정우개발 중동 본부장, 사장을 역임하였으며 신군부 최고위층과(대구공고, 육사 선후배) 가까운 측근으로 알려져 있었다.

　현대도 창원공장 인수를 거부하였고, 대우 김우중 회장도 인수를 포기한 것은 무엇 때문이었을까? 거기에는 분명히 그럴 만한 이유가 있었을 것이다. 그것은 발전설비 일원화와 중복투자 금지라는 원칙이 지켜지지 않는다면 누구도 이 거대한 공장을 운영할 수 없다는 것이 분명하기 때문이다. 그렇다면 이 원칙을 지키겠다는 정부의 약속을 믿고 이 사업에 사운을 걸은 현대양행의 정인영 사장을 따라 전력을 다해서 기술, 생산, 건설, 영업, 관리의 각 부문에서 헌신적으로 근무한 회사 임직원들도 큰 피해자이다. 따라서 창원 사업을 이런 지경으로 만든 부실화의 책임은 약속을 깬 정부에 있는 것이고 정부는 현대양행의 임직원의 인사에는 이러한 실정을 충분히 고려해 주었어야 마땅하다. 그러나 사장이 바뀔 때마다 신임 사장은 특별한 잘못도 없는 기존 임직원들을 마음대로 퇴출시키고 그 자리에 신임 사장과 개인적 친분이 있는 사람들을 회사 밖에서 모셔 와 앉혔다. 현대양행 부실화의 모든 책임을 임직원이 모두 떠안는 모양이 된 것이다. 그런데 이제 든든한 정치적 배경이 있는 사람이 이 회사를 맡았다. 나는 회사를 위해서는 오히려 잘 된 인사라고 생각했다.

신임 박 사장과 유럽 출장

얼마 후 나는 박 사장을 모시고 유럽 출장을 같이 가게 되었다. 여행 중 박 사장은 하루는 호텔에서 조반을 먹으면서 자기에게 해 주고 싶은 얘기가 있으면 해 달라고 한다. 그래서 말씀드렸다. 전임 사장님이 모셔 온 부사장, 전무 등이 아직 모두 회사의 중요 직책을 맡고 계신 데 특히 한전 관련 일은 모두 이분들이 주관해서 처리하고 있다. 그런데 이분들이 미국 벡텔(Bechtel)과 합작회사를 만들어서 이 합작회사가 회사의 영업을 책임지고 한국중공업은 제작만 전담하는 것으로 경영을 분리하려고 한다는 것을 알고 있느냐고 물었다. 박 사장은 그런 서류에 서명한 기억이 있다고 했다. 그래서 나는 그러면 그 합작회사가 구체적으로 우리 회사에 어떻게 무슨 도움을 주는 것인 줄 알고 계시냐고 물었다. 박 사장은 벡텔이 우리를 도와주는 것으로 보고받았다고 했다. 나는 벡텔은 미국 건설회사인데 왜 우리하고 합작회사를 설립하려고 하는지 확실히 알아야 도와주는 건지 아닌지 알 것 아닌가? 한 번으로 끝나는 것도 아니고 회사를 만들어서 한국중공업의 영업을 책임진다는데 어떻게 책임을 질 것인지 사업계획은 어떻게 짜여 있는지 내용을 알아야 하는 것 아닌가? 하고 다그쳤다. 박 사장은 회사 부사장, 전무들이 다 찬성해서 그저 그런가 보다 하고 서명해서 상공부로 보냈다고 했다. 뭐가 문제냐고 말해 보라고 한다. 그 합작회사는 한중의 영업권을 갖게 되고 한중은 합작회사가 발주하는 일감을 받아 생산만 하게 된다. 이렇게 되면 한중은 영업을 포기하고 합작회사에만 의지해야 한다. 한중의 일감은 국영기업인 한전이 발주하는 발전설비인데 거대한 국가 자산을 소유하는 회사가 자체적으로 영업활동을 하지 못하고 정부가 발주하는 발전설비 물량을 합작회사가 받아 주면 한중은 그 합작회사와 합의한 가격으로 생산 납품해서 회사를 운영하는 것이다. 그리고 그 합작회사 경영진을 보면 사장은 전임한전 사장 부사장은 한국중공업의 현 부사장, 그리고 원자력 담당 전무가 차지하게 되어 있다. 이것은 퇴직하고 나서도 그분들이 이 회사의 영업을 책임지겠다는 것과 다를 바 없다. 이것은 국가 자산인 한중을 이 합작회사에 참가하는 몇몇 개인의 이익을 위하여 운영하겠다는 것이다. 라고 말했다. 박 사장은 그제야 알아듣고 "왜 이런 중요한 일을 이제야 말하느냐"고 오히려 내 탓을 했다. 나는 박 사장도 그들과 같은 팀인 줄 알았다고 했다. 박 사장은 즉시 서울에 연락해서 상공부에 합작회사 건을 보류시킬 것을 비서실에 긴급 지시했다.

귀국하고 얼마 안 되어서 상공부에서 공문이 왔다. 한중이 추진하려고 하는 합자회사 건에 관하여 최종적으로 추진 의사를 확인한다는 내용이었다. 박 사장은 부사장하고 관련 전무를 불러 회의를 소집해서 합작회사의 문제점을 지적했고 관련 부사장과 임원은 며칠 후 모두 회사를 떠났다.

나는 해외 영업을 담당하고 있었기 때문에 이 합작회사에 특별한 관심이 있었고 처음에는 박 사장과 함께 추진하는 줄 알았다. 회사에 이런 일이 벌어질 때마다 정인영 사장님이 생각났다. 얼마나 순수한 열정을 갖고 사심 없이 일을 추진하셨는가?

　박 사장도 사람을 데리고 들어와 회사 경영을 장악하고 회사 내의 중요한 일은 비서를 시켜서 처리했다. 박 사장은 은연중 자기가 얼마나 청와대하고 가까운 사람인지 과시하면서도 회사를 어떻게 운영하고 앞으로 어디로 가는지 확실한 Vision은 제시하지 못하고 있었다.

뉴욕 지점장 귀국

하루는 박 사장 비서가 미국에 출장 가서 뉴욕 지점에 다녀왔다고 한다. 사실 해외사업을 총괄하는 나에게 사전에 무슨 일로 가는지 협의가 있었어야 마땅한 일이다. 그리고 며칠 후 뉴욕 지점장이 아무 말도 없이 귀국했다. 무슨 일로 들어왔느냐고 물으니까 사장 비서가 귀국하라고 해서 귀국했단다. 사장 비서가 귀국하라고 했다고 직접 책임을 맡고 있는 자기가 속해 있는 해외사업 본부장과 아무 상의 없이 귀국하는 지점장이나 일언반구 협의도 없이 지점장을 귀국시키는 사장 비서나 똑같다고 생각했다. 사장 비서가 사장과 상의 없이 그런 일을 했을 것 같지도 않고 그와 같은 회사 내부 상황을 짐작한 지점장은 나와 상의해 봐야 일만 시끄럽게 될 것 같아 소리 없이 귀국한 것이 분명하다. 나는 사장 비서에게 도대체 당신이 무슨 자격으로 회사의 조직이 있는데 이를 무시하고 마음대로 해외 지점에 가서 지점장을 귀국시키는가 하고 강력하게 항의했다.

그러지 않아도 나는 박 사장님과 뉴욕 지점의 존폐 문제를 협의하려고 하고 있던 참이었다. 사장님의 회사 경영 방침에 따라서 뉴욕지사를 운영해야 하므로 우선 뉴욕지사를 폐쇄할지 그대로 두어야 할지 그대로 두면 어떤 일을 수행하고 어떤 사람을 보내야 할지 결정해야 했다. 해외 지사를 지휘하고 소기의 업무 목표를 달성 하도록 하는 일이 해외 사업의 중요한 업무 중 하나다. 사실 현대양행이 한국중공업이 되고 나서는 뉴욕 지사는 회사에 의미 있는 일은 아무것도 하는 것이 없었다. 그러던 차에 뉴욕 지사장이 귀국한 것이다.

뉴욕 지사장이 귀국한 후에도 박 사장은 나에게 아무런 지시가 없었다. 박 사장의 특수 관계에 있는 직원이 뉴욕지사에 근무하기로 결정이 되어 있다고 한다. 해외사업을 담당하는 임원하고 단 한 마디 상의 없이 결정된 것이다. 이와 같은 일은 회사에 근무하면서 처음이다.

오래 가지 않아 한전 사장과 한중 사장의 자리바꿈이 이어졌다. 올 것이 온 것이다. "을"과 "갑"이 바뀐 것이다. 두 분은 1983년 1월 같은 날 한전과 한중 사장으로 각각 취임하고 1987년 같은 해에 영광 원자력 건설 공사를 둘러싼 현대건설과의 분쟁으로 동시에 퇴임하셨다.

그러나 박 사장의 정치적 배경과 역량은 한중에는 도움이 되었다. 박 사장이 한전 사장으로 취임하고 나서부터 발전설비가 한중으로 일원화되고 국산 원자력 발전소가 건설되기 시작한 것이다(원전 국산화).

현대양행이 한국 원자력 #5, #6기부터 추진하려던 원자력 발전소 국산화가 신한울 #1, #2기부터 실현되었다. 당초 현대양행이 계획했던 대로 1차 계통은 국산화된 CE의 (NSSS)와 2차 계통은 GE의 T/G를 한중이 일괄 제작 공급하는 것이다. 현대양행이 한국원전 #5, #6기 국산화를 위하여 수립한 계획이 그대로 실현되었다.

이와 같은 국산화 계획은 계속 추진되어 국산 표준형 원자력 발전소로 자리 잡아 UAE 바라카에 원전 수출까지 하게 되었다. 당시 현대양행이 합리적이며 미래 지향적인 원자력 국산화 계획을 추진하였다는 것이 판명된 것이다.

1979년 그 당시 우리 현대양행과 한 팀이 되어 원자력 #5, #6기를 같이 추진하였던 CE 측 인사 P. Mihan과는 현대양행 이후에도 계속해서 개인적인 인간관계가 유지되었다. 원자력 발전소의 수주를 위하여 CE 측에서는 5공화국 군사정부에 영향력이 있는 미군 인맥을 대거 동원하였다. 카터 대통령의 주한미군 철수 정책을 정면으로 비판하고 퇴역한 전 미8군 부사령관 싱글러브 장군(Gen. John K. Singlaub), 미해군 태평양 함대 사령관 라이온 제독(ADM James A. Lyons), 전 주태국 CIA 아놀드 지국장(CIA station chief Dan. Arnold) 등이다. 나는 이분들을 P. Mihan의 소개를 받아 국내 및 미국에서 몇 번 만난 적이 있다. 싱그라브 장군은《Hazardous Duty》라는 본인의 자서전을 나에게 직접 전해 주었다.

• 한중의 민영화

한중에는 최각규 사장님을 시작으로 약 10명의 사장이 2000년 민영화될 때까지 거쳐 갔다. 1998년 김대중 정부는 공기업 민영화를 추진하였으며 한국중공업을 두산그룹에 3,057억 원에 매각하여 특혜 의혹을 남겼다. 당시 한국중공업의 자산 가치는 3조 6천, 두산의 가치는 2조 4천으로 알려져 언론에 "다윗"이 "골리앗"을 삼켰다는 말도 돌았다.

2003년 말 한국중공업 민영화와 관련해서 뇌물을 받은 혐의로 민영화를 담당했던 산자부 담당 국장이 구속되었다는 언론 보도도 있었다.

윤영석 사장은 대우 미주본부장으로 근무 중 당시 전경련 회장을 맡고 있던 대우 김우중 회장의 추천으로 1998년 한중 사장으로 영입되어 민영화를 추진하였다. 윤영석 사장은 한중의 사장으로 3년간 재임하였고 한중이 두산중공업으로 민영화된 이후에도 두산중공업 대표이사 사장, 부회장, 고문으로 두산중공업에 이례적으로 오랜 기간 재직하였다.

만도에서 1년 만에 쫓겨나고

만도로 돌아가다

뉴욕 지점 문제 이후 한중에서는 마음이 떠났고 아무 때나 현대로 돌아오라고 하시던 정주영 회장님을 찾아갈까? 하고 망설이다 전화로 언제 오느냐고 빨리 오라고 독촉하시는 정인영 사장 말씀을 따라 만도로 가기로 마음을 정했다.

현대 정주영 회장님을 찾아뵙고 한중을 그만두고 만도로 가기로 했다고 말씀드렸더니 거기 "만도에는 할 일도 없는데 가서 뭐 할 거야"라고 탐탁지 않게 말씀하셨다. 현대로 오지 않고 만도로 간다는 것이 마음이 내키지 않으셨던 것 같다. 그래도 "정인영 회장님이 오라고 부르시니 만도로 가겠습니다."라고 말씀드리니까 "그럼, 가 봐" 하고 허락해 주셨다. 그러나 우여곡절 끝에 만도기계 안양공장으로 다시 돌아왔지만, 정주영 회장님 말씀대로 만도에는 내가 할 일이 별로 없었다. 정인영 회장님은 형님의 그늘에서 벗어나려고 지난 수년간 그렇게 애쓰셨지만, 다시 원점으로 돌아와 계셨다.

나는 한 20년 회사에 근무했지만 주로 맡은 업무가 해외 영업이었기 때문에, 공장에서 생산에 관련된 직책을 맡을 기회는 없었다. 그래서 만도 공장을 운영하는 것은 새롭고 귀중한 경험을 얻는 기회로 알고 열심히 했다. 저녁 8시경 늦게 귀가하면 보통 새벽 5시에 일어나서 한 시간 운동하고 바로 공장으로 출근하는 일과가 계속되었다. 보다 능률을 올리고 보다 양질의 제품을 만들어 고객(현대자동차, 기아자동차)에게 공급하려고 최선을 다했다.

그러나 공장을 직접 운영하는 공장장은 중화학 투자 기간에도 근 10여 년 동안 계속해서 안양공장만을 운영했기 때문에 계속해서 자기가 해 오던 스타일대로 운영하고 싶어 했다. 그것은 자연스러운 일이다.

현대자동차는 일본 미쓰비시 자동차에서 공장장으로 오래 근무하고 은퇴한 기술자 "아라이 세이유" 씨를 초빙해서 자동차 공장뿐 아니라 협력 업체에도 품질과 생산성에 관한 기술 지도를 제공해 주고 있었다. 나는 "아라이" 고문을 만나 보고 그분의 공장 운영의 철학과 품질 개선 방법에 감명받았다. "아라이" 고문 같은 분이 일본에 계셨기 때문에 일본 자동차가 세계적으로 경쟁력을 갖게 되었구나 하고 깨달았다.

나는 "아라이" 고문의 지도를 받아 공장개선 활동을 적극적으로 추진했다. 품질을 좋게 하면 생산성이 떨어지는 것이 아니고 품질이 좋으면 생산성도 올라간다는 그분의 말이 가슴에 와닿았다. 그 당시 현대자동차는 신차 SONATA를 개발하고 있었는데 고유가 시대를 맞아 자동차를 되도록 가볍게 만들어 연비를 줄이는 것이 중요한 과제로 되어 있었다. 일본 차들은 이미 부품을 새로 설계(Redesign) 해서 크기와 무게를 1/2 정도로 줄인 제품을 생산하고 있었다. 현대자동차도 우리가 생산하는 전장품(starter motor, alternator, wiper-motor)은 크고 무거운 구형이니 미쓰비시(MITSUBISHI ELECTRIC CO.)와 기술 제휴를 다시 해서 신형모델로 바꿔서 생산할 것을 요구하고 있었다. 당연한 일이었다. 일을 빨리 추진시키기 위해서 현대자동차가 앞장서서 미쓰비시에 접촉하여 만도와 기술 제휴를 하고 만도가 신형 전장품을 조속히 생산할 수 있게 도와 달라고 요청해 놓고 우리한테 기술 제휴 계약을 빨리 체결하라고 독촉이 심했다. 그러나 급한 것이 없는 미쓰비시는 빨리 움직이려 하지 않았다. 미쓰비시는 자기네 기술 제휴 협상팀을 만도 비용으로 초청하고 한국에서 체재비용도 만도가 부담하겠다는 언질이 있어야 협상팀을 보내겠다고 버티고 있었다. 그렇게 해서 미쓰비시는 자동차의 지원을 받으면서 우월한 지위에서 만도와 협상하기를 원했다. 자동차는 신기술을 배우는 데 삼고초려를 해서라도 모서 오지 않고 왜 꾸물대느냐고 다그치고 있었다.

자동차 회의 참석 MELCO 기술 제휴

• 자동차 회의

하루는 자동차에서 회장님 주재 회의에 내가 꼭 참석하라는 통지가 왔다. 회의에 참석해 보니 예상했던 대로 미쓰비시와 기술 제휴를 빨리 안 한다고 혼내는 자리였다. 정세영 회장님은 왜 빨리 기술을 들여오지 않고 꾸물대느냐 이제 구형 모델은 필요 없으니 빨리 미쓰비시 신제품을 생산해서 공급하라고 하셨다. 그래서 나는 우리 기술로는 못 하니까 당연히 기술 도입을 해야 하는데 이러한 기술은 미쓰비시가 그냥 주는 것이 아니고, 우리가 미쓰비시와 협상해서 돈을 내고 사 오는 거다. 그런데 자동차가 먼저 미쓰비시와 접촉하면서 미쓰비시 말만 듣고 우리를 다그치면 어떻게 공정하게 협상할 수 있나? 지금 미쓰비시는 우리 내부 사정을 다 알고 버티고 있다. 기술 제휴는 우리가 어떻게 하든 최대한 빨리 할 테니 자동차는 관여하지 말아 달라. 그래야 우리가 정당하게 줄 것은 주고, 받을 것은 받는 공정한 협상을 할 수 있다고 말했다.

정세영 회장님은 가만히 들으시더니 왜 자동차가 껴들어 만도의 기술 제휴를 어렵게 만드냐고 하시면서 앞으로 자동차는 만도가 미쓰비

시와 기술 제휴하는 데 나서지 말고 만도가 직접 하게 내버려두라고
말씀하셨다.

오래지 않아 미쓰비시 협상팀이 자비로 입국해서 우리와 협의하여
기술 제휴 계약을 체결했다. 자동차가 원하던 대로 우리가 비용을 부
담하고 미쓰비시 협상팀을 모셔다가 협상했다면 이견이 있을 때마다
건건이 자동차가 관여해야 했을 것이고 협상은 공정하게 이루어질 수
없었을 것이다. 우리는 신모델의 전장품 생산에 착수했다.

그런데 공장 운영이 순조롭지 않았다. 내가 주재하는 회의를 하고
나면 공장장이 생산 회의라고 해서 따로 또 회의를 주재했다. 공장장
은 공장 내의 문제점들을 감추느라 급급하고 간부 직원들은 이쪽저쪽
눈치 보느라고 바빴다. 제품의 불량이 심각한 문제였다. 이러한 제품
불량문제는 공개하면 해결될 수 있지만 감추면은 영원히 해결되지 않
는다. 정인영 사장님이 공장을 방문하는 때면 평소에 서 있던 기계가
돌아갔다. 공장에서 자체 제작한 라디에이터 자동용접 라인에 사장님
이 관심이 있으셨는데 문제가 있는 자동용접 라인이 사장님이 공장에
오시면 항상 돌아갔다.

하는 수없이 나는 사장님과 협의하여 공장장을 다른 사업소로 전출
시키고 새로운 공장장을 임명하였다. 그리고 공장 조직을 공장장 중
심에서 사업부 중심으로 바꾸었다. 생산 품목이 수십 가지가 되는 공

　　　　　　　　현대양행과 함께 걸어온 길

장에 공장장 한 사람이 모든 품목에 책임을 지는 조직은 공장 발전에 장애가 되고 있었다. 이제는 각각의 사업부의 책임자가 소관 제품의 생산성과 품질에 책임을 지는 조직으로 자리 잡게 된 것이다.

브레이크 사업부, 조향사업부, 전장사업부, 계기 사업부, 에어컨 사업부, 라디에이터, 쇼크압소바 사업부 등이다. 그리고 공장의 주간회의는 사장님이 주재하시도록 했다. 그러나 나는 이렇게 만도에 평지풍파를 일으켜 놓고 오래 있지 못했다. 사실 창원 사업이 떨어져 나간 후 정 사장님도 서울에서 할 일이 별로 없었고 일주일에 서너 번씩 사전에 통보 없이 새벽에 공장을 방문하셨는데 나는 아침에 일찍 일어나 운동하고 출근을 하니까 사장님이 오시는 날은 항상 사장님보다 늦었다. 언제 오시는지 알았다면 당연히 운동을 생략하고 출근했을 것이다. 내가 공장에 들어서면 사장님은 벌써 공장을 돌고 계셔서 공장 한 귀퉁이 기다렸다가 인사하고 같이 걷는데 늘 하시는 말씀이 "세상에 믿을 놈 하나 없습니다.", "모두 도둑놈입니다."라고 새벽에 나온 직원들에게 버릇처럼 말씀하신다. 처음에는 내가 모르는 무슨 도난 사고가 있었나? 하고 생각했다. 또 내가 잘 못 들었나 했다. 그러나 사장님이 가시고 나서 직원들에게 확인해 보니까 그전부터 그런 말씀을 하신단다. 나는 몹시 실망했다. 가끔 오셔서 저녁 늦게 퇴근하고 새벽같이 나오는 직원들 사기는 올려 주시지 못할망정 "도둑놈"이라니 할 말이 있고 못 할 말이 있지 참기 힘들었다. "도둑놈" 소리를 들으면서 공장에 있을 생각은 추호도 없었다.

나는 그 주말에 서울에 올라가 사장님을 만나 뵙고 업무보고를 하는 자리에서 말씀드렸다. "새벽에 공장에 오시면 직원들 사기를 좀 올려 주시지, 왜 새벽같이 나온 직원들을 '도둑놈'이라고 그러십니까? 내가 몇 달째 공장에 있는데 공장 직원들 모두 헌신적으로 열심히 일하고 있습니다. 그런 말씀은 하시지 마십시오."라고 말씀드렸다. 사장님은 듣고 가만히 계셨다. 그 후 공장에 손님이 오면 사장님이 빠지지 않고 내려오셔서 직접 챙기셨다. 한번은 국방부 방산 국장이 공장을 방문했는데 사장님이 공장에 와서 직접 브리핑하시겠다고 했다. 그러니 국장도 불편해했다. 나는 브리핑하는 동안 한구석에 앉아 사장님 브리핑하시는 것을 듣고 있었다. 사장님이 브리핑하시고 서울로 가신 지 며칠 후 사장님이 자기는 공장에서 열심히 브리핑하는데 누구는 앉아서 졸고 있었다고 말씀하셨다고 들었다.

대우 DELCO REMY

그런데 또 문제가 있었다. 대우 GM의 DELCO가 한국에서 부품사업을 한다고 공표되었다. 그러면서 DELCO는 우리 부품 수출 파트를 접촉하여 만도가 생산하는 각종 부품을 구매할 의사가 있으니 견적을 달라고 했다. 나는 DELCO는 절대로 우리 부품을 구매할 의사는 없고 생산 원가를 비교할 목적으로 받는 것이니 그저 참고 견적이나 주라고 지시를 했다. 그러나 서울의 수출 파트는 계속 DELCO와 접촉하면서 DELCO가 진정성을 갖고 견적을 요청하는 것이니까 원가를 포함해서 DELCO가 원하는 기술자료도 주어야겠다고 주장하는 것이다. 그래도 나는 주지 말라고 지시했다. 그래도 수출 파트가 사장님에게 DELCO에 수출될 것 같다고 계속 보고하니까 사장님은 DELCO가 원하는 대로 원가와 기술 자료를 모두 넘겨주라는 지시를 했다. 나와 공장 직원들의 반대에도 불구하고 우리 제품의 생산 원가와 기술자료를 DELCO에 모두 넘겨주었다.

아마 DELCO가 공장을 건설하고 자동차부품을 생산하는 데 우리가 넘겨준 자료가 크게 도움이 되었을 것으로 짐작된다.

만도에서 쫓겨나고

나는 "아라이" 고문과 새로 임명된 공장장을 중심으로 공장의 개선 활동을 추진해 나갔다. 우리가 열심히 하니까 자동차도 "아라이" 고문 도 만족하고 있었다.

그러던 어느 날 사장님이 프랑스 출장에서 돌아오셨다. 프랑스의 자 동차 전장품 제조회사 "발레오"와 신형 계기 생산을 위한 기술 제휴를 맺었다는 것이다. 우리가 생산하는 제품은 현대자동차에 공급되는 것 임으로 자동차의 양해 없이 우리 마음대로 어느 회사와 기술 제휴를 해서 제품을 생산 공급할 수 있는 형편이 아니었다. 당시 자동차는 일 본의 "야자끼" 계기를 원하고 있었다. 그래서 나는 기술 제휴 담당자 에게 자동차에서는 "야자끼"를 원하는데 "발레오"와 기술 제휴를 하면 어떻게 하느냐 자동차와 상의는 해 보겠지만 자동차가 받아들이지 않 을 것 같다고 했다.

며칠 후 사장 비서실에서 내일 아침에 특별회의가 있으니 회의에 참 석하라는 연락이 왔다. 서울의 임원들하고 기술 제휴 담당이 참석했 다. 회의 안건은 "발레오" 계기 기술 제휴에 관한 것이었다. 사장님 말씀이 공장에서 "발레오"를 원해서 "발레오"와 기술 제휴를 했는데 이제 와서 "야자끼"하고 해야 한다니 난감하다고 하신다. 나는 "발레오"가 뭐하는 회사인지도 몰랐고 더구나 발레오와 기술 제휴를 해 달라고 한 적도 없었다. 기가 막혔다. 가만히 듣고 앉아 있으니, 사장님은 나에게 내일부터 공장에 내려가지 말라고 하시면서 회의를 끝내셨다. 나는 "알겠습니다."라고 하고 그 자리에서 일어나 곧장 집으로 갔다. 한중에 있을 때 언제 오느냐고 빨리 오라고 몇 번씩 전화하신 지 일 년이 좀 지난 시점에 나를 쫓아낸 것이다. 몹시 섭섭하기는 했지만 그렇다고 원망스럽지도 않았다. 그때는 몰랐지만 생각해 보니까 사장님이 오해할 만한 문제가 있었다.

사장님은 전부터 내가 회사를 그만두고 나가서 독립하려고 하지 않나 하는 것에 무척 신경을 쓰셨다. 가끔 "은행 문턱은 높습니다." 하고 알아듣지 못하는 말씀을 하신 적도 있다. 그 당시 회사에 같이 근무하면서 가깝게 지내던 P 전무가 독립해서 사업을 한다고 준비하면서 이것저것 도와 달라고 부탁해서 할 수 있는 데까지 아끼지 않고 챙겨 주었다.

그런데 이것이 화근이 된 것이다. 사장님 밑에서 만도를 맡아 운영하고 있던 내 입장은 전혀 고려하지 않고 P 전무는 이러한 사실을 만도 임원에게 자랑삼아 발설했고 그러지 않아도 의심 많은 사장님에게 보고된 것이다. P 전무는 눈앞에 보이는 떡은 먹지 않고는 못 참는 욕심이 많은 저돌적인 사람이었다. 그러나 그것은 내가 갖지 못한 사업을 하는 데 필요한 부분이기도 했다. P 전무는 욕심을 자제하지 못하고 몇 년 만에 사업에 실패하고 미국에 이민하여서 산다는 얘기를 들었다. 사장님이 나와 관련해서 이러한 말을 들으셨으면 오해할 만도 했으나 나를 불러 직접 해명할 기회를 주지 않고 주위 사람 말만 듣고 나를 쫓아낸 것은 좀 섭섭했다.

또다시 현대로

중전기로

내가 출근하지 않고 집에 있으니 집안 분위기가 무겁다. 저축해 놓은 돈도 없고 애들은 아직 어리고 집에서 걱정할 만도 했으나 아내는 아무런 티를 내지 않았다. 다시 정주영 회장님을 찾아가 뵐까, 하고 생각해 보니 한번 현대에 들어가면 미국에 계신 부모님을 찾아뵐 기회가 없을 것 같았다. 며칠 있다 만도에서 퇴직금을 보내왔다. 회사에 근무한 일수가 한 일 년밖에 안 되니 퇴직금이라야 몇 푼 안 되었다. 그 퇴직금으로 미국 가는 비행기표를 사기로 했다. 여권 내는 것이 그때도 까다롭고 번거로워서 만도에 부탁해서 여권을 좀 달라고 했다. 만도에서는 곧 여권을 보내와서 미국으로 출발할 수 있었다.

미국에 도착해서 일주일도 안 되어 집에서 전화가 왔다. 정주영 회장님이 나를 찾는다고 빨리 돌아오라는 것이다. 기왕 돈 들여 미국에 왔는데 그냥 가기도 그렇고 현대에 한 번 들어가면 또 미국에 올 기회가 없을 것 같아서 한 달만 미국에 머물다 가기로 하고 집에는 알았다고만 했다. 미국에서 여기저기 여행을 마치고 한 달 넘어 있다 귀국했다. 미국에서 마음대로 놀고 와서 그런지 정 회장님을 만나러 선뜻 가고 싶은 생각이 없었다. 전에 울산에 있으면서 그곳 분위기를 대충 알

현대양행과 함께 걸어온 길

고 있었기 때문이다. 뭣에 쫓기듯이 새벽부터 정신없이 들고 뛰는 생활을 다시 할 생각을 하니 솔직히 가고 싶지 않았다.

만도는 그래도 모두 옛 동료들이니까 내 집 같고 여러 가지로 나를 편하게 해 주지만 현대는 다르다. 내가 가서 모든 것을 다시 시작해야 했다. 더구나 현대에서는 현대양행 출신들을 인정해 주지 않는다. 정 회장님부터 정인영 사장님을 사업가로 인정하지 않았다. 회장님만의 독특한 양행 디스카운트(discount)도 있다. 현대에서는 나의 능력을 주위에 증명해 보이고 실적을 쌓고 인정을 받아야 한다. 며칠 망설이다가 집에서 회장님의 전화를 받은 지 두 달 만에 회장님실을 찾아갔다. 회장님은 나를 보자마자 왜 인제 왔느냐고 짜증 섞인 말투로 물으셨다. 다시 회사 일을 시작하게 되면 시간이 없을 것 같아서 집안일을 정리하느라 시간이 좀 걸렸다고 했다.

회장님은 아무 말씀 안 하고 어디서 일을 하겠냐고 물었다. 나는 전에 건설에 있었으니, 전처럼 건설이나 중공업에서 일하고 싶다고 했다. 회장님은 알았다고 하면서 썩 내키지 않는 표정을 지으시더니 중전기로 발령을 내시겠다고 했다. 나는 중전기가 뭐 하는 회사인 줄도 모르고 "알겠습니다." 하고 회장실을 나와서 이명박 건설 사장실로 내려가 회장님 만난 얘기를 간단히 하고 집으로 돌아왔다. 다음 날 중전기 J 사장한테서 연락이 왔다. 회장님으로부터 연락을 받았으니, 내일부터 당장 출근하라고 하신다. 다음 날 계동 사옥으로 출근했다. 중전기에 와 보니 국보위 투자조정 때 나를 따라 현대로 갔던 L 상무도 있었고 현대양행 영업부에 같이 있던 L 부장도 근무하고 있었다. L 상무는 내가 한국중공업으로 다시 돌아갈 때 해외 지점에 근무하고 있어서 같이 돌아가지 못하고 현대건설에 남아 있었다. L 부장은 한라에서 퇴직하고 오갈 데 없는 것을 내가 부탁해서 현대에 다시 입사하도록 주선해 주었다. 적진에 뛰어드는 것 같은 시기에 오래간만에 옛날 현대양행 영업부 식구들이 한 회사에서 같이 근무하게 돼서 반가웠다.

J 사장은 나를 영업 담당으로 발령을 냈다. 그래도 나는 우리나라에서 제일가는 그룹 회사에서 근무하면 힘은 들겠지만, 배울 것이 많이 있을 것으로 생각하고 기대가 컸다. 그리고 무슨 일을 맡든지 누구보다 잘해 나갈 자신이 있었다.

● 현대중전기로

현대중전기 발령을 받고 현대로 간다고 정인영 사장님에게 인사차 갔다. 깜짝 놀라시면서 하시는 말씀이 "현대는 겉으로는 굉장해 보이지만 안에 들어가 보면 사람이 없으니까 한 사장이 가면 휘어잡을 겁니다."라고 하시면서 격려해 주셨다. 또 추측하건대 내가 만도를 그만두면 개인 사업을 할 줄로 생각하고 계셨던 것 같다.

현대에 온 지 몇 달이 지났다. 그룹 각 회사는 매주 주간 보고서를 종합기획실에 보내면 종합기획실은 이것을 종합해서 회장님께 보고

　　　　　　　현대양행과 함께 걸어온 길

하고 각사 사장은 월요회의 때 회장님 앞에서 직접 보고하게 되어 있었다. 주간 보고서의 실적을 보고 회장님은 그 자리에서 격려도 하고 질책도 하시니까 각 사 사장은 주간 보고서의 실적 수치에 아주 민감했다.

그러나 나는 차츰 공장에서 작성하는 주간 생산실적 보고서가 사실과 다르다는 것을 알게 되었다. 실적을 앞당겨서 보고하는 것이었다. 생산 중인 반제품을 생산실적으로 하고, 출하도 안 된 제품을 매출실적으로 하고 계약도 안 된 것을 수주실적으로 하고, 선적도 안 된 것을 수출 실적으로 집계하여 실적이 부풀어지는 것이다. 한번 이렇게 조정된 수치는 계속 조정되어야 하고 일시에 모든 실적을 만회할 수 있는 계기가 없는 한 계속 조정된 실적을 발표할 수밖에 없다. 나는 사장에게 이 같은 문제를 어떻게 바로잡아야 하지 않느냐고 했더니 "모르면 가만있으라고" 면박을 준다. 이런 실적을 부풀리는 관행은 현대중전기에만 있는 것이 아니고 울산의 다른 계열 회사들도 있다는 말인가 하고 의아했다. 만도에서는 불량품이나 기타 잘못을 감추려고 하는 것이 문제였지 실적을 조작한다는 것은 생각할 수도 없었다. 또한 현대중전기는 현대그룹에서 대표적인 문제 회사였다. 적자회사였기 때문이다. 그도 그럴 것이 정부의 투자조정 정책에 따라 중전기는 제품을 한전에는 공급하지 못하고 일반 내수 시장하고 그룹 회사와 수출 시장에만 판매하게 되어 있었다. 회장님은 이 같은 규제를 풀어 보려고 애쓰셨지만 해결되지 않고 있었다. 현대중전기의 영업을 강화하려고 여러모로 신경을 쓰셨다. 현대중전기에서 엘리베이터(elevator)를 생산하기 위하여 웨스팅하우스(W/H)와 기술 제휴를 체결하였으나 동종업계의 강력한 반대에 부닥쳐 이것 또한 정부인가를 받지 못하고 제자리걸음을 하고 있었다. 회장님은 경제기획원에 계시던 K 전무를 영입하여 엘리베이터(elevator) 정부인가를 전담하게 하셨다. 또한 W/H와 50/50 합작으로 현대중전기 자회사로 KISCO를 설립해서 발전소 보수유지 사업을 하기로 하였으나 이것도 한전과 원만한 협조가 없어 사업이 지지부진하여 적자를 내고 있었다.

현대 중전기는 독일의 SIEMENS와 포괄적인 기술 제휴를 맺고 변압기, 차단기, 배전반, 발전기, 전동기 등을 생산하고 있었는데 이러한 제품의 국산화 생산은 R&D가 뒷받침을 해 줘야 하고 기술 축적과 기술 독립을 위한 지속적인 노력이 없으면 발전하기 어렵다. 그러나 현대중전기의 사내 분위기는 건설회사와 다름없었다. 공장의 생산 활동은 물량을 죽이는 게 목적이다. 즉 해당 일주의 생산 실적을 올리는 것이 지상의 목표가 되어 있었다. 질보다 양을 우선시하는 구시대적 경영관이다. 당초 SIEMENS와 기술 제휴를 협의하고 초기 공장을 운영한 사람은 다름 아닌 사이공 지사에서 자재를 담당하던 K 부사장(서울대 전기과 출신 K 과장) 바로 그 사람이었다. 회사를 그만두고 몇 년 나가 있다 재입사한 것이다. 현대중전기에는 K 부사장 친구인 공장장을 포함해서 간부 직원은 영업 담당을 포함해서 모두 K 부사장이 특채한 사람들이다.

현대양행과 함께 걸어온 길

연말이 다가오자, 그룹 각 회사는 명예회장님에게 그해 경영 실적을 보고하는 일이 큰일이었다. 명예회장님은 보고를 받으시면 책임을 가려 필요한 조치를 신속하게 취하셨다. 적자를 보는 회사는 회장님이 직접 보고받으셨다. 중전기에서는 올해에도 영업이 부진해서 수주 물량이 모자라 적자를 보았다는 내용을 브리핑하겠다고 보고 자료를 만들어 발표했다. 간단히 얘기해서 회사 적자의 책임을 영업 부문에 전가하겠다는 것이다. 사실 중전기는 정부에 의해 영업에 제한을 받고 있으므로 영업이 회사의 가장 큰 당면 문제인 것은 확실하다. 영업은 내가 책임을 지고 있으니 책임질 일이 있으면 책임을 지는 것이 온당한 일이다. 그러나 내가 보는 관점은 달랐다. 나는 적자의 근본 원인은 수주 물량이 모자라서가 아니라 저조한 생산성이 원인이라고 보고 있었다. 사실 현재 같은 생산성이라면 물량이 더 들어오면 들어올수록 적자는 더 커지게 되어 있었다. 이런 식으로 사실을 왜곡해서 당장 눈앞의 매를 피해 보겠다는 것은 회사 발전에 전혀 도움이 되지 않고 날이 갈수록 회사 경영을 더 어렵게 할 것이 분명하다. 나는 공장에서 매주 자체적으로 생성하는 주간 생산 실적을 분석해서 수주 물량이 아니라 공장의 생산성이 저조해서 적자가 난다는 사실을 입증하는 자료를 만들어 회장님께 보고하기로 했다.

현대중전기 88년 신년하례식 가운데 김상태(ST)상무 옆에 내가 보인다.

저조한 생산 실적

공장에서 자체로 만든 자료를 그대로 이용하면 수주 물량의 거의 전량(90%)의 납기가 지연되고 있고, 제품의 납기가 지연되는 기간도 2-3주는 보통이고 한 달까지 가는 것도 있었다. 더구나 공장은 하루도 빼지 않고 매일 야간작업과 특근을 하고 있다. 이러한 사실을 있는 그대로 가감 없이 간단하게 보고서를 만들어 들고 회장님에게 갔다. 중전기에 발령받고 처음 회장님을 뵙는 것이다. 회장님은 나를 보시자마자 잘하고 있느냐고 물으시면서 거기는 수주가 모자라서 문제니까 영업활동을 강화해서 수주를 많이 해 와야 한다고 말씀하셨다. 그래서 그러지 않아도 그 문제로 보고드릴 것이 있어서 왔다고 말씀드리고 "사실은 나도 수주가 모자라서 문제가 되는 것으로 알고 있었는데 현장에서 자세히 보니까 근본 문제는 수주가 아니라 생산에 있습니다." 라고 말씀드렸다. 회장님은 내가 뭘 잘못 알고 그런 말을 하는 것이 아닌가 하는 의아한 표정을 지으시며 "생산이 뭐가 문제야" 하셨다. 나는 준비한 보고서를 보여 드리면서 "이것은 공장에서 매주 작성하는 생산 실적을 종합해서 요약한 것인데 공장은 수주받은 물량의 계약 납기를 거의 다 지키지 못하고 하루도 빠짐없이 특근하고 있습니다. 수주 물량이 모자라면 수주받은 물량은 제 납기에 맞추어 생산하고 최소한 특근은 하지 말아야 하지 않습니까?" "그런데 공장은 특근수당을 지급하면서 매일 주야 3교대 작업을 하면서도 90% 이상 납기를 못 맞추고 있습니다. 지금, 이 상태로는 수주를 많이 받으면 받을수록 적자는 더 커져서 밑 빠진 독과 같습니다. 수주보다는 생산을 바로 잡는 것이 더 급합니다. 우선 현재 수주하는 물량을 제대로 소화시키는 생산 체제를 갖추고 동시에 영업을 강화해서 수주를 늘려 나가야 합니다". "수주가 부족하다고 생산의 모든 문제를 덮어 두면 회사는 적자에서 헤어나지 못하고 발전 하지 못합니다."라고 말씀드렸다. 회장님은 가만히 들으시더니 다음 주 월요일 울산에 내려가시는데 같이 가지고 하셨다. 보고를 마치고 회장실을 나오면서 다음 주 울산에서 벌어질 일을 생각하니 마음이 착잡했다. 여기저기 다니면서 평지풍파만 일으키는 꼴이다. 다음 주 회장님이 월요일 아침 울산으로 출발한다고 비서실에서 연락이 왔다. 월요일 아침 경주행 비행기에 탑승하여 회장님 옆에 앉았다. 나는 가는 비행기 안에서 중전기에 대한 회장님의 생각을 바꾸어 보려고 나름대로 열심히 설명해 드렸다. 무엇보다 공장을 건설 현장같이 운영하는 데 문제가 있다. 회장님은 건설 현장에서 잘하는 사람은 무엇이든지 잘할 수 있다고 늘 말씀하시는 것이 내 마음에 걸렸다. 제품의 품질, 기술개발, 생산성보다는 항상 물량 위주로 "물량을 죽인다"라는 운영 방식이 모든 문제를 일으켰다. 수주생산에는 납기를 준수하는 것이 생명이다. 납기를 못 맞추면 고객에게 피해를 주는 것은 물론이고 회사의 신용을 잃게 하고 늦은 만큼 비용이 더 들어가기 때문에 늦는 만큼 손해다. 이와 관련해서 일본 사람이 쓴 보고서도 한 부 드렸다. 회장님은 이해하시는 것같이 보였다. 울산에 도착해서 회장님은 중공업으로 가시고 나는 중전기로 갔다.

현대에서는 기술자 아니면 경리 출신이 최고 경영자가 되는 것이 관례다. 일반 영업이나 기타 관리직은 빛을 보지 못한다. 더구나 울산에 기술자도 아니고 경리 출신도 아니고 현대에서 오래 근무하지도 않은 현대양행 출신인 나 같은 사람은 인정받고 버티기가 어렵다. 중전기 회사 내부에서는 "네가 얼마나 버티는지 보자" 하는 분위기다.

중전기 구조조정

울산 중공업 비서실에서 명예회장님이 다음 날 중전기 사무실에 오셔서 업무보고를 받으신다는 연락이 왔다. 회사에서는 밤늦게까지 회의자료를 준비하느라 난리였다. 다음 날 아침 명예회장님을 모시고 회의를 했다. 공장에서 하는 보고의 줄거리는 전과 다름없이 영업이 부진해서 수주 물량이 부족하고 따라서 매출이 계획대로 일어나지 않아서 적자가 났다는 것이었다.

회장님은 보고를 다 듣고 나서 "그래 수주 물량이 모자라서 일은 제대로 다 끝내고 손 씻고 기다렸어?" 하셨다. 그리고 "수주한 제품들은 납기 안에 다 해 주었어?", "수주 물량이 모자라면 일은 다 끝내고 수주를 기다리고 있어야지, 왜 허구한 날 특근을 시키고 있어?" 하시면서 공장장을 질책하셨다. 다음 주까지 회사 구조조정 계획을 만들어서 갖고 오라는 지시를 하시고 중공업으로 돌아가셨다.

공장에서는 어떻게 하든 피해 보려고 하던 최악의 시나리오의 상황이 벌어진 것이다. 명예회장님이 질문하신 내용이 보통 때 내가 말하던 것과 같아서 공장 임원들은 내가 명예회장님에게 보고했다는 것을 쉽게 알아차렸다.

    그렇다 하더라도 사실을 사실 그대로 보고 한 것임으로 누구도 문제 삼을 수는 없었다. 이후 종합기획실에서 감사하러 나왔고, 이렇게 해서 중전기의 구조조정이 시작되었다. 관리 담당 임원은 몇몇이 퇴사했고 임직원이 여러 명이 다른 계열사로 자리를 옮겼으며 기능직 사원도 수백 명이 자동차, 조선 등 다른 계열사로 전출되었다. 그리고 얼마 안 돼서 명예회장님은 중전기 사장을 하고 계시던 K 사장을 다른 계열사로 발령을 내시고 나를 중전기 대표이사 부사장으로 임명했다. 어려운 시기에 어려운 곳에서 외로운 싸움이 시작된 것이다. 울산에는 마음을 터놓고 얘기할 사람도 없었다.

현대중전기 회식 자리 오른쪽에 지주현 사장님이 보인다.

출신대학과 인사

명예회장님은 그전부터 서울대나 연대 출신이 사장을 맡으면 고대 출신을 부사장으로 발령 내고 서로 견제하도록 하셨다. 그룹의 최고 경영진 모두가 명예회장님에게 경영보다는 충성 경쟁을 하는 것으로 보였다. 설사 회사 실적이 부진해도 크게 잘못한 것이 없으면 명예회장님 질책을 한번 받고 나면 그냥 넘어가게 되어 있다. 한 회사에 출신 학교가 서로 다른 임원이 서로 견제하게 하는 것을 인사에 핵심으로 했다.

회사 경영에 책임과 권한을 주고 전력을 다해서 일할 수 있도록 임기를 보장하고 경영 실적을 공정하게 평가해서 인사 처우에 반영하는 제도가 없었다. 운이 좋아 실적이 좋으면 그냥 넘어가고 실적이 나쁘면 명예회장님 질책을 받고 넘어간다. 나에게는 충성 경쟁만이 있는 것같이 보였다.

KISCO 문제

내가 중전기 대표이사를 맡고 얼마 안 돼서 어느 날 W/H(westing-house) 서울 지점장 Tom Brown이라는 사람이 찾아왔다. W/H가 중전기와 50/50 합작으로 세운 회사 KISCO의 W/H 지분 50%를 우리에게 무상으로 넘겨주고 KISCO에서 탈퇴한다는 서류를 들고 와서 서명해 달라고 한다. 그런데 내가 알기로는 KISCO는 한전과 보수 공단 문제가 해결되지 않아서 사업을 해 보지도 못하고 자본 잠식이 돼서 은행에 부채만 수백만 불 남아 있는 것으로 알고 있었다. W/H는 자기들이 공동 보증한 은행 빚을 중전기에 떠넘기고 나가겠다는 것이나 다름없다. Tom Brown은 이미 전임 사장하고 합의가 다 되었고 명예회장님 결재까지 받아 놓았다고 한다. 그렇다면 내 서명 없이 그대로 진행하면 되는 것 아니냐? 왜 나한테 들고 와서 서명하라고 하느냐?'고 했다. 법적으로 발효시키기 위해서는 현대중전기 현 대표이사가 공식 문건에 서명해야 한다고 한다. 나는 "W/H가 50/50 합작회사 KISCO에서 탈퇴한다면 연대보증으로 대출받은 은행 빚 50%를 W/H가 갚든지 아니면 그에 해당하는 자금을 중전기에 입금하든지 해야 서명하겠다고 하고 서명을 거절했다. 다음 날 전임 사장으로부터 전화가 왔다. '이 KISCO 문제는 이미 관련 서류에 명예회장님 결재가 난 것이니까 W/H 지분을 그대로 인수하면 된다'고 하셨다. '그러지 않아도 회사가 어려운데 W/H 빚까지 넘겨받는 것은 문제가 있다'고 말씀드렸다. 다음 날 KISCO에서 가져온 관련 품의서를 보니 명예회장님 결재가 나 있었다. 나는 명예회장님을 만나 이 문제를 구두로 직접 보고드리기로 하였다. 명예회장님에게 다른 사항을 보고하면서 KISCO 문제를 말씀드렸다. 회장님은 즉시 "W/H가 자기네 지분을 무상으로 우리한테 준다니까 받기만 하면 돼" 하신다. 그래서 나는 "W/H가 50% 지분을 거저 주는 것이 아니고 KISCO는 이미 자본 잠식이 다 되어 있어서 은행에 빚만 수백만 불 있는데 우리한테 자기네 빚까지 떠넘기고 나가겠다는 겁니다." 그랬더니 명예회장님은 "전임 사장하고 상의해서 해" 하셨다. 그래서 "전임 사장하고도 상의했습니다. 현 상태에서 W/H가 KISCO에서 그냥 나가면 W/H가 보증한 은행 부채 50%를 우리가 떠안는 것입니다."라고 말씀드렸다. 그래도 "뭐를 잘 몰라서 그러는데 W/H가 자기네 지분을 거저 준대." 하셨다. 그래서 "제가 W/H가 은행 부채 50%를 갚고 50% 지분도 무상으로 넘기도록 하겠습니다. 그러니 이 문제는 저에게 맡겨 주십시오."라고 말씀드렸다. 명예회장님은 "그래? 그럼 그렇게 해 봐." 하셨다. "네가 하겠다니 해 봐라. 그런데 그렇게 되겠나?" 하시는 것 같았다. 아마 전임 사장은 KISCO의 재정 상태가 누적 적자로 자본 잠식 상태라는 사실은 명예회장님께 보고하지 않고 W/H 지분만 넘겨받는 것으로 보고드린 것 같았다. W/H의 Tom Brown은 원자력 발전소 건설 공사와 관련해서 몇 년째 현대 임원들과 가깝게 일을 해 와서 그룹의 내부 실상을 나보다 더 잘 알고 있었다. 그러나 W/H는 미국에서 원자력 발전소 원료 공급과 관련된 소송으로 경영상 어려움에 부닥쳐 있고 해외의 중요하지 않은 사업에서는 손을 떼는 것이 신임 W/H회장의 정책이라는 것도 다 알려져 있었다. KISCO의 사업을 당초 계획대로 추진하려면 가까운 시일에 한전과의 관계에 획기적인 변화가 있어야 한다. 그렇지 않고서는 전망이 없는 KISCO에서 손을 떼는 것이 W/H의 화급한 과제였다. 나는 은행 부채가 입금될 때까지 당분간 이 문제에서 손을 떼기로 했다. 한 달이 안 돼 은행에서 W/H가 자기네 부채 50%에 해당하는 자금을 입금했다고 연락이 왔다. 나는 곧 W/H 문건에 서명해 주고 일을 마무리 지었다. 다음 날 회장님에게 보고드렸다. "전에 보고드린 KISCO의 W/H 지분 인수 건 있지 않습니까?", "그래, 있지, 어떻게 됐어?" 하고 물으신다. "며칠 전에 은행으로부터 W/H가 자금을 입금했다는 통보를 받았습니다. 물론 지분 50%도 넘겨받았습니다."라고 대답했다. "그래" 하시면서, 회장님은 놀라는 기색이었다. 그러면서도 약간은 뭔가 불편해하시는 것으로 보였다. 그날 오후 현대 건설 L 회장한테서 전화가 왔다. "당신 무슨 돈을 받았어?" 하고 묻는다. 대충 설명해 드렸다. 그날 명예회장님 전화를 받고 "건설 미수금 관련해서 두 분이 상의하셨다고 했다. 사실 이미 명예회장님 결재가 난 사안을 뒤집는 일은 나에게 도움이 되지 않는다. 그러나 외국회사가 법과 원칙에 벗어나는 불이익을 회사에 끼치는 일은 막아야 하는 것이 나의 책임이고 회장님도 나와 같은 생각일 것이라고 믿었다.

공장장

　우리 중전기 공장장은 현대건설에서 현장 소장하던 전기 기술자다. 나보다 나이도 회사 경륜도 높으신 분이시다. 그런데 공장장 K 전무는 공공연히 자신은 "머슴"이라고 했다. 아마 명예회장님에 대한 자신의 충성심을 그렇게 표현한 것 같다. 그러나 나는 공장장이라는 사람이 어떻게 자신을 시키는 일만 생각 없이 하는 "머슴"이라고 말할 수 있는지 이해할 수 없었다. 공작 기계 한 대 두 대를 다루는 기능직 사원이나 일개 부서를 운영하는 부서장이나, 공장 운영을 책임지는 공장장이나 자기가 맡은 일은 자신이 제일 잘 알기 때문에 각자가 주인의식을 갖고 어떻게 하면 능률을 더 올릴 수 있는지 어떻게 하면 더 좋은 제품을 만들 수 있는지 항상 스스로 연구하고 노력하는 것이 기본자세가 되어야 한다. 그저 시키는 일만 하는 머슴이라는 말은 아무 일도 안 하겠다는 것과 같다. 아마 명예회장님에게 충성하고 회사에 헌신하겠다는 뜻을 잘못 표현하고 있는 것이 아닌가 하고 생각했다.

　명예회장님은 서울에 계시고 일의 내용은 알지도 못하시는데 큰일이나 작은 일이나 일을 맡은 사람은 회사의 주인을 대신해서 회사의 이익을 찾아 최선을 다해야 한다.

중전기에는 기술자는 모두 전기 기술자다. 이 부분이 나에게는 또 어렵고 예민한 부분이었다. 내 생각은 명예회장님 평소 생각과 같지 않았기 때문이다. 제조업의 공장은 공사 현장하고 다르다. 다른 것이 아니고, 반대인 것이 많다. 공장을 공사 현장같이 운영하면 공장은 발전할 수 없다. 제조업 공장의 생명은 기술개발이다. 건설 현장은 모든 것이 일시적이다. 공사 현장은 빨리 끝내고 떠나야 돈이 남는다. 사람도 다 뿔뿔이 흩어진다. 그러나 공장에는 기계설비도 사람도 기술도 실적도 남아 있어야 한다. 그것이 바로 경쟁력이 되는 재료다. 이러한 재료를 분석하고 연구 개발해야 다음에 더 싸게 더 좋게 더 많이 만들 수 있다. 그러나 중전기 공장은 공사 현장같이 운영되고 있었다.

이 부분을 명예회장님께 말하는 것은 정말 힘든 일이다. 회장님도 건설 출신이시고 공사 현장 관리를 잘하는 사람은 무엇이든 잘할 수 있다고 늘 말씀하고 계셨기 때문이다.

기계전공, 전기전공

나는 명예회장님께 중전기 제품을 설계하고 사용하는 것은 전기이지만 이를 만드는 것은 기계이고 생산 설비를 운영하고 유지 관리하고 거기에 필요한 양질의 금형을 확보하는 것이 중요한데 이것은 다 기계 기술자가 하는 일이다. 그런데 중전기에는 기계 기술자는 없고 전기 기술자만 있어서 많은 문제가 발생하고 있다. 따라서 공장장급 기계 기술자가 시급히 필요하다고 말씀드렸다. 전기회사라고 전기만을 인정하고 기계는 인정받지 못하여 기계 기술자는 중전기에서 버티지 못하고 떠날 수밖에 없었다. 그 결과 제품 생산의 기본이 구축되어 있지 않고 생산 제품의 품질과 납기 관리에 많은 문제가 발생하였다.

나는 만도에서 공장장을 하다 쉬고 있던 기계 전공 K 상무를 영입하기로 했다. K 상무는 실력이 있고 부정과는 타협할 줄 모르는 아주 강직한 사람이다. 회장님이 만나 보시고 좋다고 하신다. 나는 적당한 기회가 오면 공장장을 맡길 생각이었다.

현대정공 창원공장에 근무하던 K 상무가 또 중전기로 발령을 받아 왔다. 회장님이 현대정공에 K 상무가 있는데 내가 한번 만나 보고 필요한 사람이라고 하면 보내 주시겠다고 하시었다. K 상무를 만나 보니 회사에 도움이 될 사람으로 보여 같이 일하자고 했다. 지금은 고인이 된 K 상무는 보통 인물이 아니었다. 운동도 만능이지만 경리 출신이라 일도 치밀하게 파고들었다. 공장장하고는 딴 판인 사람이다.

이명박 전 대통령, 이양섭 자동차 사장,
정세영 현대그룹 회장님과 설악산 대청봉에서

현대양행과 함께 걸어온 길

적극적인 신제품 개발

적극적인 기술 확보

우리 회사에서는 독일의 SIEMENS가 생산하지 않거나 SIEMENS와의 기술 제휴에 포함되지 않아서 생산하지 못하고 제품의 구색을 갖추지 못하여 판매에 문제가 되어 있는 제품이 몇 있었다. 그러한 제품의 구색을 갖추어 시장에서 경쟁할 수 있는 체제를 구축하는 것이 시급했다.

나는 공장의 일은 김 회장님이 K 공장장 하고 두 K 상무를 거느리시고 울산에서 하시는 것으로 하고 나는 서울에서 주로 영업을 지휘하고 필요한 기술을 확보하는 일에 주력하였다. 차단기 공장을 새로 건설하여 MCCB(배선차단기)는 생산하고 있지만 같이 쓰이는 마그네틱 스위치(magnetic switch 전자개폐기)가 생산되지 않기 때문에 판매에 문제가 있었고 전동기도 많이 쓰이는 소형 전동기(1HP-20HP)가 생산되지 않고 있어서 시장에서 경쟁하는 데 불리했다.

먼저 핀란드(Finland)의 스트롬버그(stromberg)를 접촉하여 기술 제휴를 체결하고 마그네틱 스위치(magnectic switch, 전자개폐기)를 생산하여 차단기 라인을 완성하였다. 그리고 SIEMENS와의 기술 제휴

범주에 빠져 있는 소형전동기를 GE가 최근 개발한 최신형 소형 전동기(1HP-20HP)를 합작으로 생산하여 전동기 라인을 1HP에서부터 최대 용량까지 모든 용량의 전동기를 생산하게 되었다.

GE의 신형 전동기 덮개(housing)는 종례의 무거운 주물(iron casting)이 아니고 가벼운 철판(steel casing)으로 설계되어 깡통같이 생겼다고 해서 깡통형 전동기(can type motor)라고도 불리었다. 이러한 소형 전동기는 연산 20-30만 개의 이상 대량 생산해야 사업 타당성이 있으므로 전용 생산 공장을 새로 짓기로 했다. 만도에서 같이 일하던 "아라이" 고문을 모셔 와서 공장의 lay-out부터 기계 배치에 관하여 자문받았다. "아라이" 고문은 내가 만도를 떠났다는 사실을 아시고 몹시 실망하셨다는 말을 전해 들었다.

GE와 합작사업으로 생산되는 소형전동기는 한국 국내 시장은 100% 현대가 북미 시장은 100% GE가 맡기로 하고 나머지 세계시장은 현대와 GE가 50/50 공동으로 판매하기로 상호 합의하였다. 그런데 GE Welch 회장이 취임하면서 합작사업에 따라 이미 공장은 건설 중인데 GE 측에서 일방적으로 현대는 한국 시장만 맡고 해외시장은 GE가 독점하는 사업계획의 변경을 요청해 왔다. 처음 이 사업을 우리 측과 협의했던 GE 담당자들도 모두 떠나고 합작의 가장 중요한 항목인 해외시장을 GE가 독점하겠다는 것이다. 제품 설계 이외 모든 투자는 현대가 해 놓고 사업의 기본적인 시장을 일방적으로 변경하겠다는 것이다. 당연히 우리는 이를 거부했다.

• GIS TOSHIBA

또한 일본의 TOSHIBA와 제휴하여 GIS(gas insulated substation) 생산 기술을 확보하였다. 그룹 차원에서 미쓰비시와 기술 제휴를 시도하였으나 진전이 없었는데 우리가 TOSHIBA와 협력해서 GIS를 생산하게 되었다. 그러나 그것은 우리가 잘 해서라기보다 상황 변화에 따른 것이었다. 우리가 TOSHIBA에 기술 제휴를 요청할 임시에는 GIS 생산에 관련된 정부 규제가 풀려 GIS 생산 판매가 가능하게 되어 쉽게 TOSHIBA의 동의를 받아 낼 수 있었다. TOSHIBA는 우리가 다른 회사와 제휴하기 전에 협력하기로 한 것이다.

명예회장님 공장 방문

어느 날 명예회장님이 예고 없이 우리 공장에 오셨다. 공장은 깨끗하게 정리되어 있고 근로자들이 열심히 일하고 있었다. 명예회장님은 걸어서 공장을 한 바퀴 돌아 전동기 권선 라인에 방진막이 쳐져 있는 것을 보시고 그 앞에 안내하려고 서 있는 담당 과장에게 "여기는 뭐하는 데야?" 하고 물으셨다. "전동기 방진실입니다."라고 말이 떨어지기도 전에 "철석" 소리와 함께 명예회장님의 커다란 손바닥이 그 키 작은 김 과장 얼굴을 덮었다. 바로 전에 방진막 안으로 지게차가 들어가는 것을 보시고 "어떻게 지게차가 방진실에 들어가서 먼지를 내게 하는 거야?" 하시는 것이다. 나는 순간적으로 일어난 일에 깜짝 놀랐다. 전동기 생산 공정의 권선 작업에는 이물질이 들어가면 불량품이 나올 수 있으므로 먼지가 들어오지 못하게 방진막을 쳐 놓고 작업을 하게 되어 있었다. 이 방진 실에 지게차가 들어가 먼지를 내는 것을 보고 아무렇지도 않게 서 있는 책임자의 태도에 실망하신 것이다. 명예회장님의 작업에 대한 열정 날카로운 관찰력은 놀라운 일이다. 그러나 폭력을 쓰시는 것을 말로만 듣다가 직접 옆에서 보고 이런 일이 다시는 있어서는 안 된다고 생각했다. 그러나 이런 일은 K 상무를 빼고 얘기할 수가 없다.

K 상무가 중전기로 출근한 지 몇 달 지나서 아침 일찍 명예회장님이 우리 중전기 공장에 오셨다. 새로 지은 배선차단기(MCCB) 공장을 보시겠다고 하신다. 마침 차단기 공장 문이 잠겨 있었고 열쇠는 K 상무가 갖고 있는데 아직 출근 전이라 모시고 들어갈 수 없었다. 다른 곳부터 안내하겠다고 말씀드려도 기다리시겠다고 하신다. 못마땅한 표정을 지으시고 기다리셨다. 곧 K 상무가 와서 서둘러 문을 열고 명예회장님을 공장 안으로 모셨다. 명예회장님은 아무 말씀 없이 걸으시더니 2층에서 기름통을 하나 발견하고 그 앞에 서시더니 기름통을 가리키면서 "저것은 뭐야" 하신다. K 상무가 "절연유입니다." 하기가 무섭게 명예회장님의 큰 손이 K 상무 얼굴에서 번쩍했다. 그래도 화를 못 참으시고 K 상무 앞으로 다가가셨다. 공장 책임자가 화재의 위험이 있는 기름통을 공장 안에다 보관하고 어떻게 아무렇지 않게 기름통이라고 대답하느냐는 꾸지람이다. 변명의 여지가 없이 잘못된 것이다. 나는 한번 경험이 있어 회장님 앞으로 나가서 막아섰다. 그 틈에 K 상무는 재빨리 자리를 피해 버렸고 내가 명예회장님을 모셨다. 명예회장님은 좀 더 공장 안을 걸으시더니 중공업으로 돌아가셨다. 그날 오전 명예회장님한테서 전화가 왔다. "K 상무 뭐 하고 있어" 하고 물으셨다. 나는 "그냥 하던 일 하고 있습니다."라고 대답했지만, K 상무는 이미 서울로 가 버린 후였다. 명예회장님은 아침에 일어난 K 상무 일이 마음에 걸려 몹시 궁금해하시는 것 같았다. "이따 오후에 들를 거야"라고 하시고 전화를 끊었다. 명예회장님의 전화를 받고 나니 기분이 착잡했다. 물론 전에도 가끔 조선에서도 누가 명예회장에게 발로 차이

고 누가 맞고 했다는 것을 들었지만, 내가 직접 보기는 처음이다. 오후 점심시간이 끝나자, 회장님 차가 붉은 등을 깜빡이며 접근해 온다.

나는 김 회장님과 같이 서서 명예회장님을 기다리고 서 있다가 명예회장님이 들어가시는 공장 쪽으로 갔다. 뛰어가시려는 김 회장님을 잡고 그냥 걸어서 가시자고 말씀드렸다. 김 회장님은 "나는 명예회장님만 보면 마음이 급해져"라고 하신다. 곧장 공장으로 들어가신 명예회장님은 아무 말씀 없이 공장을 걸으셨다. 아침에 귀싸대기 맞은 K 상무가 나타나기를 기다리시는 것 같았다. 하지만 서울 간 K 상무가 나타날 리가 없다. 명예회장님은 아무 말씀도 안 하시고 중공업으로 돌아가셨다. K 상무는 다음 날 출근했다. 명예회장님이 울산에 계시면 이런 묘한 공포에 의한 긴장 속에서 하루하루가 지나간다.

GE와 합작소형전동기공장 준공.
맨 왼쪽 김영주 회장님 옆에 정주영 회장님 뒤에 나.

울산 자동차 공장 노사협상

노조가 생기면서 울산의 분위기는 확 달라졌다. 노조는 현대엔진에서 제일 먼저 조직되었다. 다음에 중공업, 자동차, 정공, 중전기는 마지막에 되었다. 노조와 임금 협상에 들어서면서 파업이 일어나기 시작했고 중공업을 선두로 노조가 강경 투쟁을 선언하고 나왔다.

어느 날 체육관에서 명예회장님을 모시고 중공업 조회를 하고 있는데 운동장에서 집회하고 있던 노조 간부들이 체육관으로 몰려와 명예회장님을 에워싸고 운동장으로 밀고 갔다. 운동장에는 수천의 노조원들이 모여 있었다. 노조에서는 명예회장님에게 운동장에 모여 있던 노조원들에게 한 말씀 하시라고 재촉이다. 앰불런스가 와서 명예회장님 건강 상태가 좋지 않아서 병원으로 모시고 가셔야 한다고 해도 막무가내다. 명예회장님은 땀을 비 오듯이 흘리면서 서 게셨다. 결국은 명예회장님은 "나는 노조를 사랑합니다."라고 크게 외치니까 박수가 터져 나왔고 명예회장님은 풀려났다.

명예회장님은 각 회사에서 노사협상이 한창 진행되던 때엔 새벽에 전화로 노사협상 진행 상황을 차례로 보고받으시고 지시하셨다. 자동차 공장에 노사분규가 심해지자, 명예회장님은 퇴역 장군들을 초청해서 노조원 앞에서 연설하도록 하셨다. 어떤 의도에서 장군들을 부르셨는지 모르지만, 장군들이 단상에 올라가 연설할 때마다 노조는 야유만 했고 분규는 가라앉지 않았다. 분규가 계속 격화되자 명예회장님은 울산 그룹사 사장단 회의를 소집했다. 나도 그 자리에 참석했다. 그 자리에서 자동차 공장장이 내일부터 직장폐쇄를 하겠다고 회장님께 보고했다. 그러자 명예회장님은 "자동차가 직장폐쇄를 한다고 그러면 누가 믿겠어." 하셨다. 직장폐쇄를 하지 말라는 말씀이다. 그 자리에는 울산의 최고경영진이 다 있었다. 나는 명예회장님이 폐업과 직장폐쇄를 착각하시는 것으로 알아차렸다. 그러나 누구도 회장님이 한 말씀을 제대로 이해하는 것 같지 않았다. 회장님 말씀이 끝나고 좀 있다 내가 말씀드렸다.

"회장님 직장폐쇄와 폐업하고는 다른 것입니다. 폐업은 회사가 문을 아주 닫는다는 것이고 직장폐쇄는 근로자의 쟁의행위로 인하여 정상적인 업무가 불가능할 때 회사가 사업장을 일시 폐쇄하여 근로자를 공장 밖으로 내보내고 일시적으로 회사 문을 닫아서 회사 자산을 보호하고 쟁의에 대항하게 할 수 있게 하는 회사에 부여된 법적 권리입니다."라고 했더니 회장님은 즉시 "그래 당장 직장폐쇄를 하라"고 지시하셨다.

회장님의 말씀을 따르기만 하면 별 탈이 없다. 누구도 그 말씀에 대꾸하거나 토를 달아 화를 자초할 이유가 없었기 때문이다.

독일 SIEMENS

중전기는 독일 SIEMENS와 기술 제휴를 맺고 있으나 양사 최고 경영진 간의 교류는 활발하지 못했다. 독일 사람들의 협조를 받는 것은 계약대로만 이행되는 것이 원칙이다. 기술이라는 것이 서류 도면에만 있는 것이 아니고 각자 기술자의 수첩이라든지 경험이라든지 눈에 보이지 않는 곳에 숨겨진 정보가 더 값진 것도 있다. 또한 회사 최고 경영자 간의 유대를 관리하고 긴밀한 관계를 발전시켜 시장의 흐름을 알고 정보를 공유하는 것이 절대적으로 필요하다.

그러나 SIEMENS와는 계약에 따라 기술을 받아 생산하고 약속된 로열티를 지급하는 극히 차가운 관계였다. 독일 Frankfurt 근교 Erlangen에 우리 사무실이 있고 주재원이 있었지만, 납기 독촉이나 본사에서 출장 나오는 사람을 안내하는 것이 고작이었다. 우리 직원이 SIEMENS를 방문하면 방문 업무와 직접 관련된 상대방의 사무실 구역 밖에는 발을 들여놓지 못하게 하였다. 처음부터 회사 간의 기본적인 신뢰나 우호 관계는 없었던 것 같다. 현대양행 시절 미국의 GE나 CE와 사업을 하던 때와는 분위기가 달랐다.

그러나 서울에 주재하는 SIEMENS 사람은 우리 회사를 방문하면 자기 마음대로 공장이고 사무실이고 헤집고 다녔다. 나는 SIEMENS와의 관계에 근본적인 변화가 필요함을 느꼈다. 우선 회사 본관 입구에 안내 데스크를 설치하고 SIEMENS뿐 아니라 모든 방문객을 안내하도록 했다. 하루는 명예회장님이 오셔서 안내 데스크를 가리키시면서 뭣 하는 곳이냐고 물으시기에 실상을 말씀드렸다.

회장님은 사업을 확장하는 일에 무척 관심이 많으셨다. 특히 중전기에는 발전사업에 관심을 두셨다. 발전사업을 위하여 W/H와 기술 제휴가 되어 있었으나 휴면 상태였다. W/H는 원자력 이외의 화석 연료 발전사업에서는 거의 손을 뗀 지 오래다. W/H와 협력해서 발전사업을 한다고 해도 일본이나 미국의 동종 회사와 경쟁하는 데 문제가 있고 막대한 투자가 필요한 것은 물론이고 신규 발전사업의 진입은 정부에서도 반대하여 적극적으로 추진할 수 없었다. 그래도 회장님 관심 사안이라 한중에서 T/G 기술자를 초빙해 왔다.

어떤 신규 사업을 하기로 결정이 되면 명예회장님은 건설 담당 임원을 대동하시고 울산 조선소 내에 공장 부지를 찾아다니신다. 적당한 장소라고 명예회장님 말씀만 떨어지면 바로 중장비가 투입되고 굴착이 시작된다. GE와 합작으로 생산하기로 한 소형 전동기 공장도 그렇게 건설되었다.

현대양행과 함께 걸어온 길

그룹 월요회의

나는 주말이면 월요일 그룹 회의에 참석하기 위해 그 주의 실적 자료를 들고 서울로 갔다. 월요회의에는 기획실에서 준비한 그 주의 그룹의 전체 실적 그리고 그룹 각 회사의 계획 대비 실적을 발표하고 명예회장님의 말씀을 듣는다. 각 사의 최고 경영자가 다 모이지만 각각의 회사의 시장이나 경영환경의 변화 같은 것은 논의되지 않고 논의할 수도 없다. 그 해당 주의 그 회사의 계획 대비 실적만을 갖고 보고한다.

그러나 나는 어떤 일이 있어도 내가 대표를 맡은 현대중전기를 현대그룹의 모범적인 회사로 만들어 놓고 명예회장님으로부터 유능한 경영인이라는 인정을 받고 싶었다. 그러기 위해서는 무엇보다 중전기의 사내 분위기와 회사의 문화를 바꾸는 것이 필요하다. 영업은 그룹사에만 주로 의존하고 제품의 품질과 생산성보다 물량 위주로 하는 생산 체제, 회장님 눈치만 보는 간부들 의식을 바꾸는 것이 시급했다.

나는 어디서 무슨 일을 하든지 진실하고 정직하면 이겨 낼 수 있다고 믿었다. 나는 중전기 회사 내의 대부분 임직원이 오랫동안 지켜 온 사고방식을 뜯어고치려고 하는 것이다. 왜냐하면 그것은 회사의 이익에 맞지 않는 것이라고 믿고 있었기 때문이다. 나는 중전기 대표를 맡으면서 이 회사를 그룹에만 의존하고 있는 영업에서 벗어나 독자적으로 살아갈 수 있는 영업 기반을 갖추어야 한다고 믿었다. 그러기 위해서는 그룹사 밖의 신규 해외시장을 적극적으로 개척하고 제품의 품질을 높이고 신제품을 개발해서 제품의 구색을 갖추고 국내외 시장에서 경쟁할 수 있는 지속가능한(sustainable) 체제를 확립해야 한다. 그러나 이를 위해서 무엇보다도 중요하고 어려운 일은 임직원들의 의식을 이와 같은 가치체계를 갖도록 바꾸어야 하는 일이었다. 이런 일들은 현대그룹의 체제에서는 명예회장님의 지원 없이는 할 수 없는 일이다. 임원들은 명예회장님의 일거수일투족에 신경을 쓰고 있다.

옛날 중공업 초창기 덴마크 오덴세(Odense) 조선소에서 현대 중공업 초대 사장으로 오신 스코우(J W Schou) 사장이 한 말이 생각난다. 자기가 열심히 작업 지시를 하는데 직원들이 딴짓하고 있어서 뒤를 돌아보니 명예 회장님이 서 계시고 있더라고 했다. 명예회장님이 계신 곳에는 명예회장님만 보이지 다른 아무것도 보이지 않는다.

울산 현대 중공업의 업무추진 스타일은 건설 현장을 관리하는 방식 그대로다. 물량이 먼저고 품질은 다음이다. 취급하는 일도 모두 덩치가 크고 중량이 있는 용접이나 조립 일이지 현대양행 창원공장에서와 같이 초정밀 기계가공의 고부가 가치를 창출하는 일은 없다. 중공

현대양행과 함께 걸어온 길

업의 그늘에 있는 중전기의 경영도 이러한 울산 중공업의 영향을 받고 건설 현장 관리 방식으로 해 오고 있다. 제품의 불량이 발생하면 근본적으로 제품의 기술적인 문제를 해결하는 것이 아니고, 영업적으로 해결하려는 것이 관례가 되어있었다. 영업적으로 해결한다는 말은 돈을 주고 무마한다는 말이다. 건설 현장은 대부분 일회성 일이 많이 일어나기 때문에 그렇게 해결할 일이 있고 적당히 끝나지만, 공장에서 생산된 제품의 문제를 그런 식으로 해결하려고 하니 문제다, 중공업의 그늘에 아래 있는 중전기도 중공업의 영향을 받고 건설 현장 관리 방식으로 해 오고 있다.

현대그룹이 현대전자를 출범시켰지만, 결실을 보지 못하고 중도에 손을 뗀 것은 전자 사업이 요구하는 경영 체계를 받아들이지 못하였기 때문이 아닌가 싶다.

울산 조찬회의

울산에서는 매일 조찬을 하면서 아침 6시에 회의를 한다. 과거 조선소 건설 당시 해 오던 방식 그대로 하고 있었다. 임원들은 아침 조찬회의에 참석하는 것이 중요한 일과다. 회장님이 내려와 계실 때는 가끔 영빈관에 불려 올라가 회장님하고 조찬을 같이 한다. 조찬을 하시면서 이것저것 물으시고 지시도 하신다. 이런 때는 밥이 어디로 넘어가는지 모른다. 조찬 회의만 끝나고 나면 오후 일과는 느슨해진다.

울산 영업부에는 정치인의 소개로 입사한 부장급 직원이 한 분이 근무하고 있었다. 체구도 크고 목소리도 큰데 여러 직원 앞에서 자신의 직위에 맞지 않는 거친 발언을 자주 하였다. 나는 이 직원은 본사에서 근무하는 것보다는 지방 영업소에서 근무하는 것이 회사를 위해서나 본인을 위해서 더 나을 것으로 생각하고 창원 사무소에 근무하도록 발령했다. 창원은 공업단지가 있어 국내 영업에 중요한 지역이었다. 그러자 이 직원은 자신이 회사에서 밀려나는 것으로 오해하고 정관계 연줄을 활용해서 구명 운동을 했는지 정부 관련 부처에서 이 사람을 특정해서 잘 부탁한다는 전화가 나에게 몇 번 왔다.

그런 어느 날 회장님이 찾으셨다. 가서 뵈었더니 회장님은 대뜸 그 직원 이름을 대면서 무슨 일을 하고 있느냐고 물으셨다. 지방 영업소에서 근무하고 있다고 말씀드렸더니 명예회장님은 그 사람을 이사로 진급시키라고 하셨다. 나는 놀라서 "안 됩니다." 하고 즉각 반대했다. 명예 회장님이 "왜 안 돼" 하고 물으셨다. 나는 "그 사람을 지금 이사로 진급시키면 문제가 많습니다."라고 했다. 회장님은 무슨 문제가 있냐고 물으신다. "무엇보다 그 사람보다 먼저 진급해야 할 성실하고 유능한 부장들이 여럿이 있습니다."라고 말씀드렸다. 명예회장님은 유능한 사람을 지방 영업소에서 근무하게 하니까 능력을 발휘하지 못하는 것 아니냐고 하신다. 그리고 알았다고 하셨다.

직접 데리고 쓰는 사람의 말은 듣지 않으시고 한번 만나 보지도 않은 사람을 유능한 사람이라고 하시면서 진급시키라는 명예회장의 말씀에 크게 실망했다. 명예회장님은 그룹의 실체를 잘 알지 못하시고 그저 모든 것이 본인 뜻대로 잘 돌아가는 줄 알고 계신 것 같았다. 그룹이 커져서 회장님의 눈길이 미치지 못하는 곳은 점점 더 많아지고 있는데 말이다. 지시와 복종뿐 아니라 소통도 있어야 한다.

직원 진급 문제로 회장님을 만나 뵌 지 보름쯤 지나 회장님이 또 찾으셔서 가 뵈었다. 회장님은 나를 종합상사로 발령 내시겠다고 말씀하시면서 종합상사는 중전기보다 외형이 몇 배 크니까 수평 이동해도 조금도 섭섭해할 것 없다는 말씀까지 하셨다.

나는 해외사업을 오랜 기간 해 왔기 때문에 내 경력을 보면 종합상사가 나에게 어울리는 회사로 보이지만, 열심히 일한 중전기에서 내가 해 놓은 일들을 제대로 평가받지도 못하고 중도에 종합상사로 옮겨서 근무하고 싶은 생각은 없었다. "알았습니다." 하고 나오면서 곧바로 사직서를 써서 회장님 비서실에 맡기고 집으로 돌아왔다.

다음 날부터 여기저기서 전화가 왔다. 정세영 그룹 회장님 말씀이 명예회장님이 내 사직서를 받아 보시고 격노해 계시니 그만둘 때 그만두더라도 당분간 회사에 나오라고 하신다. 명예회장님이 그만두어도 좋다고 하실 때가 언제가 될는지 모르지만, 그때까지 회사에 나가기로 했다. 명예회장님께 올라가서 사과하고 용서를 빌라고 충고했지만, 나는 잘못이 없고 그렇게 할 생각은 전혀 없었다. 회사에 일하는 것은 회사와 내가 서로 필요해서 하는 것이다. 언제나 회사가 필요 없는 사람을 나가라고 하듯이 나도 언제나 회사를 떠날 수 있다. 그 후 한 번도 명예회장님을 직접 대면하지 못했다.

종합상사의 매출은 그룹 각 사의 수출 실적을 집계해서 매출로 잡는 것이며 사실상 그룹의 외형을 이중 집계하는 것과 다를 바 없다. 중전기를 예로 들면 만일 중전기가 변압기 $1000만 불을 수출하였다면 제품을 생산한 중전기가 $1000만을 매출로 하고 종합상사 명의로 수출했으니, 종합상사도 $1000만을 매출로 잡는 방식이다. 물론 종합상사가 자체적으로 직접 개발해서 수출하는 것도 일부 있지만 그룹사의 수출을 명의만 종합상사로 하여 집계하여 수출 실적으로 잡는 것이 대부분이었다.

그러나 당시 현대 종합상사의 상황은 개인의 창의력이나 경험이 필요 없었다. 각 그룹 방계회사 임원들과 좋은 관계를 유지하는 것이 가장 중요하고 실무자는 그룹 각 사의 뒤만 열심히 쫓아다니면 실적은 올라가게 되어 있었다. 윗사람이 할 일은 그룹사 간 실무자 선에 문제가 있을 때 해당 회사 사장이나 임원을 만나 조정해 주는 것이 일이다. 이런 일은 나의 성향에는 전혀 맞지도 않고 현대양행 출신인 내가 도움을 줄 수 있는 일도 한계가 있다. 재미없는 일과가 계속되었다.

그렇게 지나던 1989년 9월 30일의 일이다. 이제는 내가 종합상사를 떠나도 좋다는 것이 회장님의 뜻이라고 알려 왔다. 나는 그날 곧바로 회사를 나왔다. 일 년 전에 해야 했을 일이다. 아무런 준비도 없고 모아놓은 재산도 없었지만, 그런 것은 하나도 걱정이 되지 않았다.

현대종합상사 사직

울산에서 외주 업체는 사내에서 하던 일을 임금이나 생산성 등의 이유로 밖으로 내보내는 일을 맡아서 하는 하청업자가 대부분이다. 외주 업체와의 긴밀한 협조가 회사에는 중요하다.

내가 중전기를 떠난 후 중전기 경영을 책임지는 중전기 대표가 외주 업체로부터 거액을 받은 배임 혐의로 고발되어 유죄 판결을 받고 2년간 복역한 사실이 보도되는 것을 보고 참으로 가슴이 아팠다. 어느 기업에서나 이 같은 부정이 저질러진다는 것은 기업 문화의 문제다. 회사 내에 오랫동안 잠재해 있는 이러한 잘못된 관행이 쌓이고 쌓여 터진 것이다.

그러나 이러한 불미스러운 사건을 계기로 병든 환부의 뿌리를 과감하게 도려내고 기업이 새롭게 발전해 나가는 계기로 만들 수도 있다. 나는 중전기를 위해서 하려던 일들을 중도에서 포기해야만 했지만 내 뒤를 이어 대표를 맡은 유능하고 헌신적인 경영진의 희생과 헌신으로 중전기는 발전해 왔다. 80/90년대 현대그룹의 대표적 문제 회사였던 중전기는 2000년대 들어와 HD 일렉트릭으로 상호를 바꾸고 이제는 울산 현대 계열사 중에서 가장 각광받는 회사로 성장했다.

인도네시아 콘테이너 공장

    종합상사를 그만두고 한 보름이 지났는데 종합상사 직원으로부터 집으로 전화 연락이 왔다. 인도네시아의 한 회사 회장이 나를 만나 보고 싶다는 것이다. 나는 그 사람을 만난 적이 없는데 무슨 일인가 하고 그 사람을 만났다. PT. Amerin Abdi Nusa Container Industry의 회장이라고 하는 그 사람은 뜻밖에 첫마디가 자기는 현대종합상사가 왜 당신 같은 사람을 내보내는지 이해가 가지 않는다고 했다. 나는 전에 한 번도 만난 적이 없는 사람이 왜 이런 말을 하나 하고 이상하게 생각했다. 그러면서 자기는 지금 인도네시아 자카르타 근교에 연산 2,400개 생산 규모의 컨테이너 공장을 건설하고 있는데 내가 이 공장을 맡아서 운영해 줄 수 있겠냐고 묻는다. 나는 그때까지 한라 정인영 회장에게 인사도 가지 않았고 아직 무엇을 할지 특별한 계획도 없었다. 이 인도네시아 사람은 만난 적도 없지만 말하는 것이 진실성이 있고 나를 좋게 평가해 주는 것이 고맙기도 해서 일단 그의 제안을 받아들이기로 했다. 그리고 며칠 후 자카르타로 가서 컨테이너 공장 건설 현장을 직접 보고 공장 운영계약서에 서명하였다. 그 후 계약대로 Halim 회장은 선수금 $400,000을 송금해 주었다.

나는 이 컨테이너 공장을 잘 운영해서 신뢰를 쌓고 다른 사업도 같이해 볼 생각이 있었다. 마침 현대양행에서 같이 근무한 친구 오 사장이 놀고 있어서 이 사업을 맡겼다. 오 사장은 기계 공장 운영에는 누구보다 경험이 많고, 실력 있는 기술자로 이 공장을 맡기면 인도네시아에서 가장 훌륭한 공장이 될 것임을 의심하지 않았다.

나의 뜻을 잘 알고 있는 오 사장은 과거 같이 일하던 직원 중에서 능력 있고 성실한 사람으로 운영팀을 조직하고 현지에 갈 날 만을 기다리고 있었다. 그러나 인도네시아 현지에서의 공장 건설 공사가 지연되고 있어 현지에 운영팀을 파견하지 못하고 있기 때문에 월별로 들어와야 할 수입이 없었다. 우리는 조직한 공장운영팀을 유지하기 위하여 선수금으로 받은 돈 $400,000에서 인건비를 지급해 주었다.

현지의 공장 건설 진도에 따라 관리팀을 조직했으면 사정은 달라졌을 것이다. 그러던 중 미스터 Halim은 사람을 보내 공장경영을 합작회사를 만들어 하자고 제의해 왔다. 나는 합작의 필요성을 느끼지 못한다고 하였다. 우리는 자금이 더 필요한 것도 아니고 공장만 계획대로 건설되면 회사를 운영하는 데 아무런 문제가 없었다. 우리는 기술인력 한 사람 한 사람의 능력 경험 성향을 잘 파악해서 적재적소에 배치하고 최대한의 능률을 올리도록 관리체계를 구축해야 경영 목표를 이룰 수 있다. 그런데 인도네시아 현지 사업주가 우리 회사의 경영에 어떤 방식으로 참여하려고 하는지 이해할 수 없었다. 우리가 합작 제의를 거절하더라도 선수금까지 적지 않은 현금을 보낸 이 회사가 우리와 협력을 포기하지는 않을 것으로 생각하였다.

그러나 우리는 끝내 이 사업에 참여할 수 없었다. 그 후 Halim과 연락은 끊기고 목표했던 사업을 해 보지도 못하고 운영팀을 정리할 수밖에 없었다. 우리는 인도네시아에 발을 내디딘 김에 인도네시아의 다른 기계 공장의 운영과 기술개발을 위한 경영 컨설팅을 제공하여 기계류 국산화를 도와주려고 시도 하였다.

인도네시아 전력청(PLN)에서는 발전용 기자재를, 국제입찰을 통하여 모두 완제품을 구입하고 있었다. 적당한 품목을 선별해서 부분적으로 국산화하여 국산품으로 참가하고 입찰 평가에서 프리미엄을 받으면 경쟁에서 유리할 것으로 생각하였다. 이러한 방식으로 울산 중전기와 일한 경험이 있는 미국 기술회사의 협조를 얻어 대형 송전주를 인도네시아 최초로 국산화하여 PLN에 납품하는 데 성공하였다.

그러나 인도네시아의 낮은 인건비와 그 회사의 매출에서 컨설팅 비용이 차지하는 비중이 너무 컸기 때문에 계속해서 우리 기술 지원을 받는 데는 한계가 있었다. 우리는 인도네시아 국영회사와 기술 지원 문제를 장시간 논의하였으나 예산 문제로 포기할 수밖에 없었다. 인도네시아의 기계공업 발전을 위하여 도움을 줄 수 있는 분야가 많이 있다는 것은 확인하였으나 성사되기까지는 많은 시간이 필요할 것으로 판단되어 우리는 인도네시아에 발을 들여놓은 지 3년 만에 철수하였다.

나에게 인도네시아 콘테이너 제작 공장 운영을 제의한 하림 회장

한라그룹으로

다시 한라로

그동안 정인영 회장님이 뇌졸중으로 쓰러지셔서 일본 도꾜로자와 재활병원에 입원해 계신다는 소식을 듣고 도꾜로자와 병원으로 회장님을 찾아뵈었다. 회장님은 거동은 불편하시지만 건강해 보이셨고 농담도 잘 하시고 명랑한 모습이었다. 아침에 도착해서 점심 식사를 같이하고 그날 저녁 귀국하였다. 그동안 회장님은 한국중공업과 정산을 마치고 만도기계를 비롯하여 인천조선, 한라중공업, 한라건설, 한라시멘트, 한라해운, 한라자원 등 옛 현대양행과 같은 그룹을 재건하기 위하여 열정적으로 뛰시다가 쓰러지신 것이다.

일본에 다녀온 후 회장님으로부터 전화가 와서 찾아뵈었다. 회장님은 옛날 사람들이 모두 한라에 다시 모였는데 내가 없어서 이가 빠진 것 같으니 빨리 와서 도와달라고 하셨다. 사실 그전에도 몇 차례 전화로 비슷한 말씀을 하셨지만, 인도네시아 Halim으로부터 선수금을 받은 다음이라 움직일 수도 없었지만, 다시 한라에는 돌아가고 싶은 생각도 없었다.

정인영 회장님은 옛 현대양행의 임원들을 불러들여 현대양행 시절 같이 중공업을 다시 일으켜 보려고 의욕을 보였지만 시간이 많이 흘러 국내외의 여건은 옛날 같지 않았다.

현대그룹 회장을 새로 맡으신 정세영 회장님은 중화학공업 투자조정으로 힘든 고비를 넘기시고 몸까지 불편해지신 둘째 형님의 한라그룹을 어떻게 하던 도우려고 여러모로 신경을 쓰셨지만, 정주영 명예회장님은 현대자동차를 큰 아드님에게 물려주시려고 하고 계셨다.

이러한 상황에서 정부의 지원도 없이 은행 차입으로 대형 조선소를 건설한다는 것은 누가 보더라도 무리한 계획이었다. 한라그룹 자금기획 임원들은 현대양행의 부도라는 쓰라린 경험을 이미 겪은바 어떻게 해서든 중공업 투자를 막으려고 애썼다. 그러나 이를 포기하도록 회장님을 설득하지 못한다면 다른 해결책은 있을 수 없다. 이런 상황에서 한라그룹 최고경영진은 회장님이 불러들이시는 옛 현대양행 임원들이 한라중공업으로 다시 한라에 들어오는 것을 환영하지 않았다.

한라그룹의 내부 사정을 잘 알고 있었지만, 인도네시아 일을 정리하고 당장 할 일도 없어 회장님 말씀을 따르기로 하고 1994년 12월 아침 일찍 대치동 한라 사옥으로 회장님을 찾아뵈었다. 그날이 월요일 아침이었는데 회장님은 나를 보자마자 이제껏 회사에서 같이 근무해 왔던 임원을 대하듯 반가워하시면서 곧바로 월요 경영 회의에 같이 참석하자고 하셨다. 회의에서 나를 음성공장의 프란트 담당 수석 부사장으로 임명한다는 것을 발표하셨다. 그리고 만도기계의 한 임원을 지적하시면서 혼내 주라고 지시하셨다. 한라에 들어와서 처음 받은 회장님 지시 사항이 어느 임원을 혼내 주라는 것이니 우습기만 했다. 회장님이 지적하신 그 임원은 초급 간부 시절부터 나하고 같이 일했고 나와 가까운 사이라는 것을 알고 계셨기 때문에 그런 말씀을 하신 것 같다.

현대양행과 함께 걸어온 길

음성공장

내가 만도를 떠난 지 10여 년 만에 다시 한라에 들어온 것이니 10년
이면 강산이 변한다는데 하루하루 숨 가쁘게 돌아가는 한라그룹에서
10년은 강산이 변해도 몇 번 변할 만한 시간이다. 현대양행의 일은 까
마득한 옛날얘기가 되어 버렸고 밑에 있던 직원이나 동료들도 그동안
모두 지위도 직책도 헷갈렸지만, 다시 돌아온 사람을 반갑게 맞아 주
는 사람은 아무도 없었다.

며칠 후 필리핀 출장을 다녀오라는 회장님 지시를 받았다. 한라건
설 담당 임원이 필리핀에 중요한 프로젝트가 있는데 꼭 나와 같이 가
야 일이 된다고 회장님께 보고드렸다고 한다. 그러나 출장 가서 프로
젝트에 관련된 사람들을 만나 보니 허황한 된 것이었다. 필리핀 출장
중에 아버님이 돌아가셨다는 연락을 받고 일을 매듭짓지 못하고 급히
귀국했다.

한라는 내가 만도를 떠날 때와는 다른 회사가 되어 있었다. 정인영
회장의 경영 스타일은 옛날과 같았으나 회장님의 위상이나 권위는 옛
날 같지 않았고 회장님의 뜻은 그대로 받아들여지지 않고 회장님의

지시는 지시로 끝나는 것이 많이 있었다.

1995년 새해를 맞으면서 정몽원 만도 사장을 그룹 회장으로 임명하고 정인영 회장님은 명예회장으로 물러난다는 발표가 있었다. 그룹에 새 회장님이 취임하였으나 달라지는 것은 없었다. 자금 사정이 어려워 한라그룹이 언제까지 버틸 수 있을지 불안한 나날이 계속되고 있었지만, 위급한 상황이 닥치면 현대그룹이 가만히 보고만 있지는 않을 것이라고 믿고 있었다.

현대 정주영 명예회장님은 매일 아침 아드님들과 조반을 같이 드시고 아드님과 같이 청운동에서 계동까지 걸어서 출근하시는 모습을 TV에서 몇 번 방송해서 널리 알려졌다. 대회와 소통을 위한 것이 아니었나 싶다. 정인영 명예회장님은 현대양행 시절이나 한라 시절에도 1년 200일 이상을 외국에서 활동하셨고 국내에 머무르실 때는 거의 매일 새벽부터 공장을 찾아 옥계, 영암, 안양, 평택으로 다니셨다.

당시 한라그룹은 만도기계, 한라시멘트, 인천조선소와 음성 중공업을 운영하고 있었는데 나는 음성 중공업 공장을 책임지고 음성에 주재하게 되었다. 그나마 가까운 오 고문이 공장장으로 근무하고 있어서 서로 의지하고 외롭지 않게 일할 수 있었다. 그러나 공장에 근무하는 임직원의 근무 행태가 옛날 현대양행 때와 같지 않고 흐트러져 있어서 조직과 인원을 정리하여 사업부의 분위기를 바꾸는 것이 시급했다.

내가 음성에 부임한 지 몇 달 안 돼서 어느 날 만도에서 음성공장으로 임원 한 분이 전출해 왔다. 그 임원이 출근 첫날 조찬 회의에 참석해서 음성공장의 운영을 바로 잡겠다고 말하는 것을 듣고 있으니, 의욕이 너무 앞선다는 느낌을 받았다. 제아무리 자기 능력이 뛰어나고 음성공장 사람들이 능력이 모자라 잘못하고 있다고 하더라도 음성공장에도 사람이 있고 누구도 혼자서는 아무 일도 할 수 없는 것이다. 능력이 있고 없고, 간에 기존 임원들과 호흡을 맞추어야 무엇을 하더라도 할 수 있는 것 아닌가. 나는 그 임원에게 시간을 갖고 업무 파악을 한 다음 자기 의견을 말해도 늦지 않으니 그때 가서 생각하는 것을 마음대로 얘기해 보라고 했다. 이 일을 통해 그룹에서 중공업을 어떻게 보고 있는지 짐작할 수 있었다.

그렇게 하고 곧이어 그룹 자금 담당 임원이 내려와 그룹의 자금 상황을 보고하겠다고 한다. 공장의 임직원을 모두 모아 놓고 장시간 보고 회의를 했는데 결론은 음성공장에 투자를 잘못 했다는 것이다. 음성공장은 투자가 다 되고 건설이 벌써 끝나서 돌아가고 있는데 이제 와서 직원들을 다 모아 놓고 투자가 잘못되었다고 하면 어떻게 하자는 것인지 도저히 이해할 수 없었다. 이제 와서 엎어진 물을 어쩌자는 것인가?

투자가 이미 이루어졌다면 투자의 잘잘못을 따지기보다는 투자의 목적 달성을 위해 모두가 한마음으로 밀고 나가는 길밖에는 다른 길이 있을 수 없다.

새 회장님하고 중공업에 관하여 솔직한 의견을 나눌 기회를 얻지 못하고 있던 어느 날 나는 새 회장님을 만난 자리에서 "중공업을, 애정을 갖고" 보시라고 주문한 적이 있다. 어차피 중공업은 이미 벌여 놓은 사업인데 이제는 문제를 해결하는 데 모두 힘을 보태야 한다는 의미였다.

당시 인천조선과 음성공장 설비를 건설 중인 영암 삼호 조선소로 이전하는 일이 진행 중이었다.

현대양행과 함께 걸어온 길

비샤(Bisha) 시멘트

그러나 당시 중공업의 시급한 문제는 사우디에 건설 중이던 '비샤 (Bisha) 시멘트 프란트 공사를 어떻게 마무리하느냐' 하는 것이었다. 이 공사는 70년대 현대양행이 수주하여 완공한 지잔(Jizan) 시멘트공 장을 소유한 회사(SPCC)가 발주한 것이다.

내가 한라에 다시 들어온 95년에는 비샤(Bisha) 프로젝트 공사가 이 미 진행되고 있었다. 어느 날 새 회장님이 나에게 사우디에 가서 비샤 (Bisha) 프로젝트의 사업주 카리드(Kahlid) 왕자를 만나려고 하는데 동행해 주어야 하겠다고 했다. 카리드(Kahlid) 왕자는 지산(Jizan) 프 로젝트 수주 과정에서 커미션과 관련해 리야드에서 명예회장님과 함 께 몇 차례 만난 적이 있다. 그룹에서 프로젝트의 문제점을 파악하고 해결책을 찾으려는 것으로 알고 최선을 다해서 힘을 보태려고 마음을 먹었다.

그런 말씀이 있고 나서 더 이상 아무런 움직임이 없더니 몇 주 후 카 리드 왕자를 잘 접대해 보냈다는 말을 전해 들었다.

연산 150만 TPY의 지산(Jizan) 시멘트 프란트는 중화학 투자조정으로 시공회사가 여러 번 바뀌는 혼란 속에서도 적기에 공사를 끝냈을 뿐만 아니라 설비의 성능이 우수하여 설계용량 이상으로 시멘트를 생산하고 있었다.

따라서 관례를 볼 때 비사(Bisha) 프로젝트는 지산(Jizan) 프로젝트를 수행한 현대양행에 수의계약으로 발주되어야 마땅한 공사다. 현대양행이 한라중공업이 되었으면 한라중공업에 발주되었어야 했다. 한국중공업은 말레지아에 건설한 페락 시멘트공장에 지분을 보유하고 있었기 때문에 주주로서 회사 운영에는 참여하고는 있었지만, 해외에 신규 시멘트 프로젝트를 수주하는 것에는 크게 관심이 없었던 것으로 알려졌다. 그러나 전 현대양행 임원들이 한국중공업 명의로 입찰에 참여하여 상호 양보 없이 경쟁하면서 입찰가를 낮추어서 한라는 낮은 가격으로 수주할 수밖에 없었다.

각각의 프로젝트는 공사 여건이 서로 다르므로 지산(Jizan)과 비샤(Bisha)를 단순히 비교하기는 어렵지만, 지산(Jizan) 프로젝트 계약 금액은 $2억5,700만(주택공사 $3000만 별도)이었는데, 15년이 지난 1993년의 비샤(Bisha) 프로젝트의 계약 금액은 $2억3,000만이었다. 더구나 이 계약 금액 $2억3,000만은 다음 부대 공사를 포함하는 금액이다.

(1) 4 units of 35MW G/T(140,000 KW 개스 터빈 발전소)

(2) 3 units of 40M dia. deep well and water supply line

(3) 10Km long access and mining road .

한중의 최종 입찰가 $2억8,000만과 한라의 계약가 $2억3000만 과는 $5,000만의 차이가 있었다.

무엇보다 안타까운 것은 비샤(Bisha) 시멘트 프로젝트 협상 과정에서 현대양행에서 같이 일했던 한중과 한라 동료들 상호 간에 서로 대화로 경쟁을 피해 가지 못하고 저가로 수주한 것이 가슴 아픈 아쉬움으로 남는다. 프로젝트 수행 과정에서 관련 부서 간 협조도 매끄럽지 못했다.

영암조선소

    건설 중인 영암조선소에 무엇보다 시급한 것은 일감 확보라는 것은 누구나 다 알고 있었다. 더구나 창원에서 쓰라린 경험을 하신 명예회장님은 영암조선소가 완공되기 전에 신조선과 프란트의 충분한 일감을 확보하지 못하면 준공하자마자 문을 닫아야 한다고 하셨다. 현대 울산 조선소는 조선소 건설과 선박 건조를 동시에 하지 않았는가.

    그러나 건설 중이고 제작 실적도 없는 영암조선소에 프란트 일감을 조기에 확보하는 길은 현대양행이 과거 말레이시아에서 추진하였던 페락(Perak)과 네게리셈비란(Negeri Sembilan) 의 2개의 시멘트 프란트와 같이 해외에 건설 예정인 시멘트, 발전소, 펄프 등 프란트 사업에 일부 자본에 참여하면서 프로젝트를 일괄(turn-key) 수주하여 기자재 공급과 건설 공사를 도급 맡는 것만이 확실한 방법이다.

    그러나 그룹의 자금 사정은 고려하지 않고 현실을 무시하는 것 같은 이러한 해외 신규 투자 사업에 대하여 그룹 자금 담당 임원들의 견해는 부정적일 수밖에 없었다. 영암조선소를 건설하면서 자금계획, 수주계획에 대한 그룹 내에 공감대가 형성돼 있지 않았다.

정부의 권유에 따라 건설한 창원 사업이 실패한 원인은 정부가 약속한 일감을 받지 못하였기 때문이다. 그러나 정부의 약속이나 지원도 없이 한라 자력으로 건설하는 영암조선소의 일감을 확보하는 일은 영암 프로젝트의 사활이 걸린 일이다. 명예회장님은 매주 주간 그룹 회의에 빠짐없이 참석하시었으며 해외 출장 중에는 장시간 전화로 보고받으시고 지시도 하셨다. 그러나 명예회장님의 그룹 경영의 장악력은 옛날 같지 않았다.

그러던 어느 날 나는 음성공장에서 본사로 복귀하라는 인사 발령이 나왔다. 아마도 내가 음성공장에 그대로 남아 있는 것이 새 회장님이 새로운 진용을 짜서 일하는 데 거북했기 때문일 것으로 짐작했다.

그때까지도 나는 중공업의 근본적인 문제에 관하여 새 회장님과 한 번도 진지하게 대화할 기회를 얻지 못했다.

한라펄프제지 사장

음성에서 목포로

1996년까지 음성 중공업 공장에는 한 1년 반 정도 근무하였던 것 같다. 한라에 돌아와 보니 그룹의 분위기는 옛 현대양행 시절과는 아주 딴판이었다. 잡초가 자라듯 회사보다는 개인에 충성하는 간부 직원들의 행태가 눈에 거슬렸다.

나는 주중에는 공장에 머물다 주말이면 서울로 올라가는 주말 부부 생활을 하였는데 그래도 현대양행 시절 안양, 군포, 창원, 공장을 두루 거치면서 20여 년간을 함께 일한 오 공장장과 호흡을 맞추어 산적한 문제를 해결해 보려고 했다.

그러나 중공업의 나아 갈 길을 어디서부터 찾을 것인지 답답하기만 했다. 새 회장님과 대화할 시간이 없는 것이 제일 큰 문제였다. 회사가 처한 현실의 상황인식을 공유하고 미래에 대한 vision이 그룹의 경영을 책임진 회장님과 같지 않다면 내가 음성에서 제아무리 날뛰어봐야 소용이 없는 일이다.

명예회장님은 국내에 계실 때는 음성공장 주간 회의에는 빠지지 않

으시고 참석하셨다. 중장비공장, 트럭 조립공장도 있었지만, 프란트
공장에 늘 관심이 많으셨다.

사실 충북 내륙 깊숙이 자리 잡은 음성공장은 중공업 공장으로는 그
입지가 적합하지 않았다. 어떻게 해서 내륙 깊숙한 이런 곳에 공장을
짓게 되었는지 그 많은 공장을 건설하신 명예회장님이 부지를 선정했
다고는 도저히 믿어지지 않는 곳이었다. 무엇보다 중 장물을 육로로
만 운반해야 하는데 생산 제품이 출하할 때마다 그 지역 일대의 도로,
교통에 문제가 발생하였다.

나는 음성에 주재하는 동안 건강을 위하여 매일 새벽 출근하기 전
인근 수정산에 올랐다. 샘물 맛이 참 좋았다. 오 공장장과 헤어지는
것이 섭섭했지만 같은 그룹에 있으면 언젠가 또 같이 근무할 기회가
있으리라고 생각했다.

한라펄프제지 사장 발령

본사 복귀 발령을 받고 대치동으로 출근했지만, 무슨 직책을 맡을 것인지도 모르면서 한 보름 출근한 것 같다. 그래도 내가 한라그룹에 도움을 줄 수 있는 부분이 많이 있다고 생각하고 있었지만, 아마도 나는 새 회장님에게 골치 아픈 존재가 되어있을 것이라는 생각도 들었다.

그러던 어느 날 사전에 아무런 얘기도 없이 목포에 건설 중인 한라펄프제지(HPPC) 사장으로 발령을 받았다. 나는 이제까지 중공업 부문의 일을 해 왔기 때문에 펄프제지에 관해서는 전혀 아는 바도 없었다. 60년대 현대양행 초기에 명예회장님이 "아트라스 제지"라는 회사를 설립해 놓고 공장을 건설하려다 포기한 사실은 알고 있었다. 당시 "아트라스 제지"는 세계은행 산하 IFC의 차관 및 투자도 승인된 프로젝트였는데 아쉽게도 성사되지 못했다.

30년이 지난 오늘에도 명예회장님은 제지공장 건설의 꿈을 버리지 못하시고 전남 목포 대불 산업공단 안에 12,000평의 부지를 마련하고 1단계 연산 20만 톤, 2단계 연산 40만 톤의 생산 능력을 갖춘 신문 용지 전용 생산 공장 건설 계획을 세우고 1단계 공사를 진행하고 있었다. 이와는 별도로 태국에도 연산 20만 톤의 제지공장 건설 사업도 추진하고 계셨다.

그뿐만 아니라 국내에 국제 규모의 펄프 공장 건설을 계획하시고 펄프 원료 조달을 위하여 러시아, 인도네시아, 브라질, 호주를 몇 차례 방문하시면서 조림 사업까지 검토하고 계셨다.

그러니까 한라펄프제지는 목포에 연산 20만 톤 생산라인 2기 그리고 태국에 연산 20만 톤 규모 1기 국내외 합쳐 모두 60만 톤 규모의 제지공장을 건설하고, 국내 및 해외 펄프 공장 건설사업도 지분 참여를 통하여 강력하게 추진하기를 원하셨다. 모두 프란트 일감 확보를 염두에 둔 사업이다.

독일(Sachsen-Anhalt) 펄프 프로젝트

 특히 독일 작센-안하르트주(Sachsen-Ahnhalt)에서 추진하는 알트마크(Altmark) 펄프공장 건설에 일부의 지분 참여를 통해서 전체 공사를 일괄 수주하여 건설하는 펄프 사업을 추진하셨으며 몇 차례 회의를 통하여 어느 정도 합의가 이루어지고 있었다.

 독일 작센-안할트주의 총리가 우리 회사를 방문하여 한라가 작센-안할트주의 펄프 사업을 추진한다면 각종 금융 세제 행정 지원을 아끼지 않겠다고 약속하였다. 그러나 IMF 외환 위기 속에서 안타깝게 한라는 중도에서 포기하고 이 작센-안할트주 펄프 사업은 캐나다의 Mercer Group에 넘어가 2004년 완공하여 매년 74만 톤의 펄프를 생산하고 있다.

 목포 제지공장에는 자체 발전소 건설을 위한 gas turbine 2기가 기술 제휴가 되어 있는 독일의 SIEMENS에서 도입되어 있었다. 제지공장의 운영에는 에너지 비용이 원가에 차지하는 비중이 크고 생산 프로세스에는 스팀이 대량 필요하기 때문에 원가 절감을 위하여 자체적으로 개스 터빈 발전소를 운영하는 것이 경제성이 있다. 보통 LNG를 연료로 사용하는 개스 터빈을 가동하여 발전하면서 개스 터빈에서 분출되는 고압 고온의 배기가스를 회수하여 생산 프로세스에 필요한 스팀을 공급할 수 있어 외국 제지회사는 대부분 자체 발전소를 보유하고 있다. 그러나 영암조선소 및 중공업 공장 건설에 소요되는 자금 압박에 시달리는 한라그룹의 현실을 볼 때 대규모 자금이 소요되는 제지공장과 발전소까지 동시에 건설하고 국내와 해외에 펄프 사업을 추진하는 것은 비현실적인 계획으로 보였을 것이다.

시멘트나 철강을 생산하는 장치산업이 아닌 수주생산하는 조선소나 중공업 공장 건설에는 수주 물량의 확보가 전제되어야 한다. 명예회장님은 물론 제지사업의 타당성도 검토하셨겠지만, 무엇보다 중공업 공장의 일감을 고려하시어 무리해 보이는 중화학 프로젝트를 추진하신 것이다.

펌프를 설치해서 지하의 물을 끌어 올리려면 마중물 붓기(priming) 작업이 있어야 하듯이 제지공장, 발전소, 펄프공장 등을 자체적으로 또는 지분 참여를 통해서 수주하여 건설 중인 영암 중공업 공장의 초기 일감을 확보하고 실적을 쌓게 하여 지속 가능한 사업체(sustainable enterprise)로 성장해 가기 위한 마중물 붓는 것과 같은 일을 하신 것이다.

그러니까 이러한 프로젝트 수주에 필요한 금융 부담은 새로 건설되는 중공업 공장에 필수적인 초기 투자 사업으로 처음부터 영암 사업 계획에 포함되어 있어야 할 부분이 아니었나 싶다. 일감이 없는 중공업 공장의 건설은 아무런 의미가 없기 때문이다. 영암조선소 건설과 동시에 제지, 펄프, 발전 등 자체 사업의 수주계획이 확정되어 그룹 차원에서 그대로 집행되었어야 했던 것이나 그렇지 못하여 많은 혼선을 빚었다.

현대양행과 함께 걸어온 길

목포 제지공장 준공

    이러한 상황에서 나는 한라펄프제지의 책임을 지고 목포에 부임하였다. 현장에 내려와 보니 공장과 사무동이 거의 완공 단계에 있고 생산라인도 연말이면 시운전에 들어갈 예정이었다.

    기계설비는 30년 전 현대양행 시절부터 명예회장과 친분을 쌓은 독일 Voith사의 Herbert Ortner 부사장이 창구가 되어 Voith 기술자들이 공장에 주재하면서 기계 설치 공사의 감독을 하고 있었다. 과거 현대양행에서 제지사업에 관여했던 사람은 한 분도 없고 외부에서 영입한 제지사업 전문 강 부사장이 제지사업을 총괄하고 공장 운영은 제지 전문 기술자 김 공장장이 책임지고 본사에서 기획을 맡고 있던 임원이 내려와 관리를 담당하고 있었다.

    나는 한라펄프제지 사장이라고는 하지만 제지사업에는 전혀 경험이 없고 회사가 아직 정상적인 생산 활동을 하지 못하고 있으므로 현지에서는 특별한 역할이 없었다. 그러나 건설 공사가 마무리되어 가는 96년 말 회장님과 특수 관계인 P 부사장이 목포에 내려와 관리를 맡게 되면서 독립된 회사로서 기능을 하기 시작하였다.

다음 해 97년 3월 공장이 준공되어 한라 및 현대그룹의 임직원 그리고 지역 유지들을 초청하여 성대한 준공식을 치렀다. 이제부터는 사장 책임 아래 공장 운영을 정상화하고 계획된 물량을 생산하여 목표 수익을 달성하는 일만 남은 것이다.

국내 신문 용지시장은 94년까지만 해도 생산 능력은 약 85만 톤, 수요는 120만 정도로 공급부족 현상을 나타내고 있었다. 그러나 공급부족을 예상한 기존 제지업체의 증설 공사가 95년에는 거의 완료되었고, 연 생산 능력 200,000톤을 갖는 신호제지가 신규 참여함으로써 공급부족에서 공급과잉으로 반전되어 97년에 들어와서는 제지회사 간의 경쟁이 점점 뜨거워지고 있었다. 이러한 상황에서 수요 증가분의 대부분을 기존 회사에서 이미 흡수하여 후발 회사인 한라펄프제지는 공급과잉 시장에 처음부터 판로 확보에 어려움을 겪어야만 했다.

더구나 공장의 설비가동 속도는 분당 1,500M를 유지해서 일일 700M/T 이상을 생산해야 연 200,000M/T 이상을 생산할 수 있는 것이나 신설 공장의 초기 운영에는 많은 문제가 발생하여 하루에도 몇 번씩 기계 가동이 중단되는 사고가 빈발하였고 생산량은 계획에 훨씬 미달하였다.

• 제지 사업 계획

나는 97년 사업 계획을 작성하면서 이른 시일 안에 최고의 생산성을 올려 최대한의 영업이익을 내는 것으로 계획을 잡아야 한다고 강조하였다. 재무구조가 취약하여 금융부담이 크게 문제가 되지만 세전영업이익(EBITA)을 우리가 계획했던 대로 내놓으면 우리가 할 일은 다 한 것이라고 했다. 그러나 그룹 본사에서는 첫해부터 그렇게 많은 물량을 생산해서 영업이익을 내는 것은 불가능하니 계획을 수정해서 제출하라고 한다. 그러나 나는 현장에서 할 수 있다는 계획을 그룹 본사에서 못할 것이라고 미리 속단하고 계획을 수정하라고 하는 것은 잘못된 것이라고 생각했다. 사실 최대 생산 용량인 200,000M/T 생산계획을 세우고 전력을 다해서 나타나는 문제를 해결하면서 80%를 달성하더라도 150,000M/T 계획을 세워 놓고 있을 수 있는 문제를 덮어 둔 채 100%를 달성하는 것보다 훨씬 값진 것이다. 더구나 첫해이기 때문에 의욕적으로 목표를 세워 놓고 설비를 최고 출력으로 운전해 봐야 설비의 문제점도 파악할 수 있고 또한 Voith사의 보증기간이 끝나기 전에 각각의 설비를 분당 최고속도 1,700M의 설계용량까지 운전해 보고 부족한 점을 찾아내는 것이 중요했다. 이러한 문제를 해결하면 공장 정상화도 빨라질 수 있기 때문이다. 본사에서는 계획에 차질이 생기면 연말에 책임을 묻겠다 한다. 내가 책임지기로 하였다.

태국 제지공장 건설

　태국의 제지사업은 Voith사에 이미 생산설비를 발주해 놓았으며 방콕 인근에 공장 부지도 확보해 놓고 현지에서 착공식도 거행하였다. 본사에서는 앞으로 투입될 자금 사정을 고려하여 합작으로 추진하기를 원했으며 신호제지와 같이 태국 신문사와 은행을 사업 파트너로 접촉하고 있었다. 나는 명예회장님을 모시고 태국을 몇 번 방문하였으며 착공식에도 참석하였다.

　잠재적 투자자로 접촉하고 있는 방콕 은행은 딱 잘라 거절은 하지 않지만, 신호제지의 실적이 기대에 미치지 못하는 실정이라 관심이 없어 보였다. 방콕 은행의 누콜 부총재는 60년대 현대건설이 태국에서 도로공사를 수행할 당시 태국 도로국장을 역임하였으며 우리 명예회장과 친분이 있는 사이였다. 누콜 부총재는 신호제지의 공장 건설 과정에서 무슨 일이 있었는지 모르지만, 명예회장님에게 우리 회사 강 부사장을 지목하여 그 사람하고는 같이 일 못 한다고 딱 잘라 기피 의사를 표명하였다. 예상치 못한 난처한 일이 일어난 것이다. 태국에 공장을 건설하고 운영한 경험이 있는 우리 강 부사장이 태국 프로젝트를 주관하고 있었고 방콕 은행을 잠재적 투자자로 생각하고 있었기 때문이다. 그러나 명예회장님은 누콜 부총재의 말에 크게 개의하지 않는 모습이었다.

태국은 여러 나라에서 신문 용지를 수입하고 있었으며 수입되는 신문 용지는 공급의 안정성은 좀 떨어지지만, 가격이 태국 내에서 생산되는 용지 가격보다 유리하기 때문에 신문사들은 신문 용지시장에 특별한 변화가 없는 한 새로운 신문 용지 공장 건설에 참여할 필요성을 느끼지 않는 것으로 보였다.

이러한 현지 상황을 보아 나는 태국에서 이제까지 추진해 오던 프로젝트의 추진 방향을 변경할 필요가 있다고 생각했다. 우선 공장 부지의 적합성부터 심도 있게 검토해야 했다. 우리가 선정한 단일 공장(stand-alone) 부지는 시장의 접근성은 좋지만, 용수 문제, 폐수처리, 전력공급 등 자체적으로 갖추어야 할 부대 시설에 상당한 추가 투자가 필요할 뿐만 아니라 이를 자체적으로 운영하는 데도 현지 주민과의 관계 등 어려움이 예상되었다. 현재 가동 중에 있는 신호 제지공장도 폐수처리 문제로 가동 초기부터 현재까지 현지 주민과 갈등이 있는 것으로 알려졌다. 프로젝트의 합작 파트너도 현지 신문사보다 미국이나 캐나다의 제3국 동종 업체가 보다 합당할 것으로 보았다.

영암 중공업 초기 일감

태국 제지 공장 프로젝트 PM

그런데 태국 제지 프로젝트에 관한 이러한 나의 의견을 그룹 본사에 개진할 시간도 없이 그룹에서는 조직 변경을 단행하여 태국 프로젝트를 담당하고 있는 우리 강 부사장을 PM으로 임명하고 PM이 책임지고 그룹의 지시를 받아 프로젝트를 수행하도록 하는 인사 명령을 발표하였다. 그러나 나는 태국 프로젝트는 기계설비는 발주되었지만, 공장 부지를 비롯하여 투자 파트너를 물색하는 것과 같은 프로젝트의 근본적인 문제를 다시 검토해서 추진 방향을 조정해야 할 중요한 시점에 PM 제를 시행한다는 것은 적절치 않다고 생각했다. 프로젝트의 기본 골격이 정해진 다음 현장 업무를 보다 능률적으로 추진하는 데는 PM 제가 하나의 방법일 수는 있으나 근본적인 방향이 아직 결정되지 못하고 있는 시점에서 PM 제는 시기상조였다. 더구나 PM 제를 한다고 해도 회사의 최고책임자인 내가 필요하다고 판단하는 시점에서 하든지 말든지 할 것이지 내 의견은 물어보지도 않고 느닷없이 그룹에서 PM 제를 한다고 발표하는 것 자체가 잘못된 것이었다. 나는 현재 상황에서는 PM 제를 시행하여야 할 필요성이 없다고 보는데 만일 꼭 PM 제를 시행해야 한다면 한라펄프제지 사장은 프로젝트에서 배제하고 그룹 차원에서 직접 PM을 운영할 것을 건의하였다. PM 제는 부사장에게 프로젝트에 관한 전권을 주는 것 외에는 달라지는 것이 없기 때문이다. 아마도 현지에서 공장을 건설해 본 경험이 있고 제지사업에 오랜 경륜이 있는 부사장이 태국 프로젝트를 전담하는 것이 더 능률적이라고 판단한 것 같았다.

그러나 어찌 된 일인지 그룹 본사에서는 며칠 후 PM 제를 취소하고 태국제지 프로젝트는 종전과 같이 한라펄프제지 사장 책임으로 추진한다고 정정 발표하였다. PM 제를 갖고 하느니 마느니 이랬다저랬다 하는 그룹 본사의 조치가 몹시 못마땅하였지만, 더 이상의 논쟁은 하지 않기로 하였다.

태국 지사 설립

　나는 지체하지 않고 태국 방콕에 지사를 개설하고 임원을 파견하여 현지에 주재하면서 공장 부지의 경제성을 원점부터 다시 검토하고 투자자를 찾는 일을 하도록 할 계획이었다. 특히 현재 신호제지가 운영하는 공장의 환경문제를 고려하여 우리가 땅을 구입해서 새로 부지를 조성하기보다는 모든 부대 시설이 완비된 산업공단을 찾아보도록 하였다. 우선 방콕 인근에 개인 펄프제지 회사(Advance Agro)가 보유하고 있는 공장 부지와 정부의 산업공단을 검토하기로 하였다. 우리는 현지 실사를 통하여 태국 정부가 조성한 공단에 입주하는 것이 가장 경제적이라고 판단하였다. 공단에는 입주 기업에 제공되고 있는 폐수처리 설비, 전기설비, 공업용수의 용량이 충분히 확보되어 있어서 공장만 건설하면 가동에 아무런 지장이 없는 곳이었다. 토지 가격도 이미 매입해 놓은 토지 단가보다 훨씬 저렴한 가격으로 입주가 가능하고 무엇보다 폐수처리 등 부대설비는 사용료만 지불하면 끝이다.

　한편 합작 파트너로는 가격을 싸게 공급받기를 목적으로 하는 태국 신문사보다 미국이나 캐나다의 제지회사를 생각하고 있었다. 미국과 캐나다는 세계 최대의 펄프제지 생산국으로서 세계시장을 지배하고 있었다. 우리와 같은 신규 회사가 이러한 미국이나 캐나다의 펄프제지 회사와 제3국에서 자본 제휴를 한다면 프로젝트의 타당성도 확실하게 검토할 수 있고, 세계시장의 정보도 공유할 수 있고, 제지공장의 경영과 기술도 배우고 여러 면에서 유리할 것이라고 나는 확신하였다.

보워터와 업무제휴

보워터와 업무제휴

나는 한라펄프제지 사장으로 임명받은 직후부터 미국과 캐나다의
여러 제지, 펄프 회사를 조사하여 마땅한 회사가 나오면 전략적 업
무제휴를 제의할 생각이었다. 신문 용지 최대 생산 회사인 캐나다
의 Abitibi는 이미 한솔제지와 제휴하고 있었다. 그다음으로 규모가
큰 회사가 미국 South Carolina주 Greenville에 본사를 둔 Bowater
Incorporated(BI)라고 하는 회사였다. 나는 보워터와 접촉하여 우리
회사를 소개하였다. 그리고 가까운 시일에 Greenville을 방문하여 우
리가 추진하고 있는 태국 신문 용지 공장 건설 프로젝트에 관하여 논
의하고 싶다고 했다. 나의 제의에 보워터로부터 긍정적인 회신을 받
고 되도록 이른 시일에 그 회사를 방문하기로 하였다. 당시 명예회장
님은 제지사업 다음 단계로 펄프사업에 관심을 쏟고 계셔서 나는 명
예회장님을 모시고 원료 공급처를 찾아 여러 차례 해외 출장을 다녀
왔다. 펄프 공장 건설에는 무엇보다 안정적인 원료 공급선의 확보가
선결 과제였다. 펄프와 관련된 해외 출장은 명예회장님을 모시고 나
가기도 하고 내가 별도로 팀을 거느리고 나가기도 하였다.

이러한 출장 기회를 활용하여 96년 여름 독일에서 작센-안할트주

알트마크(Altmark) 펄프 프로젝트 관련 회의를 끝내고 귀국하는 길에 Greenville에 들려 보워터 본사를 방문하였다. 내가 일차 만나 보고 보워터가 어떤 회사인지 파악한 다음 우리의 사업 파트너로서 합당하다고 판단되면 명예회장님께 보고드리기로 하였다.

Greenville 본사에서는 A. Fuller 사장을 비롯하여 J. Gilmore 부사장 등 경영진이 모두 나와 회사를 소개해 주었다. 보워터는 미국과 캐나다에 12개의 크고 작은 제지펄프 공장을 운영하는 재정적으로 견실한 기업이고 일본에도 진출하여 왕자 제지에 일부 지분을 보유하고 있다고 했다. 나는 우리가 독일 Vioth사의 최신 설비로 신문 용지 공장을 태국에 건설하고 있다는 사실을 소개하고 태국 프로젝트에 우리와 함께 합작으로 참여할 것을 제의하였다. 새로운 공장이 가동되어 신문 용지 공급 능력이 늘어나게 되면 보워터의 아시아 수출 시장에도 영향을 주기 때문에 보워터는 크게 관심을 보이는 것 같았다. 당시 대부분의 미국 캐나다 제지공장은 오래된 구식 기계로 신문 용지를 생산하고 있었고 품질도 한국이나 일본 제품만 못하였다. 회의를 끝내면서 나는 Fuller 사장에게 이른 시일 내에 한국을 방문해 달라고 요청하였다.

Greenville 방문 이후 우리와 보워터의 교류는 급속도로 활발해졌으며 Fuller 사장과 Gilmore 부사장 등 보워터 임원들이 일본 왕자제지(王子製紙) 주주총회에 참석차 일본에 오는 길에 우리 회사를 방문했다. Fuller 사장은 자기네 회사는 지난 수년간 영업 이익을 많이 내고 있어서 재정 상태가 튼튼(Strong Balance Sheet)하고 유동성을 충분하게 보유하고 있으며 그러지 않아도 아시아에 투자 기회를 찾고 있었다고 했다. 나는 우리 한라그룹의 실정과는 판이하게 보워터가 충분한 유동성을 보유하고 있다는 것이 그렇게 반가울 수가 없었다. 그러나 Fuller 사장은 이러한 해외 프로젝트에 자본 참여 여부는 자신이 결정할 위치에 있지 않고 A. Nemirow 회장이 결정하며 이사회의 승인이 있어야 한다고 했다. 나는 Greenville 방문 당시 Nemirow 회장을 만나 보지도 못하였다. Fuller 사장은 귀국하는 대로 태국 현장 답사를 위한 기술팀을 보내겠다고 약속했다.

그 후 얼마 안 되어 Fuller 사장이 직접 기술팀을 대동하고 태국을 방문하여 우리와 함께 태국 정부 관련 부서와 은행을 방문하고 공장 부지의 현장 답사 등 필요한 모든 일정을 소화하였다. 무엇보다 보워터 팀은 모든 시설이 갖추어진 산업공단에 입주하는 것이 바람직하다고 했다. 사실 그동안 공장 부지로 매입한 땅을 되팔아 전액 손실로 떨어 버려도 인프라가 조성된 공단 내에 공장을 건설하는 것이 유리하였다.

보워터에서는 97년 연말까지 타당성 검토를 마치고 프로젝트에 참여 여부를 결정해 주기로 하였다. 보워터 팀의 태국 방문 이후 나는 그룹 본사와 협의하여 태국 현지에 지사를 설립하고 임원을 주재시키기로 하였다. 또한 명예회장님은 옛날 현대건설 태국 도로 공사 현장 소장을 하고 은퇴하신 후 태국에 거주하시던 A 고문을 현지 채용하여 우리 방콕 지사에 근무하도록 하셨다. A 고문은 연세는 높으시지만 건강하셨고 몸가짐이 깨끗하고 깐깐한 분이셨다. 나는 보워터 팀과 합류하기 위하여 태국으로 출국 전 프로젝트에 관련된 이와 같은 진전 사항을 명예회장님께 보고드리자 곧바로 보워터 사람들을 만나 보기를 원하셨다. Fuller 사장이 태국 방문을 마치고 Greenville로 돌아가는 길에 한국에 들러 명예회장을 만나 뵙도록 하였다. Fuller 사장은 명예회장님을 만난 자리에서 회장님이 편한 시기에 보워터 본사를 방문하여 주시도록 초청하였다.

명예회장님 보워터 방문

 Fuller 사장이 미국으로 돌아간 지 한 2개월 후 명예회장님은 미국 방문길에 보워터를 방문하셨다. 보워터에서는 Nemirow 회장이 직접 나서서 명예회장님의 세세한 부분까지 신경 써 가며 음식 메뉴부터 좌석 배치 대화의 주제 합의문 초안 등을 나와 협의하며 Atlanta의 Marriott 호텔에서 성대한 만찬을 베풀고 정성을 다해 명예회장을 영접하였다. Nemirow 회장은 한라와 관련된 모든 일에 내 의견을 따라 주었다. 심지어는 명예회장님이 무슨 말씀을 하시면 내 얼굴을 먼저 보면서 대화를 이어 갔다. Nemirow 회장은 명예회장님의 말씀을 잘 알아듣지 못하는 것도 있었겠지만 혹 실수할까 봐 말 한마디 한마디 몹시 조심하였다. 만찬이 시작되기 전에 향후 양사가 제지펄프 사업에서 전략적 제휴하는 합의문에 명예회장님과 Nemirow 회장이 서명하고 서로 앞으로 긴밀히 협조할 것을 합의하였다. 전략적 합의문에는 특별한 구속력은 없지만 중요한 시기에 상호 관심사에 양사 회장이 협력할 것을 약속하는 상징적인 의미가 있었다. 명예회장님은 보워터 방문에 크게 흡족해하시면서 태국 프로젝트부터 펄프 프로젝트까지 양사가 꼭 함께 일하게 되기를 기대한다고 하셨다. Nemirow 회장은 곧 태국 프로젝트의 투자 여부를 결정짓겠다고 약속하였다.

공장의 불리한 입지

국내의 한라펄프제지 목포공장은 영암군 삼호면 대불공단 안에 자리를 잡고 있었다. 제품 수요의 90% 이상이 서울 경기 지역에 집중되어 있는 시장 구조에서 가장 먼 곳에 자리하고 있어 시장의 접근성과 원료의 조달이 다른 제지공장에 비하여 불리했다. 경기도에 있는 대한제지는 말할 것도 없고 군산지역의 한솔이나 세풍 공장보다도 100Km 이상 더 멀리 떨어져 있는 한반도의 남단에 위치한다. 이러한 지리적 여건은 우수 인력을 확보하는 데도 어려움이 있었다. 한라펄프제지의 기능 인력은 대부분 대한, 한솔, 세풍에서 근무하던 사람들인데 같은 조건이면 목포까지 내려오려고 하지 않는다. 목포 지역에 연고가 있거나 현재 있는 자리에서 버티기 힘들다고 생각하는 사람들 대부분 나쁘게 말해서 기존 각 회사에서 밀려난 직원들이 채용되었고 준공한 지 몇 달 되지 않은 신생 회사에 대한 직원들의 애사심도 기대할 수 없었다. 더구나 공장의 생산설비는 국내에는 없는 최신 설비로 이를 운전하는 기능 인력은 Voith사가 주선하여 유사한 기계를 보유하고 있는 독일 제지공장에서 단기간 운전을 경험해 본 사람은 몇 명 있었지만, 전혀 도움이 되지 못하였다. 이러한 상황에서 우리는 기존 경쟁사에 비해 유리한 것이라고는 공장의 설비가 최신 설비라는 것밖에는 아무것도 없었다. 나는 최신 설비의 이점을 살려 생산성을 최대한 올리고 어떻게 해서든 물류비용을 줄여나가는 것만이 경쟁에 살아남을 수 있는 길이라고 생각했다. 따라서 육상보다는 해상운송을 활용하여 물류비용을 낮출 수 있는 방안을 장기적으로 검토해 나가도록 했다. 무엇보다 생산성을 올리는 데 모든 역량을 쏟아 넣도록 하였다. 우리의 관심사는 운전 속도와 생산량이었다. 생산성은 지절(paper-break)의 횟수에서 나타난다. 분당 1,500M의 고속으로 가동되는 제지기계에 연속해서 생산되는 광폭(8M)의 종이가 여러 가지 이유로 끊어지는 지절(paper-break)을 줄여서 생산성을 올리는 것이 과제였다. 한번 끊어지면 이를 연결하여 규정 속도까지 다시 올리는 데 시간이 소요되고 그만큼 생산량을 잃게 되고 품질 또한 떨어지게 되어 있다. 하루 평균 분당 1,500M의 속도로 운전되어야 계획된 하루 700M/T의 종이 생산이 가능하게 된다. 이러한 생산 목표를 달성하기 위해서는 생산뿐 아니라 회사의 모든 부서가 합심해서 하나가 되어 목표 달성을 위해 달려들어야 한다. 그러나 새로운 조직을 구성하는 우리 목포 공장에는 먼저 인정받으려 앞에 나서는 개인들만 있었지 상호 신뢰는 없고 회사 이익이나 경영 목표는 보이지 않고 책임 회피만 있었다. 대표적인 것이 공무팀과 생산팀의 관계다. 공장의 생산설비는 주기적으로 또는 수시로 정비를 해야 한다. 그런데 작업이 계획된 시간보다 길어지면 그만큼 비용은 더 들어가고 생산량은 줄어든다. 이러한 책임을 면하기 위하여 소기의 계획된 수리 보수 작업이 완결되지 않았더라도 공무 팀은 할 일은 남겨 둔 채 계획된 시간이 되면 정비를 끝내고 생산팀에 공장을 인계한다. 그로 인하여 언제나 정비를 한 다음 날에는 설비가 더 잘 돌아가는 것이 아니고 오히려 반대로 더 심하게 지절이 발생한다. 제지산업에 30여 년간 종사했다는 부사장이 공장장으로 있었지만 속수무책이었다. 사장을 비롯해서 제지산업에는 전혀 경험이 없는 사람들이 회사의 경영을 맡고 있고 제지회사에 근무한 경험이 있는 관리직 사원과 대부분의 기능직 사원들은 "제지공장에서는 다 그렇게 한다." 하는 식으로 자신을 합리화하며 개선의 의지를 전혀 보여 주지 않았다. 공장은 3조 3교대로 24시간 가동되었는데 자동제어 방식으로 되어 운영되어야 하는 생산설비를 자동으로 운영하지 못하고 각 조별로 운전 조건을 수동으로 조정하여 조장의 임의대로 운전하여 문제를 일으키고 있었다. 우리는 많은 시간과 비용을 들여 work-shop, seminar, circle 활동을 지속적으로 해나가면서 직원들의 의식 구조를 바꿔 보려고 많은 노력을 하였다.

제지산업의 낙후성

나는 이러한 활동을 추진해 가면서 제지산업에 오래 종사한 사람일수록 개인주의와 피해의식에 젖어 있어 의식을 바꾸는 것이 어렵다는 것을 알 수 있었다. 내가 보는 견지에서 나쁘게 말하면 우리 회사의 제지 기술자들은 공업에 종사하는 사람이라기보다 농업에 종사한 사람들로 보였다. 새로운 기술을 계속 개발하고 응용해야 하는 중공업이나 기계공업에 종사하는 직원들보다 의식이 경직되어 있고 자질이 많이 뒤처져 있다는 것을 쉽게 알 수 있었다. 생산된 제품도 품질 면에서 기존 회사 제품에 떨어져 조·중·동으로 일컫는 주요 일간지에는 들어가지 못하고 주로 지방 신문에 공급하였다. 공급과잉의 시장에서 주요 일간지는 신생 회사 제품을 쓰기보다는 시장의 반응을 보아 가며 천천히 써도 하나도 급할 것이 없었다. 생산부서는 자동화된 고가의 최신 생산설비를 가동지침(operation manual)대로 운전하지 못하고 자신들이 해 본 경험이 있는 구식 수동식 방식으로 운전하려고 했다. 생산량도 계획보다 모자랐지만, 생산된 제품도 팔리지 않고 재고로 쌓이고 있었다. 회사 내의 야적장도 모자라서 중공업의 야적장을 사용하였다. 나는 아무리 제품의 재고가 쌓이더라도 지절 문제를 해결하고 생산성을 올리기 위하여 계속 최고속도로 설비를 가동케 하였다. 국내 시장보다 값은 좀 싸지만, 수출 시장이 있었기 때문에 제품 재고는 그렇게 걱정이 되지 않았다. 준공된 지 1년도 채 되지 않은 공장이라 문제가 많을 것으로 예상은 했지만 실망스러웠다.

공장 가동의 문제점

사실 공장을 Voith사로부터 인수받기(final acceptance) 전에 생산 능력을 검증받아야 했지만, 생산 설비의 상당 부분이 한라중공업에서 자체 제작 공급되었기 때문에 이러한 성능 보증 문제가 애매하게 되어 있어 계약상 Voith사에 확실하게 책임을 물을 수도 없었다. 우리가 당면한 문제들을 헤쳐 나가는 길은 교육밖에는 없다고 생각하고 교육훈련에 많은 예산과 시간을 쏟아부었다. 누구도 들여다보지 않는 영어로 쓰인 여러 권으로 된 운전 및 정비 매뉴얼(operation & maintenance manuel)도 특별히 비용을 들여 모두 한국어로 번역하여 누구나 읽고 볼 수 있게 하였다. 이러한 기술 문건의 번역은 제대로 번역이 되지 않으면 더 큰 문제를 일으킬 수 있기 때문에 기계에 관한 전문 지식과 수준 높은 영어 해득 능력이 있는 사람이 아니면 불가능한 일이다. 나는 믿을 만한 최고 수준의 번역팀을 만들어 정확하게 번역되도록 했다. 또한 회사의 경영방침을 정하여 임직원 모두에게 따르도록 하였다. 첫째로 환경 보호다. 신문 용지는 폐고지를 탈묵 작업(deinking process)을 거쳐 재활용하는 것이기 때문에 고농도 폐수와 찌꺼기(sludge)를 다량으로 배출하는 환경위해 산업이다. 환경 보호에 완벽한 설비를 갖추고 철저하게 관리하지 못한다면 비용의 문제가 아니라 회사 존립의 문제가 될 수도 있기 때문이다. 둘째로 회사의 경내(premise) 들어와 일하는 정규 비정규직을 막론하고 모든 사람의 안전과 복리 후생을 회사 책임으로 확보하는 것이다. 회사는 안전한 일터를 제공할 의무가 있고 아무리 경비 절감에 도움이 된다고 해도 사람의 건강과 안전을 회생하는 작업지시는 용납되지 않는다. 근로자의 안전이 우선이기 때문에 안전이 담보되지 않는 작업은 작업자가 거부할 수 있도록 하였다. 어떠한 일이 있더라도 근로자가 무지나 부주의로 작업 중 생명을 잃거나 불구가 되는 불행한 일은 우리 공장에서는 단 한 건도 없어야 했다. 우리 회사에서는 특별한 행사가 없는 한 늘 아침 점심 저녁 세끼 따듯한 식사를 전사원이 사장 및 임원과 함께 하도록 하였다. 또 한 달에 한 번 전사원이 참석하는 월례 조회를 실시하여 사장이 회사의 현황을 알리고 필요한 협조사항, 지시 사항을 전달하고 우수 사원을 표창하는 기회를 가졌다. 셋째로 회사의 보유 자산을 최대한 활용하여 업계 최고의 경쟁력을 갖추고 지속가능한 이익(sustainable profitability)을 창출하는 것이다. 공장 설비를 설계용량까지 가동하여 Voith사가 보장한 최고의 생산성을 유지하는 것이다. 가장 우려되는 부분이 기계 정비 문제였다. 우리 회사의 정비 기술 수준은 기계에 대한 이해가 턱없이 부족하여 고가의 기계 부품을 수리하는 것이 아니라 오히려 손상을 입힐 수 있는 주먹구구식이었다. 정비 매뉴얼(maintenance manual)을 번역하여 매뉴얼대로 기계의 정비, 수리하는 방식을 이해하도록 하고 정비 사원의 기량을 향상시키기 위하여 최고의 정비 기술을 보유하고 있는 한국중공업의 발전

터빈 정비 기술자를 초청하여 특별히 우리 공장 현장에서 지도해 주도록 하였으며 중공업의 우수한 기술자를 발탁하여 새로운 공무 팀의 책임자로 임명하였다. 또한 지절(paper-break) 문제를 해결하기 위하여 Voith사의 기술자를 불러 주재시키면서 공장장은 지절이 Voith사의 설비 책임인지 우리 측 운전 책임인지를 가려내고 전 부서를 지휘하여 이른 시일에 지절(paper-break)을 획기적으로 감축시켜 적정 속도를 유지하고 생산성을 올리도록 하였다.

환경 문제

 이렇게 지절과 전쟁을 하고 있는 어느 날 사전에 아무런 통보도 없이 사람을 가득 태운 버스 한 대가 공장 문 앞에서 공장안으로 들어오겠다고 문을 열어 달라는 것을 경비가 제지하고 있단다. 목포 지역 환경단체에서 우리 공장의 폐수 처리시설을 보겠다는 것이다. 사전에 통보를 하면 미리 조치를 해서 실상을 볼 수 없기 때문에 통보 없이 왔다는 것이다. 나는 공장 가동 초기부터 폐수처리에 관하여는 각별한 관심을 갖고 처리시설의 운영을 점검해 왔기 때문에 흔쾌히 손님들을 받아 모셨다. 우리 폐수시설을 돌아본 시민들은 이렇게 깨끗하게 잘 운영되고 있는데 괜히 바쁜 사람들을 불러서 잘 알지도 못하면서 무슨 큰 문제나 발견한 것처럼 떠들어 댔다고 환경단체 대표에게 불평만 하고 돌아갔다. 그 후로는 환경단체에서는 우리에게 아무런 문제도 제기하지 않았다. 대부분의 공장과 마찬가지로 우리 공장에서도 폐수처리 시설을 제대로 가동하지 않을 것이고 특히 제지공장이기 때문에 공해오염 문제가 심각할 것이라고 예상했던 모양인데 예상 밖으로 처리시설을 규정대로 운영하는 것이 인상적이었던 모양이다. 우리는 환경 단체에게 앞으로 아무 때나 방문해도 좋다고 했다.

명예회장님은 국내에 계실 때는 자주 목포로 내려오셨는데 오실 때마다 제지공장이 1,500M로 가동되고 있는지를 물어보시고 공장 운영에 관심이 많으셨다. 나는 명예회장님이 듣고 싶어 하시는 나의 대답 "1,500M로 잘 돌아가고 있습니다."라는 보고를 시원하게 해 드리지 못하는 것을 늘 안타깝게 생각했다. 우리가 목포에서 지절(paper-break)과 힘겨운 싸움을 싸우고 있는 동안 한라그룹의 재정 상태는 점점 더 어려워져 가고 있었고 현대그룹에 도움을 요청했다는 소문도 돌았다. 한편 정부는 외환 부족으로 IMF의 구제 금융을 받아야 할 상황을 맞고 있었다. 결국 정부가 IMF에 구제금융을 요청하였다는 발표가 있은 며칠 후 나라 안팎이 뒤숭숭한 11월 어느 날 그룹에서 각사 대표와 관리 담당 임원은 다음 날 아침 회장님 주재 회의에 참석하라는 연락이 왔다.

IMF와 한라 부도

한라그룹 부도

　나는 직감적으로 이제 올 것이 왔구나 하고 생각했다. 그날 저녁 관리 담당 P 부사장을 대동하고 서울로 출발하였다. 가는 길에 폭설이 쏟아져 차가 옴짝달싹 못 하여 길에서 밤을 새우고 다음 날 아침 서울에 도착하여 본사 회의에 참석할 수 있었다. 생각했던 대로 회의에서 회장은 한라그룹이 어제부로 부도를 맞았으므로 각사를 재무 상태를 고려하여 화의(和議) 또는 법정관리(法廷管理)로 나누어 신청할 예정이라고 발표하였다. 이렇게 해서 1997년 4월 1일 기준 공정거래위원회가 고시한 재계 순위 12위를 차지하는 18개 회사를 거느리고 1996년 매출 5조 이상을 올리는 한라그룹이 사망 선고를 받은 것이다. 법정관리와 화의의 주요 차이점은 화의를 법원에 신청하여 화의절차 개시가 수락되면 기존의 회사 경영진이 계속 회사를 경영하게 되지만 법정관리를 신청하면 법원에 의해서 법정관리인이 선임되고 기존 경영진은 물러나게 된다. 한라펄프제지는 법정관리라고 했다. 음성공장에서 떠밀려 목포로 내려온 지 겨우 일 년 반 만에 또 회사를 떠나야 한다는 사실을 받아들이기 너무 싫었다. 사실 나는 회사 대표라고는 하지만 회사의 자금 및 재무에 관련 업무는 모두 그룹 본사에서 종합적으로 관리했기 때문에 한라펄프제지의 총부채가 얼마인지 어디서 대출을 받았는지도 모르고 있었다. 알 필요도 없고 알려 주지도 않았다. 나는 무엇을 기준으로 법정관리와 화의를 나누었는지 궁금했다. 회장 주재 전체 회의가 끝나고 그룹 회장실에 사후 조치를 논의하기 위하여 그룹의 자금 기획부문 임원들의 별도 회의가 열리고 있었다. 나는 초대받지 않았지만, 회의에 끼어들었다. 그 자리에서 자금 기획 임원들에게 각 계열사를 화의와 법정관리로 나눈 근거가 무엇인지를 물었다. 관계 임원들은 관계회사의 재무구조를 검토하고 변호사(Kim & Chang)와 협의해서 결정했다고 한다. 그래서 나는 목포에 내려가기 전에 그 담당 변호사를 한번 만나서 직접 설명을 듣게 해 줄 수 없겠냐고 물었다. 그랬더니 회의에 참석한 임원들은 만나서 무슨 말을 할 것이냐고 괜히 얘기만 복잡하게 되니 만날 필요가 없다고 한다. 그래도 나는 변호사로부터 직접 자세한 얘기를 듣고 목포에서 눈 빠지게 기다리는 임직원들에게 왜 우리 회사는 법정관리를 받아야 하는지 자세한 설명을 해 주고 싶다고 응답했다. 그랬더니 자금 담당 박 부회장이 벌떡 일어서더니 오해 없도록 한번 만나게 해 주시죠 하고 그 자리에서 회장님에게 건의해 주었다. 아주 중요한 순간이었다.

Kim & Chang

    자금팀에서는 어렵사리 그날 오후 변호사를 만날 시간을 약속해 주었다. 내가 만난 Kim & Chang 소속 변호사(이름은 잊었다.)의 말로는 한라펄프제지는 총부채 규모가 5,000억 정도이고 장부상 자본금은 130억이며 부채비율도 경쟁사의 2배 이상이고 주요 생산설비는 리스(lease)로 되어 있어서 거액의 리스료가 원가에 산입되어 92%의 높은 수준의 매출원가율을 보이고 있고 인당 매출액은 경쟁사 대비 60%선에 머무르고 있다. 한라펄프제지는 이같이 아주 취약한 재무구조를 갖고 있으므로 아무리 경영을 잘 해도 구조적으로 살아남기가 어려울 뿐만 아니라 화의신청을 해도 법원이 받아들이지 않을 것이라고 했다. 나는 회사의 재무 상태는 자세히는 모르지만 대략 짐작은 하고 있다고 했다. 그러나 우리 공장은 준공한 지 1년이 채 안 되어 아직 시운전 중이나 마찬가지고 정상화가 되면 설계속도가 분당 1,700M로 동양 최신 최고의 설비이기 때문에 곧 평균 1,600M이상으로 가동하게 될 것이다. 그렇게 되면 생산량이 97년 대비 약 25% 정도 늘어나서 연간 생산량은 약 260,000톤이 될 것이다. 생산량이 이렇게 올라가면 원가율도 대폭 떨어질 것이라고 했다. 더구나 최근 해외 신문 용지 가격이 오르고 있고 세계적인 제지 전문 기술회사 Jaakko-Poyry의 예측에 의

하면 앞으로 신문 용지 국제가격이 톤당 $600 이상이 될 것이라고 하는데 현재 환율이 불당 1,500원대로 올라가 있어서 국내 공급 잔여분을 수출하면 빨리 경영상태가 개선될 것이라고 했다. 그리고 무엇보다 지금 IMF 외환위기를 맞아서 환율이 작년 800원대에서 1,500원대로 뛰어오르고 이자가 연 30%나 하는 상황에서 외국회사가 우리 회사에 투자한다면 1년 전보다 반값으로 회사 자산을 취득할 수 있다. 그래서 나는 외자를 유치해서 회사 경영을 정상화하려고 생각하고 있다고 했다. 변호사는 현 상황에서 한라펄프제지를 살리는 길은 외자 유치가 최선책이지만 국가 재정이 이렇게 불안한 상태인데 어느 외국회사가 한라펄프제지와 같은 회사에 투자하려고 하겠느냐고 한다. 나는 그렇더라도 환율이 올라간 만큼 국내 자산이 외국회사에 더 매력적으로 보일 것이고 우리 회사와 협력하고 있는 외국회사에 투자 기회를 주면 가능성이 있을 것이라고 설명했다. 변호사는 내 말을 듣더니 그럼 외국회사가 한라펄프제지에 투자할 용의가 있다는 의향서 L/I(Letter of Intent)만 받아 오면 즉각 법정관리를 철회하고 화의로 변경 신청하겠으니 한번 해 보시라고 한다. 나는 변호사의 말에 용기를 얻고 보름 이내에 L/I를 받아오겠다고 약속하고 헤어졌다.

최초의 외자도입

보워터 접촉

목포에 내려와서 실의에 빠져 있는 직원들에게 상황을 설명하고 외자를 유치해서 어떻게 해서든 회사를 살릴 테니 나를 믿고 희망을 잃지 말라고 했다. 나는 보워터와 접촉을 시작하기 전 보워터가 우리가 처해있는 현재의 상황을 어떻게 받아들일지 생각해 보았다. 역설적이기는 하지만 나는 보워터는 한라펄프제지가 도산했다는 사실을 환영할 것으로 생각했다. 현재 공급과잉(over-capacity)의 신문 용지 시장은 세계적으로 사용자의 수요량과 공급자의 공급능력이 잘 알려져 있다. 따라서 새로운 공급자가 시장에 들어온다는 것은, 그만큼 공급이 늘어나는 것임으로 기존 공급자에게 조금도 반가울 것이 없다. 새로운 경쟁자일 뿐만 아니라 기존 공급자를 불리하게 만든다. 따라서 한국에 40만 톤 태국에 20만 톤을 계획하는 최첨단 생산설비를 갖춘 한라펄프제지의 공급능력은 태국과 아세아 시장에 공급하는 기존 공급사에 커다란 위협이 아닐 수 없다.

한라펄프제지의 최신 설비로 생산되는 제품은 이미 노후화된 설비로 미국에서 생산되어서 태평양을 건너오는 제품보다 품질과 가격 면에서 유리할 것이 확실했다. 만일 한라펄프제지가 보워터(Bowater)

의 손에 들어간다면 이러한 잠재적 위협이 제거될 뿐 아니라 보워터는 아세아 시장에 굳건한 발판을 마련하게 된다. 머릿속에 이러한 상황을 정리한 다음 나는 보워터(Bowater)의 제지 부문 사장 A. Fuller에게 전화했다. 나는 좀 부끄러운 것을 참고 우리나라가 외환위기를 맞아 IMF의 금융관리를 받게 되었으며 한라그룹을 포함한 몇 개의 대기업이 이 지급 불능(default)을 선언했다. 따라서 우리는 더 이상 태국 프로젝트를 추진할 능력이 없으니 태국 프로젝트는 잊어버리고 우리 회사에 투자하라고 했다. 그리고 투자할 의향이 있으면 빨리 L/I를 보내 달라고 했다. Fuller 사장은 깜짝 놀라 내 설명을 듣고는 Nemirow 회장과 상의해서 이른 시일 안에 우선 L/I를 보내 주겠다고 약속하였다. 사실 여러 가지 조건이 맞으면 투자할 의향이 있다는 의사를 표시하는 L/I는 법적 구속력이 없을뿐더러 보워터에게는 하나도 손해가 될 일이 없는 문건이다. 첫 번째 전화한 지 며칠 후 보워터는 우리 회사에 투자할 의사가 있음을 표명하는 L/I를 보냈으며 이른 시일에 협상팀을 보내겠다고 했다. 나는 약속대로 시간에 맞추어 문제의 L/I를 Kim & Chang 변호사에게 전달해 주었다. 이렇게 되자 그룹에서는 당초 법정관리를 신청하려던 계획을 바꾸어 법원에 한라펄프제지의 화의를 신청하여 현 경영진의 책임하에 회사를 정상화하는 것으로 방향을 잡고 1997년 12월초 광주지방 법원 목포 지원에 1차 화의절차 개시 신청서를 접수 시켰다. 화의절차 개시는 사실상 외자도입이 완결되는 시점까지 회사 재산의 보전처분을 하는 것이며 화의 채권에 대한 변제 조건은 2년 거치 후 8년간 균등 분할 상환하는 것으로 되어 있었다. 외자도입의 결과에 따라서 화의 변제 조건이 변경될 것이기 때문에 채권자의 관심은 외자도입의 성공 여부에 집중되었다. 이렇게 해서 급한 불은 껐지만 앞으로 언제가 될지 모르는 외자도입이 완결될 때까지 자력으로 공장을 쉬지 않고 가동해서 회사를 끌고 나가는 일이 막막했다. 공장 가동이 중단되면 회사 자산 가치도 떨어질 뿐 아니라 외국인 투자도 어려워질 것이기 때문이다.

쌓여 있는 제품재고(30,000M/T)

그동안 국내에서 팔지 못하고 재고로 쌓여 있는 약 30,000톤의 제품이 어려운 때 크게 도움이 되었다. 높은 환율 덕에 약간 할인된 가격으로 수출하여도 국내 판매 가격보다 훨씬 유리했다. 재고 30,000톤을 일시에 수출하여 자금을 마련하고 생산에 지장이 없도록 공장 운영에 필요한 경비를 충당하였다.

그러던 중 하루는 보워터의 Nemirow 회장이 직접 전화를 걸어와 한라펄프제지 자금 사정이 어려울 텐데 필요하면 자기들 신용으로 우리가 필요로 하는 만큼의 고지 원료를 공급해 주겠다고 제의했다. 그리고 보워터는 현금을 충분히 보유하고 있어서 아시아에 투자를 계획하고 있는데 한라펄프제지를 인수하게 되면 내가 이제까지 해 왔던 대로 회사 경영을 맡길 테니 책임지고 해 주기를 기대한다고 했다.

내가 가장 듣고 싶어 했던 얘기를 먼저 해 준 것이다. 태평양 건너 미국 Greenville에 앉아서 가려운 곳을 찾아 우호적인 제안을 해서 우리를 감동하게 하는 Nemirow 회장의 제스처가 고맙기도 하고 한편으로는 두렵기도 했다. 법원의 화의 절차 개시 인가가 난지 얼마 안 되서

97년 12월 중순 보워터는 골드만 삭스(Goldman Sachs)가 주축이 된 협상팀을 서울로 보내 한라와 1차로 협의하고 결과에 따라 필요하면 채권단도 만날 터이니 필요한 미팅을 주선해 달라고 연락해 왔다.

자금팀 채무 조정에 부정적

한라그룹 내의 모든 자금 운영은 막강한 그룹 자금팀에서 담당해 왔으므로 나는 그룹이나 우리 회사의 재무 상태에 관하여는 전혀 알지 못하고 회사의 인수합병에 관해서는 기초지식도 없었다. 따라서 보워터나 채권단과의 협상도 자금팀이 주축이 돼서 할 것으로 기대하고 있었다. 그러나 보워터는 한라펄프제지 경영진을 협상 상대로 하고 있었고 그룹 자금팀에는 관심도 없었다. 나는 우선 회사인수 합병에 관한 기초지식을 얻기 위하여 미국 모 대학의 사서로 일하고 있는 여동생에게 사정을 얘기하고 적당한 책을 하나 보내 달라고 부탁해서 미국의 유명한 M&A 관련 전문 변호사 Bruce Wasserstein이 집필한 《Big Deal》이라는 책을 받았다. 보워터와의 협상에 대비해서 나는 밤 늦게까지 열심히 이 책을 읽었다.

보워터와의 첫 회의에서 보워터 협상팀 얘기를 들어 보니 보워터의 입장은 우리가 예상했던 것과 같이 회사의 주식(share)을 매입해서 회사를 인수하는 것이 아니고 자산(asset)만을 매입하는 것이라고 한다. 회사 자산은 모두 채권단의 담보로 잡혀 있으니까, 채권단과 협상을 통해서 담보를 풀고 빚이 없는(debt-free) 회사를 만든 다음 회사의 자산만을 매입하겠다는 것이다. 회사의 부채는 채권의 종류에 따라 갚는데 담보채권은 70%, 무담보 채권은 30%를 현금으로 갚으며, 기타 일반 상거래 채권은 원금의 100%를 변제하고 이자는 면제받는다는 채무 탕감률(hair-cut rate)을 채권단에게 제안하겠다고 한다. 그러니까 총부채에서 이자는 면제받고 원금의 30%-70%를 감액받겠다는 것이다. 나는 아니 어느 은행이 꿔 준 돈을 깎아 주느냐 그것은 우리나라에서는 현실성이 없는 것이라고 했더니 보워터 협상팀은 나에게 걱정 말라고 채권단이 협상에 따를 것이고 이와 같은 탕감률(hair-cut rate)은 미국에서는 회사의 채무 불이행(default) 상황에서는 일반화되어 있는 금융 관행이라고 한다. 더 나아가서 미국에서는 때에 따라서는 무담보 채권은 한 푼도 받지 못하는 예도 많이 있다고 했다.

나는 보워터 제안을 그룹 자금팀에 설명해 주었다. 자금팀에서는 금융기관에서 차입도 어려운데 꾼 돈을 누가 탕감해 주겠냐고 한다. 주식을 인수해서 자산과 부채를 인수하는 것은 몰라도 그런 식으로는 채권 은행과 대화가 되지 않을 것이라고 보워터 제안을 일축해 거부하는 태도를 보였다.

채무 탕감 비율(hair-cut rate)

그러나 나는 이것이 성사되지 않으면 회사가 살아날 길이 없음으로 한라펄프제지 단독으로라도 추진하겠다고 마음을 먹었다. 보워터 협상팀의 설명대로 현재의 고금리 시장에서 화의나 법정관리가 성립되어도 최소 2년 거치 8년 분할 상환인데 연금리 20%-30%로 치솟은 현 상황에서 20%-30%를 탕감하더라도 당장 채권을 현금으로 받는 현재 가치(present value)가 훨씬 유리할 것으로 생각했다. 나는 보워터 협상팀을 이끌고 먼저 가장 중요한 담보 채권자인 산업은행을 만나기로 했다. 그러나 담보 채권자 한국산업은행 목포지사는 자기들의 담보채권은 어떤 경우에도 100% 회수가 가능하므로 탕감률을 논의할 필요가 없다고 한다. 멀리 미국에서 온 손님이니 한번 만나기만이라도 해달라고 수차 부탁하였으나 협상은 고사하고 만나는 것 자체를 거부하는 경직된 태도를 바꾸지 않았다.

주 채권자인 산업은행 목포지점과는 끝내 협의도 해 보지도 못하고 실망 속에서 서울로 올라왔다. 다음에는 기계설비 리스 회사인 한일리스 담당 임원을 만났다. 다행히 담당 임원은 과거 현대양행 시절 같이 근무했던 후배라 협상이 비교적 순조롭게 잘 진행되었다. 한일리스는 보워터 제안에 관심은 있으나 탕감률은 그대로 받아들이기 어렵다고 했다. 한일리스 담당 임원은 나에게 외국에서는 부도난 회사를 인수 협상을 하는 데는 탕감률(hair-cut)을 합의하여 원금 일부를 탕감받는 것이 관례라고 귀띔해 주었다. 한일리스는 내부적으로 우리 측 구두 제안을 검토해 보고 관심 여부를 곧 통보해 주겠다고 했다. 다음 날 한일리스는 협의할 용의가 있으니 구체적인 제안을 해 달라고 연락해 주었다. 이와 같은 한일리스의 긍정적인 태도에 나는 크게 고무되어 보워터 탕감 안이 그룹 자금팀에서 생각하는 것같이 비현실적인 것이 아니라고 믿게 되었고 힘차게 밀어붙이기로 결심하였다. 이런 일을 추진하려면 먼저 내부적으로 합의가 이루어져야 한 방향으로 힘을 모을 수가 있는데 그룹 자금팀은 보워터의 채무 탕감 제안이 성공하리라는 믿음이 없기 때문에 협조받을 수 없었다.

그룹 자금팀에서는 우리 실무자에게 보워터가 제시하는 협상안은 절대로 채권자들이 받아들이지 않을 것이라며 성공하면 장에 손가락을 지질 것이니 헛수고하지 말라고 한단다. 그러나 우리 한라펄프제지의 경우에는 보워터의 인수합병 이외는 살길이 없으므로 그룹 자금팀의 부정적인 태도는 도움을 주기보다 장애가 될 수 있으므로 그룹 자금팀은 보워터 관련 채권단과의 협상에는 손을 떼도록 하고 우리 한라펄프제지 독자적으로 추진하기로 그룹 자금팀과 합의했다.

나는 태국 지사를 폐쇄하고 태국제지 프로젝트에 관련된 모든 업무를 정리하고 K 상무를 급히 귀국게 하여 새로 조직한 "외자도입" 팀을 맡도록 하였다. "외자도입" 팀은 보워터뿐만 아니라 노르스케 스코그 (Norsge Skog) 등 다른 관심 있는 외자 유치 관련 업무도 맡도록 하였다.

어느 날 아침 회장님은 나에게 전화로 인수합병이 실패할 경우를 대비하라고 했다. 그렇게 하겠다고 했지만 나는 속으로 보워터의 인수합병이 안 되면 당초 그룹이 계획했던 대로 법정관리로 가는 수밖에 없다고 말해 주고 싶었다.

보워터는 한라펄프제지의 인수 의사를 밝힌 다른 잠재 투자자 특히 노르스케 스코그(Norske Skog)의 움직임에 관심이 많았다. 보워터 협상팀이 미국으로 돌아간 후 17개의 채권 은행, 종금사, 리스사를 차례로 만나 현재의 IMF 상황에서는 보워터 채무변제안이 가장 유리하다는 점을 계속 설득했다. 우리 외자도입 팀의 활동에 관심이 깊은 보워터는 탕감률을 조정하여 조기에 타결 짓고 다른 예비 투자자와의 경쟁을 피하려고 했다. 한일리스는 탕감률이 85%만 된다면 현재가치로 볼 때 계약 종결일에 현금으로 원금의 85%를 받는 것이 유리하므로 수용하겠다는 의사를 표명했다. 채권단에서 당시와 같은 IMF 비상시국에 우리 측 채무 변제 안이 은행에 실질적으로 유리한 점은 인정하지만 혹 원금을 탕감한다는 것이 채무자에게 무슨 특혜를 주는 것으로 보이는 것을 염려하는 것 같은 분위기였다.

산업은행 컨설팅

주 채권 은행인 산업은행도 변화를 보이기 시작했다. 산업은행 컨설팅 팀에서 우리에게 자기들의 컨설팅을 한번 받아 보라고 권유했다. 아마 산업은행 내부적으로 컨설팅 팀에서 보워터의 변제안을 받아들이는 것이 유리하다고 제안하면 업무 부서는 혹시라도 문제가 되면 책임을 면할 수 있는 모양이다. 눈 감고 아옹하는 식이다. (나중에 그때의 컨설팅 팀장이 산업은행 행장이 되었다.) 우리는 변제안의 타당성과 객관성을 보여 주기 위해 산업은행 컨설팅팀을 우리 비용 3억을 들여 고용하여 도움을 받았다. 산업은행의 고위층을 만나 보니 전보다 태도가 유연해지고 타결할 의사를 보였다. 한일리스를 선두로 강원은행, 경기은행 등 모든 채권단이 보워터의 변제 안을 수용했으며 협상을 시작한 지 5개월 만인 98년 5월 중순 한국보증보험과 해외 투자 펀드 2 개사를 제외한 모든 채권단이 청산 합의서에 서명하였다. 이렇게 해서 협상 시작한 지 6개월 만에 채권자 92.8% 동의를 받아 98년 5월 14일 법원의 화의절차 개시 결정을 받았다. 그러나 한국보증보험은 자신의 채권(200억)은 만도의 연대보증을 받았기 때문에 여타 무담보 채권자와 같이 원금의 50%를 변제받는 것은 불공평하다고 광주고법에 화의절차 개시 결정을 취소하도록 하는 항소를 했으며 해외 투자펀드 Winchester와 Bishopgate는 주주로서 보워터 인수 협상에 참여하게 해 달라는 가처분신청을 목포 지방법원에 제출한 바 있다. 보워터는 이 같은 소송의 법원 판결을 기다리고 있었다. 인수합병 협상은 그것이 종결될 때까지 조그만 심리변화가 엄청난 가격의 차이를 가져올 수 있으므로 쌍방이 정보에 극도로 민감함으로 상대방을 자극하기 위하여 미디어를 활용하여 거짓 소문도 만들어 퍼트리는 것도 보통이라고 한 것을 읽은 기억이 있다. 나는 정부가 보워터의 인수 협상에 관심이 큰 것을 알고 한국보증보험이 법원의 화의절차 개시 결정을 취소하라는 항소를 제기하여 보워터의 한라펄프제지에 대한 투자가 물거품이 될 위기에 처했다고 신문에 보도되도록 했다.

보워터 투자의 상징성

우리나라의 외환 사정을 살펴보면 IMF 관리체제로 들어간 이후 최초로 미화 2억5000만 달러를 직접 투자하겠다는 보워터의 제안은 외환위기를 극복하려고 노력하는 우리 정부에 상징적으로나 실질적으로 큰 도움이 되는 것이다.

한국보증보험 문제가 신문에 보도된 다음 날 아침 외교통상부 고위층에서 직접 전화가 왔다. 나에게 한국보증보험의 문제점이 뭐냐고 물으셨다. 문제점을 설명해 드렸다. 다음 날 곧 한국보증보험 사장으로부터 청산 합의서에 서명하겠으니 빨리 들어오라고 연락이 왔다. 이렇게 해서 청산 합의서에 거의 모든 채권단과 합의는 했지만, 아직 자금이 투입되지도 않았기 때문에 보워터와 자산양수도계약 협상이 실패로 돌아가던지 다른 잠재 투자자들이 보다 나은 화의 변제율을 채권단에게 제시한다면 보워터를 포기하고 다른 투자자를 수용할 가능성은 아직도 남아 있었다. 98년 1월 보워터에 90일간의 외자도입 협상의 독점권(exclusivity)을 주었으나 이미 그 시효는 지났고 실제로 노르스케 스코그(Norske Skog)는 우리 공장을 방문하고 깊은 관심을 표명하면서 외국은행(Chemical Bank) 지점장을 내게 보내서 보워터

보다 $2,000만 달러 정도 높은 인수가를 제시하겠다고 통보해 왔다.

그러나 사실 인수 가격이 더 올라갔다고 해서 채무자인 한라펄프제지 주주에게 이익이 되는 것은 아무것도 없다. 피인수 회사의 주주, 경영진, 종업원은 투자자가 채권단에 채무의 몇 프로 얼마를 갚던 관심이 없다. 그들에게는 고용은 승계할 것인지, 경영진은 어떻게 할 것인지, 주주는 어떻게 처우하는지 등이 최대의 관심사다. 새로운 잠재 투자자와는 이러한 문제에 합의를 보기도 어려울 뿐만 아니라 투자가 성공한다는 아무런 담보도 없는 상황에서 그동안 쌓은 상호 신뢰를 바탕으로 마무리 단계에 와 있는 보워터와 합의에 재를 뿌리는 것인지도 몰랐다.

보워터는 한라의 주주를 대신해서 총부채 4,961억 원 중에서 담보 채권은 이자를 면제하고 원금의 85%, 무담보 채권은 이자를 면제하고 원금의 50%를 현금으로 채권단에게 변제하고 한라펄프제지의 자산을 인수하는 대금으로 상계하기 때문에 주주에게는 아무런 보상이 있을 수 없다.

한라펄프제지 주식 보유 현황

 97년 6월 30일 기준 한라펄프제지의 장부상 자본금 365억은 전액 잠식되어 98년 말 실현 순자산은 – 395억 원으로 채무초과 상태로 있을 것으로 예상되었다. 1997년 6월 기준으로 한라펄프제지의 주식보유 현황은 다음과 같다.

 총발행주식 100% 3,888,000주

 · 한라건설 21.43%(833,334주)
 · 한라시멘트 17.15%(666,666주)
 · 정몽국 10.29%(400,000주)
 · 배달학원 2.57%(100,000주)

 해외의 투자펀드 Winchester Investment 29.63%(1,152,000주), Bishopgate Investment 18.93%(736,000주)를 각각 보유하고 있지만, 이들의 출자자본금 전액(408억)을 99년에 상환하는 것으로 되어 있다. 실은 이들 외국인 주주는 국내은행이 편법으로 역외에 펀드를 설립하여 자본 참여를 통한 대출을 한 것이다. 그러나 이들도 주주로서

보워터의 인수합병 협상에 참여하게 해 달라고 가처분신청의 소송을
제기하였다.

이에 앞서 한라펄프제지는 98년 5월 21일 특별 주주총회를 열고 회
사 자산을 보워터에 매각하는 양수도 계약을 이미 승인하였으며 출석
이사는 :

의장 대표이사 한상량,
이사 정인영,
이사 강경호,
이사 박윤수
4인으로 기록되어 있다.

나는 양수도계약서의 이사회의 승인을 받기 전에 보워터와 상호 합
의한 바 있는 다음과 같은 비공식 별도 합의서를 작성하여 보워터의
서명을 받아 놓았다.

보워터 인수 완결

보워터 한라펄프제지 인수

보워터의 한라펄프제지 인수 방법은 회사 보유 자산의 현재가치를 평가하는 것이 아니고 한라펄프제지의 수익 창출 능력을 평가하는 것이므로 보워터는 생산 활동에 연관이 없는 자산에 집착하는 모습은 보이지 않았다. 태국에 매입한 공장 부지, 음성공장에 보관 중인 개스 터빈 등은 모두 한라펄프제지 소유로 하였다.

그동안 상호 이해하고 있던 사항을 정리하여 별도 합의서를 작성하여 서명하였다. 별도 합의서를 만드는 데는 보워터의 Newsprint Division의 A. Fuller 사장의 도움이 컸다. Fuller 사장은 서울과 Atlanta에서 회장님을 몇 번 만난 바 있다.

(1) 한라펄프제지 창업자 정인영 명예회장을 보워터-한라의 고문으로 추대하고 향후 5년간 매년 $100만씩 합계 $500만을 지급한다.

(2) 한라펄프제지가 소유하는 생산설비 외에 태국의 토지 및 현금은 한라펄프제지 소유로 한다. 한라중공업에 보관 중인 개스 터빈 (gas turbine) 등의 소유권도 보워터에 불이익이 없는 방법으로

한라펄프제지로 이전한다.

(3) 인수합병 종료 당시 평가액을 기준으로 발행주식의 20%까지 매입할 수 있는 주식매입권을 제공한다.

(4) 인수합병 이후 현 한라펄프제지 대표이사의 책임경영을 보장하고 종업원과 임원진은 100% 그대로 승계한다.

98년 6월 12일 그러니까 95%의 채권단이 청산 합의서에 서명한 지 거의 한 달이 지나서 광주고법은 한국보증보험의 항소를 기각하는 판결을 했으며 6월 20일에는 목포 지방법원이 외국인 주주(Winchester와 Bishopgate)가 신청한 가처분신청을 기각함으로써 한라펄프제지의 양수도 계약에 영향을 줄 수 있는 모든 법적인 문제가 완전히 해소되었다.

모든 법적 문제 종결

이렇게 모든 법적 문제가 6월 말 말끔히 결말이 나자 보워터는 곧바로 우리 한라펄프제지 경영진을 Greenville로 초청했다. 이제야 정말로 보워터가 투자한다는 것을 확신하게 되었다.

우리가 Atlanta 공항에 도착하자 커다란 고급 승용차(stretch limousine)가 우리를 기다리고 있었다. 우리는 가벼운 마음으로 호텔에 도착했고 다음은 주말이라 사무실에는 가지 않고 보워터 경영진과 함께 보워터 부사장 별장이 있는 호수가 야외에서 바비큐를 하면서 즐거운 시간을 갖고 융숭한 대접을 받고 돌아왔다. 그동안 우리가 수고 했다는 위로 겸 보워터 경영진과 얼굴 익히기 위한 비공식 모임이었다. 우리가 서울로 돌아온 지 2주 만에 7월 15일 보워터는 Chase Manhattan Bank, Seoul에 예치된 자금을 청산 합의서에 따라 채권단에 지급함으로써 한라펄프제지의 양수도 계약은 종결되었다.

자금 지급이 끝난 날 오후 보워터의 변호사 A. H. Barash는 내 사무실로 찾아와 나에게 "Welcome to Bowater Incorporated"라고 인사했다. 한라펄프제지가 미국 회사 보워터의 계열사가 된 것이다. 협상 시작한 지 7개월 만이다. 다음 날 아침 나는 인수합병에 따른 모든 절차가 완료되었다고 회장님에게 보고했다. 그룹 회장은 그동안 수고했다고 위로해 주셨다. 이 외자도입을 통하여 한라펄프제지가 경영정상화의 길을 걷게 되면서 한라펄프제지는 한라그룹의 계열 회사 정상화의 모델이 되었다.

한라그룹 정 회장님은 미국의 로스차일드(Rothschild) 금융 그룹과 제휴하여 10억불의 외자를 브리지론(Bridge-loan) 형식으로 도입해서 한라그룹 계열사를 정상화하겠다고 발표하였다. 금융투자자금은 기업에 투자하는 목적이 부실화된 기업의 채무를 탕감한 현재가치로 매입해서 기업을 정상화한 후 매각해서 차익을 실현하는 자금이다. 따라서 로스차일드와 같은 금융투자 자금(Bridge-loan)은 되도록 이른 시일 안에 차익을 실현하고 철수하는 단기 투자이고, 산업자본의 직접투자(FDI)는 사업의 전략적 필요에 의해 투자함으로 장기 투자가 대부분이다.

어느 것이든 간에 국가적 경제위기를 맞아 쓰러진 기업을 정상화해서 공장을 가동하고 길거리로 내몰릴 종업원들의 일자리를 지키는 긍정적인 역할을 하는 것임에는 틀림이 없다. 어떻게 되었던 IMF 체제의 비정상적인 고금리를 고려하면 현재가치로 따져서 20%-30%를 탕감하더라도 현금을 즉각(up-front) 받는 것이 감당하지 못할 빚을 지고 2-3년 유예기간을 거쳐 7-8년 후에 분할 상환하겠다는 불확실한 약속보다 유리하니까 채권단은 화의 변제 계획에 합의했을 것이다.

외환위기 당시 한라의 구조조정에는 로스차일드(Rochschild)의 윌버 로스 회장(Wilber L. Ross)을 빼놓을 수 없다. 로스차일드 미국 대표로 일하던 로스 씨는 인수합병과 부실기업 정리의 금융전문가로 "The King of Bankrupcy"라고 불리었다. 특히 1990년 초 트럼프 현 대통령이 소유하던 미국 뉴저지 애틀랜틱 시티(Atlantic City)의 초대형 카지노 "트럼프 타지마할(Trump Taij Mahal)"이 도산하면서 로스 씨가 개입하여 트럼프 지분 일부를 채권자에게 양도하고 채무를 조정하여 카지노의 경영권을 트럼프가 지킬 수 있게 정리해 주어 트럼프와 인연을 맺었다. 이후 로스는 79세의 역대 최고령의 나이로 트럼프 1기 내각의 상무장관(Secretary of Commerce)으로 취임하였고 재임 기간 중 공직 수행과 개인의 이해 충돌의 문제로 몇 번 언론의 비난을 받았지만 4년을 재임했다.

김대중 대통령은 외환위기 때 기업 구조조정으로 국가에 기여한 공로를 인정해서 로스 씨에게 산업훈장을 수여하였으나 그 후 그의 행적에 대하여 정부와 언론으로부터 자주 비난받기도 했다.

이러한 외국인 투자를 정부의 경제정책에 맞게 관리하는 것은 정부의 몫이다. 그러한 거래 속에 주주의 지분이 어떻게 변했는가는 사실 채권단이 알 바가 아니다. 또한 기업의 자산이 외국자본에 넘어가는 과정에서 주주가 조금이라도 더 자기의 소유 지분과 경영권을 지키려고 노력하는 것은 당연한 것이다. 매각되는 기업의 지분이 100% 외국인 손으로 넘어가야 온당한 것이고 해당 기업의 주주가 얼마라도 지분을 지켰다고 비난하는 것은 잘못된 것이다. 그러한 가능성이 열려있지 않다면 그 어려운 때 누가 힘들여 외자를 도입해서 기업을 정상화하려고 뼈를 깎는 노력을 하겠는가.

2000년 10월 국내 언론은 로스차일드사가 외자 10억 불을 도입을 하겠다고 약속했으나 3억4천만 달러만 들여왔으며 1,986억 원을 우리 정부의 구조조정기금에서 조달하여 금융기관 빚 상환에 사용했다고 비판했다.

론스타 펀드가 외환위기 때 외환은행을 매입하여 엄청난 이익을 실현하고도 이익을 더 찾겠다고 우리 정부를 상대로 하는 소송이 최근까지 진행된 것은 다 알려진 사실이다.

이 모든 자금의 투자 목적이 단기적이든 장기적이든 도산 기업을 정상화하고 고용을 유지하여 기업 활동을 계속하게 함으로 기업 가치를 높이는 데 있다면 그 자금이 외자든 내자든 굳이 따질 필요는 없다. 등소평의 말대로 검은 고양이든 흰 고양이든 쥐만 잡으면 되는 것이 아닌가.

1996년 한라그룹은 공정거래위원회 고시 대규모 그룹 집단의 재계 종합 12위로 18개의 계열사를 거느리고 있었다. 그중 4,000억 이상의 영업실적을 올리고 있던 기업은 7개였다. 7개 기업 중 2개의 적자기업 한라해운, 한라자원은 퇴출되었고 영암 삼호조선소를 중심으로 하는 한라중공업은 현대중공업에 흡수 합병되었으며 나머지 4개 기업은 외국 산업자본의 전략적 투자로 정상화되었다.

기업의 구조조정이라는 말은 인체의 대수술과 같은 것이다. 살을 째고 병든 부분을 잘라 내는 고통이 따르게 된다. 이러한 기업의 구조조정을 지휘하는 최고책임자는 사내외 갈등과 고뇌를 극복하고 법적 도덕적 책임을 한 몸에 지고 결정을 내려야 하는 외로운 싸움에서 이겨야 한다.

한라는 이러한 시련을 겪으면서도 좌절하지 않고 외환위기 때 그룹 구조조정의 일환으로 외국계 금융그룹(Sunsage)에 매각된 만도를 2007년 KCC, 산업은행, 국민연금과 컨소시엄을 이루어 세계적 사모펀드 KKR과 미국 자동차 부품회사 TRW의 경쟁을 물리치고 지분 72.30%, 539만 1903주를 6,515억에 인수하였다. 매각된 지 8년 만에 만도를 되찾아 오는 데 성공한 것이다. 이것은 우리 기업사에 찾아볼 수 없는 사건일 것이다.

60년대 후반 안양읍 박달리 현대양행 안양 기계제작소에서 최초로 자동차 부품을 생산한 지 이제 반세기를 훌쩍 넘긴 만도는 세계 유수의 자동차 부품공급 회사로 성장하여 자리 잡고 착실한 발전을 거듭하고 있다. 만도가 나아가는 앞날에 끝없는 발전과 영광만이 있기를 기원한다.

보워터 한라펄프제지(BHPC)

보워터 경리 책임

한라펄프제지(HPPC)는 미국 회사 Bowater-Halla Paper Co. (BHPC)로 다시 태어났다. 공장 준공 1년이 조금 넘은 시점에서 빚더미에 앉아 있던 회사가 비록 주주는 외국 회사로 바뀌었지만 debt-free(빚이 없는) 회사로 탈바꿈한 것이다. 처음부터 약속된 대로 회사 경영은 현 경영진이 그대로 계속해서 맡아 하고 보워터에서는 경리 담당 부사장을 보내 왔다. 캐나다 시골에 있는 작은 제지회사에서 경리를 맡던 Robert Heese라는 캐나다 사람이 가족을 동반하고 왔다. 처음 해외에 나와서 생활한다고 하는데 Heese는 가정에 헌신적인 데 반해 부인은 지나치다 싶을 정도로 남편을 종 부리듯이 하더니 결국 서울에 정착한 지 몇 달 안 돼서 이혼하고 부인은 어린 딸 둘을 데리고 캐나다로 돌아갔다. 잘 살겠다고 한국에 와서 가정이 깨지는 것을 보니 마음이 아팠다. 그리고 얼마 후 Heese는 한국인 여자와 결혼하고 싱가포르에 있는 미국계 회사로 전직해 갔다.

Heese 후임으로 미국에서 Kimberly-Clark이라는 제지 회사에 있던 Curtis Davidson이라는 사람이 부임해 왔다.

당시 IMF 통제 아래서 BHPC가 성공적으로 M&A를 마치고 정상화되었다고 언론에 보도되자 자기네 회사도 M&A를 하도록 도와 달라고 찾아오는 사람도 몇이 있었다. 한편 빚이 많은 동업사 대한과 세풍도 금융 위기를 견디지 못하고 M&A를 추진할 수밖에 없었다. 한솔과 신호는 노르스게스코그(Norske Skog)에 매각되었고 보워터는 대한제지와 세풍을 놓고도 몇 달간 추가 매각 협상을 진행하였다. 대한은 최소한 한라펄프제지 가격보다는 더 주어야 한다고 양승학 회장이 직접 나서서 상담했다. 세풍은 기계가 너무 노후 된 것이라 우리가 반대했다. 그때만 해도 우리는 회장님이 계획했던 제지기계 2호기 설치를 꿈꾸고 있었고 보워터 측도 2호기 설치를 부정하지 않고 있었기 때문에 우리는 보워터가 대한이나 세풍을 인수하는 것을 환영하지 않았다. 목포 공장에는 처음부터 2호기를 위한 부지도 마련되어 있었고 사무동도 2호기를 참작하여 큼직하게 여유 있게 지어져 있었다. 그러나 보워터는 아시아보다는 북미를 선택하였고 캐나다 제지회사를 하나 더 인수하는 것으로 끝이 났다. 지금 와서 보면 잘못된 결정이었다.

1998년 가을 Nemirow 회장은 보워터 이사회를 목포공장에서 열겠다고 통보해 왔다. Nemirow 회장은 보워터 이사진에게 새로 보워터 가족이 된 BHPC 목포공장을 보여 주는 것이 필요했을 것이다. 보워터 사외이사 10명이 목포에 공장에 내려와서 와서 이사회를 했다. 나는 이사들 앞에서 회사를 소개하고 앞으로 보워터가 한국에 투자하기를 잘했다고 여러분들이 만족할 만한 경영 성과를 올리겠다고 약속했

다. 이사들은 이사회가 끝나고 골프도 하고 즐거운 시간을 보내고 귀
국했다.

커트 데이비스 경리 부사장과 직원들 등산 가운데 앉아 있는 사람

현대양행과 함께 걸어온 길

무역의 날 헤드테이블에

우리는 상공부를 통해 Nemirow 회장이 청와대로 김대중 대통령을 만나 뵙는 공식 방문을 주선했다. 김대중 대통령님은 IMF 기간에 다른 곳도 아니고 자신의 정치적 고향인 목포에 외국 기업이 들어와 도산된 기업을 회생시켜서 사업을 한다는 사실에 깊은 관심을 보이셨다. 대통령님은 Nemirow 회장과 만난 자리에서 한국에 투자해 주어서 고맙다는 말씀을 몇 번이나 하셨다. 그리고 앞으로 2호기 추가 투자도 꼭 실현되기를 바란다고 말씀하셨다. 아마 통상부를 통해서 2호기 투자 가능성이 있다는 것을 보고받으셨던 것 같았다. 그해 11월에 개최된 무역의 날 행사에는 통상부에서 대통령님이 앉아 계신 헤드 테이블에 내 좌석을 배정해 주는 영광을 나에게 주셨다. 대통령님 옆에 앉았던 김우중 전경련 회장, 그리고 내 바로 옆에 김종필 총리님만을 내가 알아보았고 기억할 수 있다. (구평회 무협회장, 김상하 상공회의소 회장도 참석) 김종필 총리는 나에게 "옛날에는 외국자본은 매판자본이라고 배척할 때가 있었는데 지금은 세상이 많이 달라졌죠?" 하고 말씀하셨다. 아마 한일 국교정상화 때의 일을 말씀하시는 것으로 이해하였다. 그 후 정부에서 대통령 표창을 주겠다는 통보가 있었다.

미국 본사를 안심시키다

그러나 이제 회사가 살아났으니, 투자자가 만족할 만한 경영 성과를 내는 것이 나에게 가장 중요한 과제로 떠올랐다. 당장 이루어지는 것은 아니지만 성과가 있어야 2호기 투자도 보워터에 권유할 수 있는 것이 아닌가. 나는 우선 우리가 어떻게 공장을 운영하고 회사를 어떻게 경영하는지 커다란 관심을 쏟고 있는 미국 본사 경영진을 안심시키기 위해서는 돌발 사고가 없어야겠다고 생각했다. 그 첫째가 안전이고 둘째가 환경이라고 판단하고 각 부문의 사고 가능성을 찾아 제도적으로 예방하는 방안을 찾아 안전 교육을 계속해서 실시하였다. 그리고 부장급 안전관리 담당을 두어서 현장에서 형식적이 아니라 실질적으로 능률보다 안전이 확보되도록 현장 지도를 철저히 해 나갔다. 우리는 이제 외국회사가 되었기 때문에 환경문제는 더더욱 중요한 과제가 되었다. 외국인이 남의 나라에서 사업을 하면서 그 나라 환경을 해치는 염치없는 짓을 한다면 더 크게 주민(community)의 지탄받을 것이고 필요한 환경 관련 투자는 아껴서 얻는 것보다는 잃을 것이 훨씬 더 클 것이다. 안전과 환경은 모든 기업이 지켜야 하는 기업 활동의 기본이기 때문에 이를 어기면서 기업 활동을 하는 것은 범죄를 저지르는 것이다. 나는 보워터 본사가 미국과 캐나다 여러 곳에 펄프 제지공장을 운영하고 있고 공장마다 환경과 관련한 여러 가지 문제를 안고 있다고 들었다. 따라서 보워터는 환경문제에 민감할 수밖에 없다. 어떠한 경우이든 미국과 캐나다에서는 안전과 환경문제를 잘못 다루면 곧바로 큰 법적 문제에 당면하기 때문에 필요한 투자는 우선적으로 행한다.

얼마 안 있어 보워터 본사는 미국 안전 전문 컨설팅 회사 듀퐁(Dupont)에 $50,000을 지불하고 안전 컨설팅을 받으라고 권유하였다. 사실 안전은 전문 지식이 문제가 아니라 작업자가 일상의 작업 현장에서 안전을 지켜 나가도록 의식을 바꾸는 것이 문제다. 나는 안전 문제는 우리 자체적으로 능히 할 수가 있으므로 외부의 도움이 필요 없다고 거절하였다. 그것은 외국 전문가가 할 일이 아니라 우리가 자체적으로 할 몫이었다. 안전과 환경은 직접 챙겼으며 그 결과 나의 재임 9년 동안 우리 공장에는 단 한 건의 안전사고도 없었다.

신문용지는 공해 산업

우리 공장의 제품은 간단히 말해서 고지를 탈묵(de-inking)해서 신문 용지를 재생산(recycling)하는 것임으로 투입되는 화학 약품이 종이의 품질과 생산성을 결정하는 중요한 역할을 하며 독성이 강한 폐수를 배출한다. 따라서 이렇게 배출되는 폐수를 자체적으로 처리해서 환경부 기준치에 맞게 방출시키고, 고체로 나오는 스러지(sludge)는 일부는 공장의 보일러에 연료로서 벙커 C 유와 섞어서 태우지만, 상당한 부분은 공장 내부에 적재되었다가 외부로 운반되어 메우거나 연료로 사용하는 시멘트 공장 같은 수요처에 보내기도 한다. BHPC 목포 공장은 제지기계 1대를 운영하는 비교적 간단한 작업(operation)이지만 여러 가지 공해를 일으키는 공해 산업이다. 따라서 철저하게 환경보호 법규를 지키지 않으면 회사 존립의 문제가 될 수도 있으므로 철저하게 관리해야 한다. 이와 같은 폐수, 스러지, 배기가스(emission)로 인한 환경문제도 재임 기간에 단 한 번도 문제가 된 적이 없었다.

나는 40여 년간을 회사 생활을 하면서 20여 년을 최고경영자로 근무하였지만, 회사 경영에 어떠한 자율적인 경영권을 행사해 본 적은 한 번도 없었다. 다른 대기업의 최고 경영자도 아마 비슷했을 것이다.

내가 근무한 현대그룹이나 한라그룹에서는 대표이사가 법적으로 책임을 지는 것은 확실한데 실제 경영에서는 특히 인사, 급여 등 중요한 부분에서 그룹의 지시 사항을 이행하는 것에 그치는 것이 대부분이다. 그러나 BHPC에서는 오히려 법적인 대표이사 Arthur D. Fuller는 미국에 주재하고 있고 1년에 한두 번 정도밖에 만날 기회가 없었으며 부사장 Jerry Gilmore가 1년에 한두 번 한국을 방문하였다. 따라서 나는 CEO로서 전권을 갖고 독립적으로 회사를 경영하였다. 단지 시설 보수예산(CAPEX)이나 기부금(donation)은 사전에 본사의 예산 승인을 받아 놓고 집행하였다.

기존 경영진 자율 경영

자율 경영

사실 보워터 경영진은 그동안 몇 개월의 M&A 협상 과정에서나 그 이전부터 서로 우리와 소통할 기회가 많이 있었으므로 서로의 성격이나 특징을 어느 정도는 알고 있었다. 보워터는 BHPC 회사 경영을 전적으로 나에게 맡기고 경영에 일절 관여하지 않았다. 당시 상황으로는 나를 붙잡는 것이 보워터에 유리하다고 판단했는지도 모른다. 그러던 어느 날 한라 회장님이 나를 찾아오셨다. 한라 시멘트 사장을 맡아 달라고 하셨다. 당시 한라 시멘트는 내부적으로 많은 문제가 불거져 있다고 듣고 있었다. 나는 회장님의 제의를 받아들여 그룹을 돕고 싶었지만, 당시 보워터와의 약속을 지키고 BHPC를 정상 궤도에 올려 놓는 것이 한라그룹에도 중요하다고 판단하고 이 제의를 거절할 수밖에 없었다. 나는 보워터와 신뢰 관계를 유지 발전시키는 것이 BHPC 경영의 핵심이라고 생각하였다.

경리 담당 부사장 직위를 갖고 있는 Curtis Davidson은 경리 팀을 맡고 있었지만, 실제 경영에는 참여할 수 없었다. 회의를 영어로 할 수도 없고 본인이 한국말을 배워서 알아듣기 전까지는 방법이 없었다. 아마도 회사 운영의 핵심이 되는 주간 운영회의에 참석하고 싶었을 것

현대양행과 함께 걸어온 길

으로 짐작한다. Curtis는 중동 지역에 주둔하던 미 공군 정보기관에서 부 사관으로 장기 복무하고 전역한 후 정부의 금융지원을 받아 고향 일리노이(Illinois) 주에서 늦은 나이에 대학을 졸업하고 제지회사에 근무하고 있다가 BHPC에 경리 담당으로 전직해서 온 사람이다. 사람이 냉정하고 교활하며 눈치가 빠르고 내색을 잘 하지 않는 인물이다.

이 사람도 한국에 와서 제일 먼저 한 일은 데리고 온 마누라를 쫓아 보낸 일이었다. 눈물을 흘리며 울면서 공항을 떠나는 Curtis의 부인 Babara가 너무 불쌍하더라고 공항에 데려다준 운전기사가 하는 말을 들었다. 그렇게 하고 몇 달 안 돼서 Curtis도 한국인 여자와 결혼하고 아무 일도 없었던 것처럼 그대로 회사에 근무했다. 인간성이 없는 사람으로 보였다. 그렇게 보니 그들에게 한국에서의 생활은 그들이 살던 세상과는 다른 세상인 것 같고 그들의 인생을 완전히 바꿔 버리는 계기가 되었다.

협박성 투서

회사 내에서 Curtis가 일하는 데 여러 가지가 불편한 것이 많이 있었으리라고 생각한다. 우선 말이 안 통하니까 회사가 돌아가는 현황을 자세히 알 길이 없다. 나는 되도록 Curtis가 우리와 동질감을 갖도록 노력했지만, 한계가 있었다. Curtis는 본사에 자신이 제 역할을 다하고 있다는 것을 보여 주고 싶었으리라고 짐작했다. 그런데 어느 날 나에게 회사 직원이 보낸 것으로 보이는 협박성 투서가 Email로 들어왔다. 공무의 L 부장 그리고 P 차장을 언제까지 회사에서 방출하지 않으면 파업을 일으키겠다는 것이다. 투서에 지목한 사람은 제지 출신이 아닌 한라중공업 출신 중간 간부로서 영어가 능통하여 전진 배치한 우수한 직원들이었다.

원료 탱크 제작 감사

그와 더불어 당시 중요 시설투자(CAPEX)로 제작하고 있던 원료 탱크 공사에 부정이 있다고 Curtis에게 제보했다고 한다. 자신들이 한솔에서 동일한 원료 탱크를 제작했는데 우리 제작비용이 한솔 것보다 50% 이상 고가라는 것이다. Curtis가 내 방에 찾아와서 이러한 사실을 나에게 알려 주면서 미국 본사에도 통보했다고 했다. 누가 그런 정보를 주더냐고 하니까 그것은 밝힐 수 없다고 한다. 나는 알았다고 했지만 누군가가 벌써 Curtis에 붙어서 이런저런 회사 경영에 관한 허위 정보를 비공식으로 제공하는 것 같고 Curtis는 이를 활용하고 싶은 눈치였다. 내가 회사 내에 이런 직원을 데리고 있다는 것이 미국 사람에게 너무 부끄러웠다. Curtis는 이런 일을 미국에 통보하기 전에 나하고 상의했어야 마땅한 일이다. 그러나 부정이 있었다면 나를 지목하는 것인데 이런 사실을 나에게 알려 준다는 것도 문제가 되었으리라 생각하였다. 이것을 이용하려 달려드는 Curtis가 밉기도 했지만 떳떳했다. 조금도 거리낄 것이 없었기 때문이다. 아니나 다를까 미국 보워터 본사에서는 Craig Stevens라는 사람을 보내서 원료 탱크 제작을 감사하겠다고 연락이 왔다. 나는 요령꾼이고 재치 있고 말 잘하는 Craig를 기억한다. 투서한 사람이나 Curtis에 제보하는 사람이 동일인이라고 믿고 이와 같은 어리석은 짓을 저지르는 사람은 꼭 색출해 내서 다시는 이런 일이 없도록 해야겠다고 다짐했다. 월례 조회에서 나는 이 같은 사실을 전 직원에게 통보하고 정해진 날짜까지 자진해 나와서 모든 것을 다 터놓고 대화하면 어떠한 책임도 묻지 않지만 만일 나오지 않는다면 색출해서 처벌하겠다고 분명히 했다. 근 보름을 기다려도 아무도 나오지 않았다. 전남도 경찰국 사이버 범죄 수사대에 수사를 의뢰해서 투서에 사용된 PC의 IP가 해남의 한 PC방이라는 사실을 찾아내고 그날 그 시간에 PC를 사용한 회사 직원을 색출해 냈다. 우리 회사의 제지 담당 부장 1명, 원질(stock preparation) 담당 차장 1명 그리고 이들의 지시를 받아 직접 PC를 조작한 대리 1명, 모두 3명이 이 사건에 관여된 것을 밝혀내고 인사위원회를 열어 3명 전원을 해고했다.

투서한 직원 색출 해고

대리급 1명에 대해서는 윗사람이 시켜서 했다고 부모가 선처해 줄 것을 청원했지만, 1개월여 동안 충분한 시간을 주었는데도 신고하지 않은 것은 용서할 수 없었다.

커다란 부정이 있는 것처럼 보고된 탱크 제작은 원료 저장탱크(raw material storage tank) 하나(1Unit)하고 폐수 저장 탱크(waste water storage tank) 하나(1Unit) 모두 2개였는데 공사비가 약 $200만 정도였다. 공장 운영에 꼭 필요한 것으로 공장 건설 당시 설치되었어야 하는 중요한 설비였으나 자금 문제로 설치하지 못하였고 이제 문제가 발생하기 전에 제작 설치하기로 한 것이다. 그러나 나는 탱크 제작을 책임지고 있는 당시 회사의 공무 팀장이나 공장장의 경험이나 이제까지 업무처리 방식을 보아서 이 일을 성공적으로 해내리라는 믿음이 가지 않았다. 미국 회사가 되고 나서 처음 수행하는 시설 투자 공사이고 대형 탱크 제작 설치가 기술적으로 쉽지 않은 프로젝트이기 때문에 사내 기술력으로는 제대로 제작해서 설치하기는 어려울 것으로 판단했다. 더구나 이 공사는 그해에 보워터 본사의 승인을 받아 시행하는 첫 번째이고 제일 큰(약 $200만 불) CAPEX 사업이라 더욱 신경이 쓰였다. 마침 음성공장에서 같이 근무하던 한라 중공업 오 공장장이 퇴사하고 쉬고 있던 때라 우리 회사 고문으로 모셔와 이 원료 탱크 제작 프로젝트 감리를 해 주실 것을 부탁했다. 오 고문은 이런 일을 수도 없이 많이 해낸 베테랑 아닌가.

　나는 일을 제대로 할 수 있도록 오 고문에게 탱크 제작에 관한 전권을 주었다. 오 고문은 계약 내용은 건드리지 않고 관련 전문 기술자를 불러 제작 현장에서 기술 지도를 하게 하였다. 또한 탱크를 반제품으로 들여와서 공장 내에서 조립하려던 계획을 바꾸어 제작 업체에서 완성된 탱크를 운반해서 설치하도록 하였다. 설치 공사는 설치 장소에 파일을 박아야 하는데 함마(hammer)로 항타(抗打)하려던 계획을 무진동 공법으로 바꾸어 파일을 모두 박았다. 만일 처음 계획했던 대로 함마(hammer)로 항타(抗打)해서 파일을 박았더라면 진동으로 인하여 섬세하고 예민한 고속 제지기계에 큰 문제가 발생할 수도 있었기 때문이다. 이러한 모든 정황을 볼 때 우리 자체로는 최신 제지기계를 제대로 운영하고 정비할 수 있는 기술 능력이 모자라므로 탱크 제작이 끝나면 오 고문을 회사 부사장으로 모셔 오기로 마음먹었다. 오 고문은 기계공장 공장장을 한 30년 역임한 베테랑 기계 엔지니어이며 특히 우리나라 최대의 창원 기계공장(현, 두산중공업)의 생산설비의 기계 선정에서부터 스팀터빈 등 발전설비의 생산까지 공장을 운영한 귀중한 경험을 보유한 우리나라 최고의 기계 엔지니어 중 한 분이시다. 미국에서 탱크 제작을 감사한다고 왔던 Craig Steven은 이틀인가 있다가 아무 소리 없이 본사로 복귀하였다. 아마도 우리가 시행하는 탱크 작업 공법이나 예산 등을 보고 아주 경제적이고 능률적으로 하고 있다는 것을 눈으로 직접 확인했을 것이다.

　그러면 왜 문제의 직원들이 이런 어리석은 일을 꾸몄을까 하고 생각해 보았다. 우선 나하고 개인적으로 가까운 오 고문을 모셔 와서 전권을 주고 탱크 제작을 맡기니까 두 사람의 가까운 관계를 보아 틀림없이 부정이 있으리라고 자기들 눈높이로 의심한 것 같다. 또한 영어가 가능한 한라중공업 출신 기술자들이 전면에 배치되니까 외부에서 입사한 제지 출신 중간 간부들이 자신들의 입지가 흔들리는 것으로 잘못 생각한 것 같다. 또한 Curtis는 이 사람들을 이용해서 회사 내의 정보를 비공식적으로 얻어 활용해 보려고 한 것이다. 한라가 BHPC로 되어 가면서 초기에 발생할 수 있는 불상사라고 생각한다. 그러나 이번 사건을 통하여 BHPC 직원들에게는 회사 내에서 파벌을 만드는 어리석은 일은 용납되지 않는다는 확실한 교훈을 주었고 미국 본사에는 BHPC 경영진을 좀 더 가까이서 들여다볼 기회가 되어 오히려 전화위복의 기회가 되었었다고 나는 생각한다.

미국 회사

보워터가 되고 나서 나는 회사 경영에 내부적으로 몇 가지 원칙을 세워서 확실하게 실천했다. 첫째 후발 업체로서 불리한 조건을 극복하고 능률을 올리기 위하여 임직원 모두가 합심하는 것이다. 둘째 직원을 특별한 큰 과오가 없으면 해고하지 않으며 업계 최고의 대우를 해 준다. 사실 우리 회사는 2호기를 늘 염두에 두고 있어서 타사에 비해서 많은 인원을 보유하고 있었다. 그러나 원료비나 에너지 비용에 비하면 노무비는 크게 부담이 되는 항목도 아니었다. 임직원에게 급여는 매년 6%씩 인상하고 상여금은 600%를 급여와 같이 정기적으로 지급한다. 셋째 절세를 위해서 특별히 노력하지 않는다. 외국 회사인 만큼 영업 성과에 따른 적절한 세금 납부는 당연한 것이다. 우리 임원 급여는 한라그룹에서 1997년 정해 준 것인데 당시에는 누가 얼마를 받는지 관심도 없었고 잘 몰랐지만, BHPC가 되고 나서는 모든 임직원의 급여는 내가 조정을 해서 보워터의 승인을 받아 시행하게 되었다. 그동안 태국 프로젝트를 맡고 있던 강 부사장 그리고 영업을 담당하던 K 부사장이 모두 회사를 떠났다. 임원 중에는 유일하게 제지 업계 출신인 공장장 K 전무만이 그대로 남아 있었다. K 전무는 성실한 사람이고 오랫동안 제지공장에 근무한 경험이 있었지만, 구식 소형 저속 기계만을 운전해 봤기 때문에 우리 회사의 최신 고속 기계에는 그의 경험이 전혀 도움이 되지 못하였다. 더구나 생각이 전향적이지 않고 피해의식이 있어서 밑에 사람들이 몹시 조심스러워했다. K 전무 사무실이 공장 동에 있어서 자주 부서장 회의를 소집하는데 운영 개선책이나 문제에 대한 해결책(solution)을 제시하는 것이 아니고 현상 파악이나 변명을 찾는 일에 주로 시간을 소비하였다. 나는 이런 사람을 많이 겪어 보았기 때문에 문제를 잘 알고 있었다. K 전무의 사무실을 공장동에서 사무동으로 옮기고 생산에서 손을 떼고 기술 고문역을 맡도록 하고 K 전무가 스스로 그만두기를 기다렸다. 회사는 활기차고 잘해 보려는 의지가 보였다. 기계 운전 속도 점차 빨라지고 있었지만 1,500M/M 고비를 넘지 못하고 있었다. 미국 본사에서는 1년에 한두 번 Gilmore 부사장이 와서 경영 실적을 점검하는 회의를 하고 돌아간다. 회의에서 Gilmore가 하는 말은 "Thank you"가 전부였다. Gilmore는 한국에 오는 것을 몹시 즐기는 것 같았다. 우리와 같이 저녁을 먹고 나면 호텔에 돌아가서 혼자 빠나 나이트 클럽을 스스로 찾아다니며 즐겼다.

미국 본사 경영회의 참석

보워터는 매년 9월이면 전체 공장장(mill manager)들이 본사에 모여서 회장이 주재하는 회의에서 사업계획을 발표한다. 우리 회사에서는 내가 Curtis와 함께 이 회의에 직접 참석했다. 어떤 해에는 회의 일정에 여가 시간을 마련해서 모두가 참여는 soft-ball이나 jogging을 했는데 첫해 Jogging으로 1등을 해서 스포츠 손목시계를 받았다. 이렇게 해서 우리는 보워터의 가족이 되어 갔다. 나는 회의에 참석하는 보워터의 모든 공장장과 본사 간부들 가운데 유일한 동양인이 된다. 이런 자리에서 미국이나 캐나다 사람이 운영하는 공장보다 실적이 저조하다면 얼마나 창피한 일일까 하고 늘 걱정이 되었다.

현대양행과 함께 걸어온 길

부끄럽지 않은 경영 실적

그러나 다행스럽게도 안전이나 능률이 늘 1등이었다. 어떤 해에는 기계를 2대 운영하는 캐나다의 Gatineau 공장이 실적이 더 좋을 때가 있었다. Washington주 Usk에 있는 Ponderay 공장은 우리와 비슷한 신형 단일 기계를 운영하는 공장인데 사람 수는 우리보다 훨씬 적으면서도 안전 실적은 우리보다 저조했다. 이후로 나는 항상 자랑스럽게 우리 실적을 발표할 수 있었다. 다른 미국, 캐나다 사람들은 자기 공장의 안전 능률 생산원가만 발표하면 되지만 나는 시장 현황, 점유율 변화, 경쟁업체, 영업 현황, BHPC의 영업이익 등 경영 전반에 관하여 모든 것을 발표한다. 보워터 본사에는 국내 및 수출 담당 이사가 따로 있지만, 한국은 우리가 직접 영업을 담당하게 되어 있었다. 수출은 보워터의 수출 담당 이사가 관여하지만, 수출 가격은 우리가 결정했다. 우리는 우선 노조가 없다. 우리는 6개월밖에 운영하지 못한 첫해부터 영업이익을 200억 이상 냈으며 2001년에는 400억 이상의 영업이익을 냈다. 노조가 결성되고 약 2개월간 파업을 한 2002년에도 250억 정도의 영업이익을 냈다. 보워터는 경영 자문비, 감가상각비, 차입금 상환금 등의 항목으로 자금을 매년 미국으로 가져갔다.

노동조합의 출현

노조의 등장

    2001년에는 노조가 설립되었다. 우리는 M&A 과정에서 노조가 없다는 것을 강조하였고 보워터도 우리 공장에 노조가 없다는 사실을 평가하였다. 그러나 노조가 결성되면서 회사의 분위기는 달라졌다. 나는 노조의 활동 목표는 어디 까지나 조합원들의 권익과 복리 증진에 초점을 맞추어야지 혹 방향을 잘못 잡고 정치적으로 활동한다면 회사와 조합원들에게 큰 재앙을 가져올 것이라고 사내지 "한마당"에 다음과 같이 경고했다.

    본인은 우리 회사에 설립되는 노조가 회사의 경영진과 함께 진심으로 회사의 장래를 걱정하고 회사의 발전과 모든 조합원의 진정한 권익신장을 위하여 건설적으로 노력한다면 조합과 최대한 협조해 나아가는 것이 회사 발전을 위해서 바람직한 일이라고 생각합니다.

    그러나 노조가 회사의 연말 인사 조치에 불만을 갖은 몇몇 사람에 의해서 사사로운 사욕을 옹호할 목적으로 설립되거나, 자신의 능력을 개발하기 위하여 스스로 최선을 다하여 노력할 생각은 하지 않고 쉬운 길을 찾아 노조를 선택하였다거나, 회사와 무관한 외부 세력에 의하여 노조가 움직여진다면 모든 종업원과 회사의 앞날에 큰 재앙을 불러올 것이라고 보고 있습니다.

어느 조직에서나 잘하는 사람과 잘못하는 사람을 평가하여 차등을 두는 것은 공정한 처사이며 경영의 기본입니다. 또한 인사이동에 만족하지 못하는 사람은 어느 곳에 어느 때든 있게 마련입니다. 이 같은 정당한 경영활동에 불만을 가진 사람들이 쉽게 노조를 설립할 수 있는 현행법을 이용하여 스스로를 위해 노조를 결성한다면 이것은 몇몇을 위하여 모든 종업원이 희생되는 것과 같은 것입니다. 더구나 외부 세력을 끌어들여 종업원의 이익과는 무관한 정치적 목적으로 노조를 이용한다면 이 회사의 장래는 암담해집니다.

그러나 노조가 설립되었다고 하더라도 회사의 경영진은 그동안 미국 본사에서 주어진 경영권 안에서 외국인과의 문화와 인식의 차이를 극복하고 종업원의 복리를 증진하고, 회사의 장래를 위하여 꼭 이루어져야 하는 2호기 증설 투자를 실현하기 위하여 최선을 다해 온 만큼 이제까지의 경영 방침에 변화는 없을 것이며 노조의 도움을 받아 이 같은 과업을 더욱 강력히 추진해 갈 생각입니다.

따라서 본인은 우리 회사의 노조가 어떠한 동기로 설립되었
건 간에 노조가 설립된 이상 이른 시일 내에 전체 조합원의
뜻을 물어 그 뜻에 따라 집행부가 구성되어 전체 종업원의
권익을 실질적으로 대변하고 무엇이 전체 종업원의 이익이
되고 어떻게 하는 것이 설립 목적에 기여하는 것인지를 찾
아서 몇몇 사람의 이익이 아니라 전 종업원의 공익을 위하
여 희생 봉사하여 줄 것으로 기대하고 있습니다.

그러나 어떠한 경우에도 회사의 경영진은 이제까지 해 온
것과 같이 미국 본사에서 위임받은 경영권 내에서 우리 회
사가 하루빨리 국내 경쟁업체 수준의 경쟁력을 갖출 때까지
모든 노력을 흔들림 없이 계속할 것입니다. 더구나 이제까
지의 회사 경영 관행에 대한 변화는 현 경영진에게 위임된
권한 밖의 일이라는 것을 분명히 해 두고자 합니다.

국제적으로 잘 알려진 바와 같이 우리나라의 과격 노조운동
은 외국인투자유치에 가장 큰 걸림돌로 되어 있으며 우리
회사가 시도했던 지난 2000년 ㈜세풍의 군산공장 인수 협
상도 결국 노조 파업으로 포기한 사실을 기억해야 할 것입
니다. 끝으로 현 경영진은 모든 종업원을 경영진의 고객으
로 인식하고 위임된 경영권 내에서 종업원의 복리 증진과
권익 향상을 위하여 최선을 다해 왔으며 종업원을 탄압할

이유도 탄압할 필요도 없다는 것은 여러분이 더 잘 아실 것입니다.

노조 없는 원만한 노사관계가 우리 회사의 자랑이자 미국 본사를 설득하는 힘이었으나 이 같은 전통이 사라져 버린 것을 경영진은 안타깝게 생각하며 회사의 장래는 물론 지역 사회의 발전에도 심대한 영향을 주는 이번 사태를 신중하게 생각하여 냉정하고 현명한 판단으로 경영진을 적극적으로 지원해 주시기 바랍니다.

내가 사내 신문 "한마당"에 이런 글을 썼다고 노조가 노조 탄압이라고 고발을 해서 노동사무소에 불려 간 적도 있었다. 나는 도무지 노동사무소의 존립 목적이 무엇인지 알 수 없었다. 근로자의 권익을 위한 것인지 노조와 회사 둘 다 망하게 하려는 것인지 알 수가 없었다. 노동사무소는 정부 기관인데 소장은 노조를 돕는답시고 노조가 하는 말을 되씹는 것이 고작이고 노조의 과격 활동이 외부에 어떻게 비칠지 또 노동자에게는 어떠한 결과를 가져올 것인지 앞날을 전혀 보지 못하는 캄캄 절벽인 것을 보고 너무 실망하고 놀랐다. 솔직히 미국 본사의 생각을 잘 알고 있는 우리 경영진은 근로자의 앞날을 진심으로 생각하고 있었고 근로자의 복리를 위한 순수한 노조 활동이라면 얼마든지 노조와 협조할 용의가 있었다. 나는 외국 회사가 된 이상 노조가 요구하기 전 직원들의 복리를 위한 것이라면 가능한 무엇이라도 해 주려고 노력했기 때문이다. 그러나 우려 했던 대로 노조 간부들은 회사 노조를 기반으로 회사 밖의 노동계로 진출하려는 위험한 생각을 갖고 노노간에 갈등을 빚으면서 회사와 투쟁을 위한 투쟁을 계속함으로써 결국 회사를 파탄에 빠트리고 노조위원장 개인도 파산하는 재앙을 불러왔다. 대부분의 미국 회사처럼 보워터도 65세가 되면 강제 퇴임(mandatory retirement)을 해야 한다. 아마 보워터에서는 나의 은퇴 시기를 기다리고 있었는지 모른다.

아내와 홍콩에 놀러가서 기념

현대양행과 함께 걸어온 길

mandatory reirement at 65 후임 추천

그러나 나는 건강하고 할 일이 많이 남아 있어 더 일하고 싶은 생각이 있어 보워터가 원하면 몇 년 더 근무할 용의가 있었다. 그러나 보워터의 제의가 없어 2006년 말 회사를 그만두었다. 한편 회사가 날이 갈수록 어려워지는 시장에서 살아남으려면 회사의 경영진이 하던 일을 흐트러짐이 없이 계속 밀고 나아가는 것이 절대적으로 필요하다고 생각했다. 그런데 예상 밖으로 나에게 후임자를 추천해 달라는 말이 없어서 이상하게 생각하다 더 늦기 전에 내 임의로 P 부사장을 후임자로 추천했다. 한국에서 사업을 하려면 좋든 싫든 한국 파트너가 든든해야 사업을 영위하기가 쉬울 뿐 아니라 회사의 주요 고객도 한라와 연관이 있고 종업원들 대부분이 한라로 입사한 사람들이라 한라와의 관계를 지속하기 위해서도 P 부사장이 가장 적합하다고 생각했다. 한라펄프제지의 자산을 보워터에게 매각했기 때문에 한라의 지분은 없더라도 보워터는 한라와의 연고를 살려서 음으로 양으로 한라의 지원을 받으면서 사업을 하는 것이 유리할 것이라고 나는 생각했고 응당 보워터도 다른 외국 회사들처럼 그렇게 하리라고 믿었다.

보워터 코리아(Bowater-Korea)로 개명

그러나 예상 밖으로 보워터는 한라의 영향권에서 벗어나서 독자적으로 경영권을 행사하기를 원했던 것 같다. 아마 지난 8년간 자기들이 한라펄프제지를 인수하고도 회사 경영을 나에게 맡겨 운영해 왔기 때문에 경영에 직접 관여하지 못했는데 이제는 자기들이 독자적으로 CEO를 임명해서 자기들 방식대로 회사를 운영해 보고 싶었던 것 같다. 내가 회사를 떠난 후 몇 달 뒤 내 뒤를 따라서 P 부사장, 영업 담당 K 부사장, 오 고문, L 전무 회사를 이끌고 온 핵심 경영진이 모두 떠났다. 이것은 보워터의 커다란 실책이었다. 앞에서도 언급이 됐지만 한라펄프제지는 기능직 사원 대부분과 중간 관리직도 거의 다 외부에서 채용했고 회사에 같이 일한 연륜이 짧아서 회사에 대한 애사심(loyalty)이나 직원 상호 간의 유대감이 엷은 회사임으로 공장 운영부터 강력한 상의하달(top-down) 방식으로 경영을 해 왔다. 다행히 우리 경영진은 한라에서 같이 근무한 오랜 친구이며 서로를 잘 아는 동료이기 때문에 상호 믿음이 있었고 이를 바탕으로 하부직원을 통솔하여 영업, 능률, 안전, 생산의 모든 부문에서 타 경쟁업체에 떨어지지 않는 실적을 올리는 것이 가능했다. 사실 내가 CEO로 있는 10년 동안 보워터는 한라펄프제지를 인수한 것에 대단히 만족하고 있었다.

내가 BHPC를 떠난 해 2006년 7월 한라 정인영 명예회장님이 노환으로 서울 아산 병원에서 서거하셨다. 며칠 후 거행된 장례식에서 나는 다음과 같은 추도사를 영전에 올렸다.

명예회장님 서거

추도사

정인영 명예 회장님 영전에,

입원하셨다는 전갈을 받고 찾아뵈려고 하던 차에 이렇게 갑자기 부음을 접하고 어떻게 무슨 말씀을 올려야 할지 할 말을 잃고 있습니다.

그저 명예회장님과 함께했던 많은 일들이 어제 일처럼 제 머릿속에 또렷이 떠오릅니다.

제가 현대건설에 처음 입사해서 명예회장님을 가까이서 모신 지 올해로 꼭 40년이 되었습니다. 그 오랜 세월 동안 저는 무엇보다 근면과 검소를 몸으로 실천하시는 명예회장님의 절제된 일상생활에 깊은 감명을 받았으며 오늘날까지 생활의 지표로 삼고 있습니다.

명예회장님은 당시 현대건설의 해외사업을 직접 챙기시면서 일 년이면 반 이상을 해외 출장으로 보내셨지만 항상 빈틈없는 일정을 짜서 모든 시간을 업무에 활용하셨으며 비행기 안에서조차 서류와 책을 손에서 놓으신 적이 없으셨습니다.

얼어붙은 "알래스카"에서 열대의 "파푸아 뉴기니아" 정글에 이르기까지 명예회장님께서는 무서운 집념으로 남보다 한 발 앞서 해외사업의 길을 개척하시면서 오늘날 현대그룹이 있게 한 굳건한 초석을 놓으셨습니다.

이처럼 숨 가쁘게 해외사업을 추진하시는 한편으로는 미국과 유럽의 선진산업시설을 기회가 있을 때마다 수도 없이 방문하시면서 우리나라 기계공업의 앞날을 내다보고 준비하셨습니다.

명예회장님께서는 그 초인적인 기억력과 번쩍이는 재치 그리고 아무리 복잡한 문제라도 순간적으로 핵심을 찾아내시고 해결책을 내놓으시는 타고나신 능력으로 주위를 늘 놀라게 하셨습니다.

이러한 명예회장님의 명성과 특히 그 탁월하신 외국어 능력은 국내에서보다 오히려 해외에서 더 알려져 수많은 외국회사가 우리와 업무 제휴를 맺게 되었습니다.

언젠가 명예회장님께서는 초기에 양공장에서 생산하여 수출하던 양식기견본의 치수가 서로 달라서 외국 바이어가 견본을 보고 "Three Brothers"냐고 했다는 말씀을 하시면서 크게 웃으시던 기억이 납니다.

그러나 그것이 바로 당시 우리나라 기계공업의 수준이었습니다.

명예회장님께서는 우리나라 경제개발에는 산업설비의 국산화가 필수적이라는 것을 일찌감치 간파하시고 불모지나 다름없던 척박한 이 땅에 우리나라 기계공업이 나아갈 길을 닦아 놓으셨습니다.

그중에서도 발전설비는 당시 모두 외국에서 100% 수입되어 우리나라는 마치 선진국의 발전설비 전시장같이 되어 국민의 경제적 부담을 가중시키고 산업화의 커다란 걸림돌로 되어 있었습니다.

명예회장님께서는 이와 같은 시대적 요구에 부응하여 모든 산업설비를 제작할 수 있는 공장을 만드는 공장으로 잘 알

현대양행과 함께 걸어온 길

려진 창원 종합기계공장을 건설하는 역사적 "프로젝트"에 혼신의 정성을 쏟으셨습니다.

이로써 우리나라도 발전설비, 제철설비, 석유화학설비, 건설중비 등 산업설비의 핵심기계를 독자적으로 제작할 수 있는 생산체제를 갖추게 된 것입니다.

그러나 이렇게 시대에 앞서가는 명예회장님의 선지자적 안목은 오히려 명예회장님을 힘들게 하였습니다.

아는 것만큼 보인다고 하였듯이, 그 오랜 세월 해외 선진국의 수많은 공장을 발로 뛰시면서 현장에서 얻은 경험으로 멀리 보시는 명예회장님의 안목과 앉은 자리에 연연하는 정부 관료가 보는 눈은 그만큼 달랐던 것입니다.

이렇게 명예회장님의 혼이 서린 공장들은 비록 여러 손을 거쳐 갔지만 명예회장님이 처음 계획하셨던 그 뜻 그대로 손수 육성하여 놓으신 기술 인력에 의하여 우리나라 기계공업의 중심으로 자리를 잡았습니다.

이제 우리나라는 발전설비를 생산하는 세계의 몇 안 되는 국가 중 하나가 되었으며 전국에 우리 손으로 표준화되어 건설되는 화력·원자력 발전소는 저렴한 양질의 전력을 공급하여 산업 경쟁력의 밑거름이 되고 있습니다.

저는 얼마 전 아산에 건설된 한라공조 2공장 준공식에 참여하면서 무공해공장에서 연산 500만개의 자동차 "에어컨" 콤프렛서를 생산하는 우수한 기술력과 관리 능력을 보고 감탄하였습니다.

70년 명예회장님을 도와 미국에서 자동차 "John E. Mitchel Mark IV 자동차 에어컨" 제조기술을 도입하는 일에 관여하면서도 당시에는 명예회장님께서 왜 그로록 자동차 에어컨에 집착하시는지 이해할 수 없었습니다.

지금 와서 보니 명예회장님께서는 35년 전에 이 땅에 오늘과 같은 자동차 시대가 올 것이라는 것을 내다보시고 자동차부품산업을 힘차게 출범시켜 "한라공조"와 "만도기계"의 오늘이 있게 하셨던 것입니다.

명예회장님께서 이룩하여 놓으신 업적을 어떻게 일일이 다 말할 수 있겠습니까? 명예회장님은 바로 이 나라 산업계의 우뚝 솟은 선각자이시며, 참된 애국자이십니다. 그리고 비록 걸어오신 길은 험하고 굽은 길이었지만 진정한 최후의 승리자이십니다.

"지도자란 저 길 모퉁이를 지나면 무엇이 나올지를 미리 볼 수 있는 안목(Vision)을 갖추고 있어야 한다"고 누군가 한 말이 생각납니다.

명예회장님의 혜안과 집념 그리고 값진 회생이 없었다면 오늘과 같은 이 나라의 산업화는 이룰 수 없었습니다.

명예회장님께서 닦아 놓으신 길로 명예회장님의 정신을 그대로 받들어 한라그룹이 번영과 발전을 이루어 나아 갈 것입니다.

"명예회장님, 이제 힘든 일은 그만하시고 하늘나라에서 편히 쉬십시오."

삼가 영전에 머리 숙여 명예회장님의 명복을 빕니다.

2006년 7월 24일

(전) 한라펄프제지 사장 한상량

보워터 한라와 단절하다

그런데 보워터가 왜 한라와 관계를 끊으려고 한 것인지 알 수 없었다. 아마도 Gilmore의 어린아이 같은 잘못된 생각이 아니었나 싶다. 나는 그 사람이 처음 한국에 왔을 때부터 M&A를 끝낼 때까지 줄곧 몇 달 동안을 붙어서 지내다시피 했다. 실정을 모르는 Nemirow 회장은 Gilmore의 건의에 따라 외부에서 사장을 영입해서 임원 수를 줄이고 한라가 하던 식으로 경영을 하면 되겠지 하고 간단하게 생각했던 것 같다. 그러나 한라 최고경영진 모두가 떠나니까 회사는 판도라의 상자가 열린 것 같은 모양이 되었다. 노조는 노조대로 직원은 직원대로 불안해졌다. 그런데 미국 본사에서는 Nemirow 회장 후임으로 보워터 출신이 CEO가 된다고 예상했는데 엉뚱하게 Georgia Pacific이라는 회사 최고 경영자로 있던 사람이 회장으로 왔다. 얼마 안 있어 보워터는 캐나다의 Abitibi와 합병하여 Abitibi-Bowater가 되더니 곧 미국 법원에 Chapter11 자산 보전 신청을 냈다. 그러는 동안 어떻게 된 것인지 모르지만 Gilmore를 비롯한 보워터 사람은 하나도 남지 않고 모두 떠나 버렸다.

미국 본사가 이 모양이 되니까 새로 영입된 한국보워터(Bowater-

Korea) 사장은 자신을 채용한 보워터의 Gilmore를 비롯해서 임원진이 모두 퇴사하여 "낙동강 오리알"이 되었으며 시장에서 밀리기 시작한 한국보워터는 경영의 어려움을 겪기 시작했다. 조합원의 권익 신장보다는 노동계로 진출하여 출세해 보려는 노조위원장은 툭하면 불법 파업으로 회사를 괴롭혔다. 처음에는 서로 협조가 되는듯하던 회사와 노조와의 관계는 시간이 갈수록 악화 되어 노조결성 초기에 내가 사내지 "한마당"에 경고했던 대로 결국 회사를 희생(犧牲)시켜서 혼자서 출세해 보려는 조합장의 일탈 행위가 회사와 개인을 파멸시킨 재앙을 가져온 것이다.

사실 보워터는 한 번도 2호기를 건설하겠다는 약속을 한 적이 없다. 증설은 꿈도 꾸지 못하게 된 지 벌써 오래되었다. 경영에 압박을 받고 있던 보워터는 2호기 건설을 위해 보유하고 있던 공장 부지를 차익을 남기고 매각하였다. 한편 불법 파업으로 인한 회사와 법정 투쟁으로 노조위원장은 개인의 재산을 압류당하고 회사는 매년 100-200억 가까이 적자를 냈다. 공장을 매각하려고 해도 원매자가 없어 적자를 내면서 울며 겨자 먹기 식으로 운영하고 있다.

보워터 경영진

나는 보워터 경영진과 한 10년 가까이 같이 일을 하면서 느낀 것은 미국의 제지 펄프 산업은 본래 내수 위주의 산업이고 다른 제조업 부문보다 국제화가 덜 되어 있다는 것을 절실하게 느꼈다. 과거에 현대양행이나 한라중공업, 현대중전기 등에서 거래하던 미국의 GE, SIEMENS, FORD, GM과 같은 다국적 회사의 경영진과는 자질 면에서 눈에 띄게 차이가 났다. 내가 만나 본 미국 GE 전 회장 Jack Welch는 많은 일화를 남겼지만, 그중에도 기억에 남는 것은 "어느 기업이나 조직의 Leader는 그 조직이 나아가는 길의 모퉁이를 돌면 무엇이 나올는지 예측할 수 있는 식견을 갖추어야 한다."라고 한 말이다(실은 Welch 자신도 뭐가 나올지 몰랐지만). 보워터의 경영진은 전혀 한 치 앞을 보지 못하고 경영을 한 것이다. Nemirow회장이 무엇 때문에 보워터 임원을 제쳐 두고 외부에서 자신의 후임자를 영입했는지는 모르지만 앞으로 닥쳐올 회사의 미래를 대비했다고 하기보다는 자신의 사적인 이해관계와 관련이 있지 않았나 싶다. 그렇지 않고서야 어떻게 재정 상태도 건전하고 역사가 있는 멀쩡한 회사를 Abitibi와 합병해서 시장에서 사라지게 할 사람을 CEO로 데려왔는지 알 수가 없다. 도대체 Nemirow 회장은 무슨 속셈으로 자기 후임을 정했는지 지금도 궁금하다. 신문 용지시장이 어려워지면서 Abitibi는 Chapter11의 보호를 신청하고 채권자와 채무조정 협상을 벌인 우여곡절 끝에 "Resolute"라는 회사로 다시 태어나 재기를 위한 몸부림을 치고 있다. 본사가 이런 형편인데 한국 남단 목포 한구석에서 투쟁만 일삼는 노조가 무엇을 얻으리라고 생각도 되지 않지만, 회사와 협조가 될 리도 없다. Resolute 본사는 목포공장을 언제든지 shut-down 하는 것도 불사하겠다는 태세다.

stock-option, EPR, AIP

　나는 보워터와 M&A협상을 하면서 임직원들 앞으로 5%의 stock-option을 배정했다. 사실 빚더미에 눌려 법정관리 한 걸음 앞에 멈춰선 한라펄프제지를 외국 회사가 인수하는 것만도 감지덕지하였던 때에 stock option은 현실성이 없어 보였다. BHPC가 상장회사가 아니기 때문에 1998년 M&A 당시 보워터가 인수할 때의 한라펄프제지의 자산 가치를 매년 재평가해서 M&A 당시 가격으로 BHPC 주식 5%를 살 수 있는 권리다. stock-option을 행사하면 행사한 사람에게 평가 가치의 차액을 회사가 직원들에게 돌려주는 제도다. 1998년 M&A 당시 기업 가치가 US $2억 불이었다면 3년 후 2001년 재평가해 보니 기업 가치가 30%가 올랐더라면 US $6000만 불의 5% 즉 US $300만 불을 직원들에게 돌려주겠다는 약속이다. 외환위기 당시 평가된 기업 가치는 외환위기가 끝난 2001년 8월 이후에는 상당한 평가 차익이 나 있었다. 여기서 기업 가치를 산출하는 기준은 동산 부동산 기계설비 같은 유형 자산의 가격이 얼마나 올랐는가를 평가하는 것이 아니고 제품의 생산원가, 판매가격, 판매수량, 생산능력, 시장가격, 국내외 시장동향 등을 평가하여 기업이 현금을 벌어들일 수 있는 능력과 여건이 얼마나 더 개선되었는가를 평가하여 기업 가치를 정하는 것이다. 외국의 유명 회계회사가 공정하게 한다고는 하지만 평가를 의뢰한 보워터의 의사가 많이 반영되었다고 보는 것이 타당할 것이다. 그런데 보워터는 돌연 종업원 stock-option을 EPR(equity participation right)로 바꾸고 행사 수량도 매년 일정 수량씩 제한하여 5년 이상 걸쳐 매년 일정한 수량의 EPR만 지급하게 제도를 변경한 것이다. 보워터 측 논거는 기업 가치가 매년 올라가니까 장기간에 걸쳐서 EPR을 행사하는 것이 종업원들에 보다 유리하고 회사에 대한 애사심도 더 생긴다는 것이었다. 그러나 첫해에 지급된 이후 매년 평가되는 EPR은 가치를 상실하고 종업원들에게 돌아오는 것은 거의 없었다. 1998년 M&A 협상 과정에서 보워터 측과 합의해서 내놓은 stock-option 관련 내용은 내가 떠나고 나면 아무도 아는 사람이 없기 때문에 나는 회사를 퇴직하면서 보워터에게 EPR 문제를 제기했다. 당초 합의에는 5%의 stock-option 종업원들에게 발급하고 그 행사 시기나 수량이나 기간에는 제한을 두지 않았는데 보워터가 종업원의 stock-option 가치를 올려 주겠다고 임의로 EPR로 변경하고 "행사시기" 그리고 "수량"을 제한함으로서 종업원들의 stock option 행사 권리를 침해하고 stock-option의 가치가 훼손되어 손해를 보게 된 것이므로 보워터는 EPR로 인한 손해를 종업원들에게 배상해 주어야 한다고 주장했다. 즉 stock option을 행사하였을 때 가치와 현재 EPR 가치의 차액을 종업원들에게 돌려주라는 말이다. 나는 끝까지 보워터가 EPR 문제를 해결하지 않을 경우 노동조합에 이 문제를 알려서 보워터를 상대로 투쟁하도록 하려고 했으나 강경 투쟁만을 일삼으면서 조합을 잘못된 방향으로 이끌고 가는 조합장의 행태에 실망하였고 이를 포기하고 말았다. 보워터가 이 얼마 되지도 않는 금액(약 US $100만 정도 추산)을 종업원들에게 돌려주지 않으려고 변호사를 동원하여 되지도 않는 변명을 늘어놓는 것을 보고 또 한 번 실망하였다. 이것은 보워터에서는 Nemirow 회장이 아니면 누구도 못 하는 일이다. 정말 3류 기업의 3류 경영인이라는 것을 절실히 깨달았다. 그러니까 회사를 그 모양으로 만들지 않았나 싶다. 회장이 그 모양이니 그 밑에 간부들도 그저 그런 수준이었다.

현대양행과 함께 걸어온 길

AIP(annual incentive plan)

　AIP는 임원들의 재직 시 생활에 많은 보탬이 되었겠지만 정작 도움이 된 것은 퇴직할 때였다. 임원들의 퇴직금 산정에 AIP가 합산되고 근속연수를 누적해서 계산하니까 퇴직금 계산에 상당히 유용하게 쓸 수 있었다. 우리 회사 임원은 1년을 최소 4개월에서 8개월로 계산해 받게 된 것이다. AIP는 우리가 기대도 하지 않은 것인데 보워터 측에서 일방적으로 제시해서 시행되었다. 보워터 AIP는 몇 달 급여를 더 지급하는 것이 아니고 상여금을 포함하는 연봉을 기준으로 원가, 생산량, 판매량을 감안해서 100%-200%를 별도로 지급하게 되어 있다. 사실 AIP는 매년 변하는 성과급이기 때문에 퇴직금에 합산되는 것에 논란이 있을 수도 있었으나 보워터 측의 이의가 없어 임원 퇴직금에 합산하는 것으로 자리 잡았다. 보워터는 AIP 같은 당근이 있어야 우리가 최선을 다할 것으로 생각했던 모양이다. 지금 생각하면 내가 만일 한 1-2년만 늦게 퇴직했더라면 아마 퇴직금이 반토막 났을 것이다. 왜냐하면 내가 퇴직하던 해에 회사는 최고의 실적을 올려 AIP 140%를 받아 퇴직금에 누적 합산되었는데 그다음 해부터 회사는 적자로 돌아섰기 때문이다.

목포공장 폐쇄

　오래 근무하던 회사를 나간다는 것이 좀 섭섭하기는 했지만 그래도 한 10년 충분히 할 만큼 했다고 생각고 미국 사람들에게도 고맙게 생각하고 있었다. 회사와 노조와의 관계는 갈수록 악화되고 시장 여건도 갈수록 어려워져서 회사는 사람을 정리하고 downsizing(축소경영)을 해도 적자에서 벗어날 수가 없게 되었다. 국내의 경쟁사들과는 공장의 설비의 특성, 입지 여건 등을 고려할 때 원가의 불리함은 처음부터 일정 부분 내포하고 있어서 어떻게 하던 이것을 극복하는 것이 살아남는 길이다. 회사가 노조를 포함해서 임직원이 한마음이 돼서 어려움을 극복하려고 노력했다면 경쟁에서 살아남을 수 있는 길을 찾아 갈 수 있지 않았을까? 생각해 본다.

　보워터의 경영 실적은 계속 내리막길을 내려가더니 2010년 이후에는 공장 문을 닫는 것은 시간문제로 되어 있었다. 공장을 매각하려고 시도하였지만, 원매자가 없어서 원매자를 찾을 때까지 그대로 운영하기로 한 것이다. 그러던 것이 더 비용을 감당하지 못하고 2017년 공장을 폐쇄하기로 하고 가동을 중지하였다. 여러 가지 말이 있더니 공장부지는 국내업체에 팔고 기계설비는 일부는 폐기하고 일부는 중국 회사에 매각되었다고 한다.

국내 신문 용지 업계에서 가장 늦게 출발하여 최신기계로 건설된 공장이 가장 먼저 문을 닫게 된 것이다. Resolute(캐나다 본사)의 입장에서 보면 목포공장은 미국과 캐나다에서 운영하고 있는 수십 개 공장 중의 하나로 문을 닫고 매각하는 것은 일도 아니지만 하나의 회사로 운영되어 온 국내에서는 그래도 업계에 큰 변화였다. 세계적으로 신문 용지 수요는 갈수록 줄어들고 공급과잉 시장이라 국내 다른 업체에도 이런 일이 언제고 곧 닥치리라 본다.

1960년대 정인영 회장께서 처음으로 추진하려고 계획했지만 실현하지 못하였던 "아트라스제지"가 30년이 지난 후 한라펄프제지로 탄생하였으나 준공한 지 1년을 넘기지 못하고 외환위기를 겪으면서 외국 회사에 매각되어 20년을 넘기지 못하고 폐쇄되어 명을 다 한 것이다.

나는 요즘도 M&A 당시 보워터 측의 내 counter-part였던 A. Fuller 보워터 전 사장과의 인간관계를 유지하고 있다. 미국 Maine주에 대학 이사장도 역임했던 Fuller 사장은 경영학을 전공한 사람으로 인성이 온순하고 생각이 곧은 분이다. Nemirow 회장과 뜻이 맞지 않아서 다른 임원들 보다 2-3년 일찍 보워터를 떠났다. Fuller 사장에 의하면 옛 보워터 퇴직 임원들이 Greenville에 그대로 살고 있다고 한다. 마침 만도가 인근 Alabama주 Olympic에 공장이 있어 Fuller 사장을 통해서

Gilmore, Morris, Green, Ellington, Walker 등을 만도 공장에 초대하려고 했으나 다들 각자의 생업에 매달려 있어서 모이기가 쉽지 않은 일이라고 해서 한 번도 해 보지 못했다.

　미국에 가는 길에 Greenville에 들러 보려고 해도 단지 Fuller 사장하고 점심만 한 끼 먹으러 LA에서 Atlanta를 거쳐 Gereenville까지 가기에는 길이 너무 멀다. 얼마 전까지도 Golf 실력이 많이 늘었다고 자랑하던 Fuller 사장이 허리가 아파서 걸음 걷기도 힘들어 신경외과 의사를 만나러 간다는 연락을 해 왔다. 빨리 쾌차하기만을 바란다.

마무리하면서

국가 부도의 날

얼마 전 〈국가 부도의 날〉이란 영화를 보았다. 국내에서 커다란 인기가 있어서 수백만 명이 관람을 하였다고 한다. 1998년 외환위기를 그린 영화인데 처음 시작하면서 화면에 당시 도산된 회사들을 붉은 줄을 그어 표시하는 장면에 "한라"가 제일 먼저 나오는 것을 보니 감회가 새로웠다. 벌써 사반세기가 지난 일이 아닌가? 한국중공업에서 퇴사하고 만도 총괄 부사장으로 갈 때만 해도 고향으로 돌아온 것 같은 느낌이었다. 한라를 옛날같이 일으켜 세우겠다고 생각을 하기도 했다.

그러나 생각지도 않게 일 년도 채 되지 않아 한라를 떠날 때만 해도 섭섭한 마음이 없지 않았다. 그동안 중화학 투자조정이라는 혼란기에 이리 저리 밀려 다니면서 직장이 안정되지 않아서 언제 또 무슨 일이 닥칠지 늘 불안했다.

만도를 떠나고 근 10년 만에 정인영 회장님 부름을 받아 다시 한라로 돌아왔지만, 한라중공업 음성공장에서 일을 시작한지 일 년도 채되지 않아서 또 한라펄프제지로 옮기게 되어 처음 접하는 펄프제지 사업이 생소하기도 하고 한라에서조차 이리저리 밀려다니는 것 같아서운하기도 했다.

　그러나 지금 생각해 보면 한라펄프제지에서 보낸 9년은 하루를 마감하고 서산으로 넘어가는 찬란한 노을같이 40년 직장생활을 마감하는 예식 같은 것이었다. 내가 경영을 맡고 있던 9년간은 미국 본사 간섭 없이 내 소신대로 회사 일을 할 수 있었다. 40여 년간 어느 자리에 있든 그 자리에서 사심 없이 최선을 다한 보람을 찾은 것 같은 마음이 든다.

Myrtle Beach에서

 과거 보워터 본사 경영 회의에 참석차 Greenville에 가면 여러 사람이 Myrtle Beach에서 골프 쳐 보았냐고 물었다. 어떤 곳인지 궁금해서 꼭 한번 가 보기로 마음먹고 있었지만, 보워터에 근무하는 기간에는 기회를 얻지 못했었다.

 2019년 미국 LA에 가는 여정에 시카고에 들러 친구와 같이 Myrtle Beach에 가는 일정을 잡고, Fuller 사장에게 내가 드디어 Myrtle Beach에 가게 되었는데 일정이 끝나면 돌아가는 길에 Greenville에 들르겠다고 연락했다. Fuller 사장은 자기가 내가 머무르는 동안 Myrtle Beach로 오겠다고 한다. 그렇게 해서 Myrtle Beach에서 한 십여 년 만에 Fuller 사장을 만났다. Fuller 사장은 전보다 더 건강해 보이고 젊어 보였다. 이틀 동안 함께 즐겁게 지내고 헤어졌다.

Myrtle Beach에서 Fuller 사장과 함께

UN을 동경하다

  고등학교 시절 나는 뉴욕에 있는 유엔을 동경했다. 유엔에 들어가 우리나라를 위하여 일하는 것이 꿈이었다. 돌이켜 보면 비록 이 꿈을 이루지는 못했지만, 신입사원 때부터 해외에서 그리고 본사에 들어와서도 여러 나라의 기업인들과 회사를 대표해서 당당하게 일한 것이 보람되고 자랑스럽다. 국가의 외교관이 해외에서 국가의 정책과 문화를 파는 영업을 한다면, 나는 40여 년간 우리나라의 제품과 기술을 파는 영업을 한 셈이다.

아들 미국 USC 대학 졸업 기념
왼쪽부터 아내, 아들, 어머니 그리고 나

나의 최대의 행운

  그러나 무엇보다 이제까지 살아오면서 나에게 내려 주신 가장 큰 행운은 내 아내를 만난 일이다. 어려서부터 내가 성장하는 것을 보신 내 당숙모님과 아내의 외숙모님은 사촌 남매 간이시다. 두 어른이 우리 둘을 맺어 주셨다.

  내 아내는 조용하고 말수가 적다. 형제 많은 우리 집에 들어와 어려운 일도 많이 겪었겠지만, 아내는 한 번도 그런 티를 내게 보인 적이 없다. 집안에서나 밖에서나 무슨 일이든 목소리를 크게 하는 것을 들어 본 적이 없다.

  일 년에 몇 번씩 장기 해외 출장을 다니던 현대양행 시절에나 회사를 이리저리 옮기던 중화학 투자조정의 혼란한 때나, 급하고, 거칠고, 시끄러운 내 옆에서 항상 조용하게 나를 응원해 주었다. 외부 행사가 있는 어느 곳에서나 내 자리를 밝게 해 주고 나를 편안하게 해 준다.

  우리는 만난 지 두 달 만에 결혼하고 50년을 넘어 함께 살아왔다. 언제가 될지 모르지만 하늘이 우리 둘을 갈라놓는 그날까지 나는 내 아내를 아끼고 사랑할 것이다.

　모든 일은 사람과 사람의 상호 관계에 의해서 이루어진다. 내가 걸어온 길에서 함께한 선배 동료 후배 그리고 관련 해외의 모든 분들에게 특히 정인영 명예회장님을 향한 나의 존경심 사랑 그리고 감사의 마음을 담아 이 글을 썼다.

한상량

1972년 우리 약혼식 사진

현대양행과
함께 걸어온 길

ⓒ 한상량, 2025

초판 1쇄 발행 2025년 5월 22일

지은이   한상량
펴낸이   이기봉
편집   좋은땅 편집팀
펴낸곳   도서출판 좋은땅
주소   서울특별시 마포구 양화로12길 26 지월드빌딩 (서교동 395-7)
전화   02)374-8616~7
팩스   02)374-8614
이메일   gworldbook@naver.com
홈페이지   www.g-world.co.kr

ISBN   979-11-388-4281-5 (03810)